Über dieses Buch Das Goldfieber hat die Vettern Summy Skim und Ben Raddle gepackt. Doch eine katastrophale Überschwemmung vernichtet alle Hoffnung auf schnellen Reichtum. Da verrät ein sterbender Franzose ihnen den Lageplatz eines sagenhaften Goldschatzes...
Jules Verne steht als neuer Mythenmeister und Klassiker am Beginn der modernen Science-fiction-Literatur. Er »hat die weißen Flecke auf der Landkarte der wissenschaftlichen Erdkunde sorgfältig inventarisiert und sie mit fabelhaften Geschichten, die in der Verlängerungslinie bekannter Tatsachen liegen, ausgefüllt« (Michel Butor). Seine Romane bieten, was man von einer qualifizierten Unterhaltung erwarten kann: dynamische »echte« Helden, rasante Abenteuer, technisch-konkrete Phantasien und einen seltenen Einfallsreichtum in grotesken und komischen Situationen. Er ist in dieser Übersetzung von Lothar Baier auch literarisch neuzuentdecken.

Der Autor Jules Verne wurde 1828 in Nantes geboren. Bereits mit elf Jahren versucht er seine erste Reise und schifft sich auf einem Indienfahrer ein; sein Vater holt ihn gerade noch rechtzeitig zurück. Mit 22 schließt er seine juristische Dissertation ab und hat bereits einige Theaterstücke geschrieben. Es folgen eine Reihe von Operetten und Erzählungen.
1863 bringt der Roman »Fünf Wochen im Ballon« dem 35jährigen triumphalen Erfolg und einen Zwanzigjahresvertrag mit dem Pariser Verleger Hetzel. Verne kann sich das Schiff kaufen, das er sich immer gewünscht hat und auf dem er in den folgenden Jahren ausgedehnte Reisen durch die europäischen Meere unternimmt. Fortan bestimmen das Studium von Material in Zeitschriften und Büchern und Schreiben sein Leben. 1867 fährt er auf einem Kabelleger nach Amerika. Zwanzig Jahre später wird er in Amiens seßhaft, wird 1889 auf einer ultraroten Liste in den Stadtrat gewählt, lernt Esperanto. »Wenn ich nicht arbeite, spüre ich nicht, daß ich lebe«, sagte er und schreibt, 1902 vom grauen Star befallen, noch bis zum 24. März 1905, seinem Todestag.

Jules Verne

Der Goldvulkan

Roman

Aus dem Französischen
von Lothar Baier

Fischer
Taschenbuch
Verlag

Veröffentlicht im Fischer Taschenbuch Verlag GmbH,
Frankfurt am Main, Juni 1987

Lizenzausgabe mit freundlicher Genehmigung der
B & N Bücher und Nachrichten (Bärmeier & Nikel)
Verlags-GmbH & Co KG, Frankfurt am Main
Mit Holzstich-Illustrationen der ersten französischen
Gesamtausgabe im Verlag Hetzel, Paris
Titel der französischen Originalausgabe:
»Le volcan d'or«, Paris 1906
Neu übersetzt und eingerichtet von Lothar Baier

Umschlaggestaltung: Heinz Edelmann
Satz: Otto Gutfreund, Darmstadt
Druck und Bindung: C. H. Beck'sche Buchdruckerei, Nördlingen
Printed in Germany
ISBN-3-596-28924-6

Der Goldvulkan

Summy Skim liebte den Fischfang, die Jagd und die rauhe Luft seiner franko-kanadischen Heimat.

I

Notar Snubbin gibt sich die Ehre, Herrn Summy Skim baldmöglichst zu einer Unterredung in sein Büro zu bitten.

Summy Skim kratzte sich zunächst hinterm Ohr, als er diese Zeilen las, denn er konnte sich nicht vorstellen, in welcher Angelegenheit der stadtbekannte Notar ihn zu sich zitierte. Dann ließ er die Hand sinken, setzte einen Hut auf und verließ seine Wohnung in der rue Jacques Cartier. Eine knappe halbe Stunde später überquerte er die Place Bon-Secours und ließ sich in das Büro des Notars führen.

»Gott zum Gruß, Herr Skim!« rief der Notar.

»Darf ich mich setzen?« fragte Summy Skim und ließ sich auf ein Zeichen des Notars in einen Stuhl neben dem Schreibtisch fallen.

»Haben Sie unterwegs nicht Ihren Vetter Ben Raddle getroffen?« fragte der Notar.

»Mein Vetter ist gar nicht in Montreal. Er kommt erst in drei oder vier Tagen wieder zurück.«

»Das ist sehr bedauerlich, Herr Skim, weil ich ihn zusammen mit Ihnen hier bei mir sehen wollte.«

»Haben Sie etwas sehr Wichtiges für uns?«

»Wie man es nimmt, Herr Skim. Da Ihr Vetter nun einmal nicht hier sein kann, bitte ich Sie, ihm das mitzuteilen, was ich Ihnen nun zu eröffnen die amtliche Ehre habe.«

»Gehören Amt und Ehre etwa zusammen?« fragte Summy Skim, aber der Notar hörte ihm nicht mehr zu, sondern kramte in einigen Papieren herum.

»Bevor ich anfange, gestatten Sie mir noch eine Frage, Herr Skim. Sie und Herr Raddle haben doch einen Onkel namens Josias Lacoste?«

»Ach Onkel Josi! Er ist der einzige Bruder meiner Mutter und der

Mutter meines Vetters Ben. Ehrlich gesagt, ich weiß überhaupt nicht, was aus ihm geworden ist, seit er nach einem Familienkrach vor ein paar Jahren aus Kanada verschwunden ist.«
»Da kann ich Ihnen aushelfen, Herr Skim, Ihr Onkel ist nämlich gestorben.«
»Oh, das tut mir leid, bei aller Feindschaft, aber den Tod hätte ich unserem Onkel nun doch nicht gewünscht. Wann ist er denn gestorben?«
»Am 16. Februar. Mein herzlichstes Beileid übrigens.«
»Bitte. Und das erfahren wir erst jetzt?«
»Die Nachricht ist erst heute morgen eingetroffen.«
»Ist Onkel Josi in Europa gestorben?«
»Nein, auf kanadischem Boden, ganz nah an der Grenze zu Alaska.«
»In Klondike, Herr Notar?«
»Ja, Ihr Onkel hat dort die letzten zehn Monate gelebt.«
»Typisch für ihn. Da reist er quer durch Amerika bis hinauf nach Alaska und hält es nicht für nötig, seinen Neffen in Montreal ›Guten Tag‹ zu sagen.«
»Lieber Herr Skim, ein bißchen Verständnis für Ihren Onkel müssen Sie schon aufbringen. Er war ja krank. Er muß vor Goldfieber beinahe geglüht haben, als er oben in Klondike ankam. Wie der Gouverneur in einem amtlichen Schreiben an mich mitteilt, hatte Josias Lacoste am Ufer des Forty Miles Creek einen Claim erworben, hatte mit der Ausbeute begonnen, starb aber an einer Typhusepidemie, bevor er auf nennenswerte Goldvorkommen gestoßen war. Nach Meinung von Fachleuten hätte ihr Onkel wahrscheinlich eine ansehnliche Rendite aus seinem Schürfunternehmen herausholen können, wenn nicht sein tragischer Tod dazwischengekommen wäre. Ich sage Ihnen das allerdings in aller Vorsicht, weil ich Ihnen über die Rechte, die Sie und Ihr Vetter Ben Raddle an der Hinterlassenschaft Ihres Onkels Josias Lacoste haben, keine Illusionen machen möchte.«
»Sehr rücksichtsvoll von Ihnen, Herr Snubbin. Wir sind also die Erben von Onkel Josi. Hat er eigentlich etwas anderes als Schulden hinterlassen? Ich meine, es würde mich nicht wundern, und

wir würden selbstverständlich schon im ehrlichen Namen unserer Mütter für alle Schulden Onkel Josis aufkommen. Aber ich wüßte natürlich gern, woran wir sind, vielleicht läßt sich ein Verzeichnis seines aktiven wie passiven Nachlasses aufstellen.«
»Das wäre schön, wenn sich alle Erben und Erbschleicher so edelmütig verhielten wie Sie, Herr Skim, aber Ihre düsteren Prognosen scheinen mir doch entschieden übertrieben. Gut, Ihr Onkel mag zwar keine nennenswerten Barmittel hinterlassen haben, aber der Claim am Forty Miles Creek ist ja noch da, und der Grundbesitz ist der wertbeständigste Besitz, den wir kennen.«
»Mag sein, aber für ein paar Quadratmeter gefrorenen Boden fast am Nordpol wird sich keiner so schnell interessieren, Herr Snubbin.«
»Sagen Sie das nicht. Das Grundstück ist immerhin ein Claim, wer weiß das so genau, ein glücklicher Schlag mit der Spitzhacke, und der Quadratmeter ist Tausende wert.«
»Wenn jemand Tausende bezahlen will, Herr Snubbin, mir soll es recht sein, mein Vetter wird sicher nichts dagegen haben, wenn wir unser Erbteil so teuer wie möglich an den Mann bringen.«
»Wenn er aber plötzlich Gelüste bekommen sollte, sich den Claim selbst einmal anzusehen? Herr Raddle ist doch ein dynamischer Mann, der einen Sack sicher nicht verkauft, ohne die Katze gesehen zu haben.«
»Ich garantiere Ihnen, Vetter Ben wird sich die Mühe sparen. Ich will seiner Entscheidung freilich nicht vorgreifen. In ein paar Tagen ist er wieder in Montreal, ich werde die Sache mit ihm besprechen, und dann geben wir Ihnen die entsprechenden Anweisungen, ob wir nun den Claim in Klondike verkaufen oder ob wir Verbindlichkeiten unseres Onkels zu regeln haben. Bis dann, Herr Snubbin.«
Summy Skim verabschiedete sich rasch und kehrte auf dem schnellsten Wege in die rue Jacques Cartier zurück. Er fühlte sich in dem Getöse der City von Montreal nicht wohl und atmete erst wieder auf, als er in dem ruhigen Außenbezirk ankam, in dem sein Vetter und er ein gemütliches, nicht zu protziges Eigenheim bewohnten.

Summy Skim war 32 Jahre alt, blauäugig und blond, ein Franko-Kanadier reinsten Wassers, der den Fischfang liebte, die Jagd und die rauhe Luft seiner Heimat. Ihm war es gleichgültig, ob er auf einem britisch beherrschten oder autonomen Territorium auf die Jagd ging, die verschiedenen Separatistenparteien hatten ihn jedenfalls vergeblich aufgefordert, zahlendes Mitglied ihrer militanten Vereinigungen zu werden. Summy Skim liebte keine Art von Obrigkeit, und in Gegenwart von Politikern oder gar Beamten befand er sich ausgesprochen unwohl. Er selbst betrachtete sich zwar als Philosoph, in Wirklichkeit war er aber nur ein Hedonist mit Bildung. Als Philosoph war er zwar in der Lage, die Wirklichkeit zu erkennen, Schein und Sein voneinander zu scheiden und so die Lösung der bestehenden Widersprüche zu Ende zu denken, aber als Mensch scheute er sich vor jeder auch nur geringfügigen Veränderung der Verhältnisse; schon in früher Jugend zog er es vor, alles beim alten zu lassen.
Seine Mutter hatte bis zu ihrem Tod versucht, ihm den Gedanken an eine Heirat schmackhaft zu machen, aber Summy Skim hatte sich einer so einschneidenden Veränderung seiner persönlichen Lebensumstände mit verzweifelter Anstrengung widersetzt. Ehemänner waren in seinen Augen haltlose Abenteurer und gewissenlose Spekulanten, die er ebenso verachtete wie die amerikanischen Börsenjobber und Geschäftemacher. Gewinn war ihm ebenso verhaßt wie Verlust, er liebte einzig und allein das Bewährte. Sein ehernes Gesetz war der Konservatismus.
Geradezu mustergültig verwaltete er die Besitztümer, die ihm seine Eltern hinterlassen hatten. Die Wintermonate verbrachte er zusammen mit seinem Vetter Ben Raddle in dem Haus in Montreal, sobald aber die Sonne wieder höher am Himmel stand, verließ er die Großstadt und fuhr zu der Green-Valley-Farm hinaus, die er ebenfalls geerbt hatte. Dort draußen am Ufer des St.-Lorenzstromes verging die Zeit nicht so schnell wie in Montreal, vor allem änderte sich nichts an seiner Umgebung. Die Landarbeiter waren ihm alle seit seiner Kindheit bekannt und vertraut, manche von ihnen standen schon mehr als 50 Jahre im Dienst der Familie Skim. Sobald er auf der Farm angekommen war, vergewisserte er

Was du ererbt von deinen Vätern – erwirb es, um es zu besitzen; nach diesem Wahlspruch bestellte Summy Skim seine Besitztümer.

sich, daß keines der vertrauten Gesichter fehlte und daß auch kein neues dazugekommen war. Mit dem immer gleichbleibenden Personalbestand holte er jedes Jahr 30000 Francs aus seiner Land- und Forstwirtschaft, die gerade ausreichten, die Arbeiter zu entlohnen und die notwendigen Investitionen zu bezahlen. Mit einem bißchen Ehrgeiz hätte Summy Skim die Green-Valley-Farm zu einem florierenden Unternehmen ausbauen können, sein Vetter Ben Raddle hatte mehrmals Pläne zu einer Vergrößerung ausgearbeitet, aber der eigensinnige Kanadier wies jeden Gedanken an eine Erweiterung der Betriebskapazität mit Entrüstung von sich. Einen amerikanischen Geschäftsmann, der ihm eines Tages eine vielversprechende Beteiligung an einem landwirtschaftlichen Großunternehmen anbot, warf er sogar zur Tür hinaus, obwohl er sonst jeder Gewaltanwendung abgeneigt war. Mit Geschäften wollte er um keinen Preis etwas zu schaffen haben, vor Risiken jeder Art fürchtete er sich, sein schlimmster Feind war der Zufall. Er hätte es niemals ertragen, sich auch nur einen Tag lang ungewissen Entwicklungen auszusetzen, die von anderen als von ihm gesteuert wurden. Die Aussicht, daß sich vom Abend bis zum nächsten Morgen irgend etwas ändern könnte, hätte ihn unweigerlich um den Schlaf gebracht.
Vetter Ben Raddle war in dieser Hinsicht ganz anders veranlagt. Zwar hatte auch er von seiten seiner Mutter altes französisches Blut in den Adern, aber sein Vater war ein eingefleischter Yankee, der seinem Sohn einen dem europäischen Erbteil längst entwachsenen Unternehmungsgeist eingepflanzt hatte. Summy Skims Vater hingegen war ein wenig assimilierter Altengländer gewesen, der seinem Sohn außer jagen, fischen und kartoffelpflanzen vor allem den Grundsatz beigebracht hatte, daß man die Beständigkeit zu achten habe und sonst fast nichts auf der Welt.
Gerade weil die beiden Vettern wußten, wie verschieden sie veranlagt und erzogen waren, verstanden sie sich recht gut. Summy Skim wäre es niemals eingefallen, auf seinen vier Jahre jüngeren, braunhaarigen, temperamentvollen und unternehmungslustigen Vetter Ben Raddle herunterzusehen, der Summy Skim wieder-

um keinerlei Vorwürfe machte, weil er sich abseits von den rasanten Fortschritten der modernen Welt mit der Verwaltung eines verschlafenen Landgutes in der Provinz begnügte.
Ben Raddle war ein geschickter Ingenieur, der sein Talent bei den gigantischsten Projekten der Vereinigten Staaten bewiesen hatte; das Interesse für die Technik hatte aber auch seinen Erwerbstrieb geweckt, der freilich nicht auf die Vorstellung vom bescheidenen Wohlstand gewöhnlicher Millionäre abzielte, sondern die Vermögen von Milliardären wie Astor, Vanderbilt, Rockefeller und Carnegie im Auge hatte. Immerzu träumte er von kometenhaften Aufstiegen, obwohl er wußte, daß der Absturz hernach um so fürchterlicher werden konnte. Als Halbamerikaner träumte er aber nicht nur davon, sondern jagte jeder sich bietenden Gelegenheit nach. Während Vetter Summy in seinem Leben noch nie über Green Valley hinausgekommen war, hatte Ben Raddle schon mehrmals die Vereinigten Staaten durchquert und war auch schon nach Europa gefahren, immer auf der Suche nach der großen Chance. Erst vor wenigen Monaten war er von einer ausgedehnten Reise über den Atlantik zurückgekommen, und seither war seine Ruhe endgültig dahin. Summy Skim spürte sofort, woran sein Vetter von morgens bis abends dachte, und er sah den Zeitpunkt drohend näherrücken, wo ihn Ben Raddle endgültig allein lassen würde, um in der rauhen Welt einem imaginären Riesenvermögen nachzujagen. Daneben hatte er ganz einfach Angst, sein Vetter könnte sich in krumme Geschäfte einlassen, für die er am Ende mit seinem kleinen, aber beständigen Vermögen womöglich einzustehen hätte. Eines Tages stellte er Ben Raddle zur Rede.
»Kannst du mir einmal verraten, weshalb du dir über so etwas wie Geschäfte den Kopf zerbrichst?«
»Ich will reich, sehr reich werden, Summy.«
»Warum nur? Hast du hier oder in Green Valley nicht alles, was du zu einem sorglosen und glücklichen Leben brauchst? Was willst du denn mit noch mehr Geld anfangen?«
»Noch mehr Geschäfte machen.«
»Wozu?«

»Um mit dem Gewinn noch bessere Geschäfte zu machen.«
»Wo soll das noch enden, Ben?«
»Ganz einfach. Beim Geschäft an sich.«

2

Mißmutig beschäftigte sich Summy Skim mit den Pflichten, die sich aus dem Tod seines Onkels ergaben. Er mußte Bekannte und ferne Verwandte benachrichtigen, eine Trauermiene aufsetzen und ein christliches Begräbnis bestellen. Da in den vergangenen Jahren fast die ganze Verwandtschaft dahingegangen war, wußte er zwar, was er zu tun hatte, aber der Trauerfall störte seinen Lebensrhythmus doch empfindlich.
Am 21. März endlich kam Ben Raddle nach Montreal zurück. Mehr als einen Monat hatte er in New York verbracht, um mit einer Gruppe von amerikanischen Ingenieuren den Bau einer Brücke zu beraten, die in wenigen Jahren den Hudson River von Manhattan nach New Jersey überspannen sollte. Summy Skim wäre es am liebsten gewesen, wenn das Projekt einfach ins Wasser gefallen wäre, denn es graute ihm, möglicherweise mehrere einsame Jahre ohne seinen Vetter verbringen zu müssen.
Summy Skim berichtete Ben Raddle sofort vom Tod des Onkels Josias Lacoste und von der Aussicht auf das Erbe. Der Vetter brummte nur kurz und legte sich dann ins Bett, denn die lange Reise hatte ihn ermüdet.
Am nächsten Morgen war Ben Raddle so gut ausgeschlafen, daß er seinen Vetter gleich beim Frühstück mit dem Thema Onkel Josi überfiel.
»Unterhalten wir uns doch ein bißchen über Klondike.«
»Och, das lohnt sich nicht.«
»Das glaubst aber auch nur du. Hast du dir eigentlich schon die Erbbescheinigung über den Claim Nr. 129 geben lassen?«
»Nein, wozu auch.«
»Typisch Summy. Dir ist aber auch alles egal.«
»Vielleicht, aber in diesem Fall brauchen wir uns wirklich nicht

den Kopf zu zerbrechen. Entweder können wir den Claim verkaufen oder wir bleiben auf ihm sitzen. Dann kann er uns sowieso gestohlen bleiben.«

»Gut, Summy, aber vollkommen wertlos kann so ein Claim nicht sein, es ist ja schon vorgekommen, daß einer mit einem einzigen Schlag ein ganzes Vermögen aus dem Boden gehoben hat.«

»Ach du liebe Zeit, jetzt glaubst auch du schon an diese Goldsuchermärchen. Wenn uns die Fachleute dort oben ein günstiges Gutachten über den Claim am Forty Miles Creek ausstellen, dann verkaufen wir den Claim eben so teuer wie möglich. Ich glaube aber nicht, daß er etwas wert ist.«

»Wer weiß. Zuerst müssen wir eine Expertise über den Claim haben. Aber auch dann sind noch Überraschungen möglich. Wie oft hört man von Goldsuchern, die schon alle Hoffnung aufgegeben haben und dann doch noch eine Ader entdecken.«

»Dem steht aber die fürchterliche Not von Hunderttausenden unglücklicher Goldsucher entgegen.«

»Hör doch mit diesem billigen Gerede unserer Kulturpessimisten auf. Ich bin Techniker und kümmere mich ausschließlich um Fakten.«

»Ben, ich merke schon, worauf du hinauswillst. So dumm bin ich nicht. Aber sag mir doch bloß, warum du nicht mit dem zufrieden bist, was du sicher in Händen hast. Haben wir denn nicht genug Geld?«

»Nein, solange wir noch mehr bekommen können.«

»Aber weißt du denn nicht, daß die Verwaltung um so mehr Mühe kostet, je mehr Geld man hat?«

»Ich will mich jetzt nicht über Wirtschaftstheorien streiten. Ich will lediglich Klarheit darüber haben, was uns Onkel Josi hinterlassen hat.«

»Dann sind wir uns ja einig. Ich habe nur Angst, daß uns Onkel Josi neben einem Claim auch einen Berg von Schulden vererbt hat, ich habe darüber auch mit dem Notar gesprochen.«

»Wenn es so wäre, lieber Summy, dann hätten sich die Gläubiger längst bei uns gemeldet. Mich interessieren vor allem die Aktiva unseres Erbes. Ist dir eigentlich klar, wo der Claim unseres On-

»Hör doch mit dem billigen Gerede unserer Kulturpessimisten auf. Ich bin Techniker und kümmere mich ausschließlich um die Fakten.«

kels liegt? Dieser Forty Miles Creek fließt durch einen Landstreifen von 400 km Länge und 60 km Breite, in dem seit zwei Jahren mit Erfolg nach Gold geschürft wird. Onkel Josias hat sich sein Stück Land ja nicht irgendwo gekauft, sondern hart an der Grenze Alaskas, wo die Amerikaner schon viele Millionen aus der Erde gebuddelt haben.«

»Ben, hör auf, du bist ja krank.«

»Ich bin gesund wie nie!«

»Ach was, du hast Fieber, das aber länger als drei Tage anhält und sich mit Chinin nicht herunterbringen läßt. Goldfieber!«

»Meine Temperatur ist ganz normal, Vetterchen. Außerdem würde ich niemals wagen, mit Fieber in deine Nähe zu kommen und deine teure Gesundheit zu gefährden.«

»Komm nur her, Ben, ich bin gut geimpft, aber ich werde ernstlich krank, wenn ich dich langsam aber sicher auf den Abgrund des Goldes zugehen sehe.«

»Siehst du diesen Abgrund schon? Ich nicht. Wer mit Sachverstand vorgeht, kann in keinen Abgrund fallen. Auch in keinen Abgrund von Gold. Vielleicht hat Onkel Josias nur deshalb kein Gold gefunden, weil er nicht nach Plan vorgegangen ist und nicht die richtigen Werkzeuge besaß. Er war schließlich kein gelernter Ingenieur.«

»Aber du.«

»Ich hätte an seiner Stelle schon gewußt, wie ich einen Claim bearbeite. Aber darum geht es jetzt nicht. Wenn du nichts dagegen hast, schaue ich jetzt bei dem Notar vorbei und lasse mir die Papiere zeigen.«

Mit langem Gesicht ließ Summy Skim seinen Vetter ziehen, denn er wußte nicht, mit welchen abstrusen Ideen im Kopf Ben Raddle von Herrn Snubbin zurückkehren würde.

Ben Raddle ließ sich vom Notar sogleich die Papiere über den Claim 129 vorlegen und besichtigte die Planskizze, auf der die Lage des Claims eingetragen war. Der Claim befand sich am rechten Ufer des Forty Miles Creek, eines Nebenflusses des Yukon, dessen Unterlauf nach dem Verkauf Alaskas amerikanisch geworden war.

»Haben Sie schon bemerkt, Herr Notar«, sagte Ben Raddle, »daß die Westgrenze des Claims genau mit dem 140. Längengrad zusammenfällt, der hier die Grenze zwischen dem kanadischen Dominion und Alaska darstellt?«
»Das ist mir noch nicht aufgefallen.«
»Ich halte das für ein gutes Zeichen.
Der Forty Miles Creek fließt mitten durch goldhaltiges Gelände, und es gibt keinen Grund, warum dieser Fluß weniger hergeben sollte als der Klondike-River, die Bonanza oder andere berühmte Zuflüsse des Yukon.«
»Erlauben Sie eine indiskrete Frage, Herr Raddle. Wollen Sie den Claim Ihres verstorbenen Onkels am Ende selbst ausbeuten?«
»Ich weiß nicht...«
»Wie stellt sich Herr Skim dazu?«
»Ich habe mit ihm noch nicht darüber gesprochen, aber er ist sicher damit einverstanden, daß ich den Claim wenigstens besichtige.«
»Meinen Sie wirklich, daß sich die weite Reise nach Klondike rentiert?«
»Warum nicht? Jedenfalls wird sich an Ort und Stelle leichter ein Käufer finden lassen als hier in Montreal.«
»Augenblick bitte«, sagte der Notar und nahm ein Telegramm entgegen, das ihm sein Sekretär hereinreichte. Er riß es sofort auf und las es durch.
»Sie können sich Ihre Reise nach Klondike sparen, Herr Raddle. Das erste Angebot ist schon da. Die *Anglo-American Transportation and Trading Company* bietet für den Claim 129 am Forty Miles Creek 5000 Dollar, die sofort nach der telegraphischen Zustimmung nach Montreal überwiesen werden sollen. Was sagen Sie jetzt?«
»Nichts, Herr Notar. Ich weiß doch nicht, ob 5000 Dollar ein reeller Preis für einen Claim in Klondike sind.«
»So oder so, 5000 Dollar ist viel Geld.«
»10000 aber mehr.«
»Da haben Sie auch wieder recht. Sie wollen trotzdem fahren?«

»Ja. Im schlimmsten Fall komme ich mit 5 000 Dollar zurück.«
Ben Raddle ging wieder in die rue Jacques Cartier zurück und klopfte seinem Vetter auf die Schulter.
»Sehr gute Nachrichten, Summy.«
»Sind die Papiere in Ordnung?«
»Lies mal«, sagte Ben Raddle und hielt Summy Skim das Telegramm des Notars unter die Nase.
»Komm, wir telegraphieren sofort an diese großzügige Firma und verkaufen den Claim!« rief Summy Skim.
»Wieso denn? Warum etwas für 5 000 Dollar verkaufen, was wahrscheinlich sehr viel mehr wert ist? Bevor der Claim verkauft wird, will ich ihn mit eigenen Augen sehen.«
»Jetzt fängst du schon wieder an.«
»Hör mir einmal zu, Summy. Diese *Trading Company* will unseren Claim nur deshalb für 5 000 Dollar kaufen, weil sie weiß, daß er in Wirklichkeit sehr viel mehr wert ist. Dort oben gibt es jede Menge Claims, die man kaufen kann, also hat die Gesellschaft einen ganz bestimmten Grund, daß sie ausgerechnet unseren kaufen will. Und diesem Grund, der vielleicht zigtausend Dollar wert ist, müssen wir nachgehen.«
»Du mit deinen ewigen Zahlen.«
»Unser Leben hängt von Zahlen ab, aber das wirst du nie begreifen, Summy. Ich bin jedenfalls fest entschlossen, dieses Telegramm persönlich zu beantworten.«
»Du willst mich allein hier sitzen lassen?«
»Nein, ich nehme dich natürlich mit.«
»Um Himmelswillen! Du kannst jede Vollmacht schriftlich bekommen.«
»Das geht nicht. Du mußt an Ort und Stelle unterschreiben.«
»Eine Fahrt von 8 000 km für eine einzige Unterschrift! In was für einer entsetzlichen Welt lebe ich eigentlich?«
»Und ich frage mich, in welchem Märchenland du bisher gelebt hast. Wie kann man nur so bequem sein, daß man nicht einmal ein paar tausend Kilometer fahren will, wenn es zehntausende Dollars zu verdienen gilt.«
»Mußt du ausgerechnet im kalten Klondike Geld verdienen?«

»Das Geld läuft einem nicht nach, Summy, man muß hinter ihm her sein. Und dir tut es ganz gut, wenn du deinen Hintern etwas lüftest und aus diesem immergleichen Mief von Montreal hinauskommst. Für dich wird es Zeit, daß du die Welt ein bißchen kennenlernst, mein Lieber!«

»Muß ich damit ausgerechnet in Klondike anfangen?«

»Warum nicht? Mit seinen golddurchwirkten Böden und goldschimmernden Flüssen ist das bestimmt ein recht charmanter Landstrich.«

»Ben, wenn ich ehrlich sein darf, du machst mir einfach Angst. Ich fürchte, du stürzt dich und mich in ein schreckliches Unglück, wenn du diesen teuflischen Plan nicht sofort aufgibst. Bleib hier, ich beschwöre dich!«

»Hör auf, hör auf.«

»Ich höre nicht auf! Ich will dir mal was sagen: dieser Claim ist soviel wert wie ein Mistbeet mit Krautköpfen.«

»Ich möchte aber die Firma sehen, die für ein Gartenbeet 5 000 Dollar bezahlt, wo man in Montreal einen ganzen Garten für ein paar hundert Francs kaufen kann.«

»Egal, jedenfalls liegt der Claim in einem Land, wo die Temperatur auf 50° unter Null sinkt!«

»Meinst du vielleicht, dort sei das Feuer noch nicht erfunden?«

»Denk doch wenigstens an unser Haus in Green Valley, an die Wälder und die schönen Wiesen.«

»Die gibt es in Klondike auch. Ganz neue Wildarten werden dir dort vor die Flinte laufen, und in den Flüssen wimmelt es neben Goldklumpen auch von Fischen.«

»Mag sein, aber unsere Leute in Green Valley werden todunglücklich sein ohne uns.«

»Ach du liebe Zeit, hast du schon einmal Mäuse gesehen, die sich grämen, wenn die Katze verschwindet? Die Landarbeiter können doch nur froh sein, wenn wir mit einem Haufen Geld zurückkommen und womöglich den ganzen Bezirk aufkaufen!«

Ben Raddle bearbeitete seinen Vetter derart massiv, daß der schon am frühen Nachmittag die Waffen streckte und sich damit einverstanden erklärte, daß Ben Raddle ein Telegramm nach

Dawson City schickte, in dem er der *Anglo-American Transportation and Trading Company* ihre Reise nach Klondike ankündigte.

3

»Jeder Claim verfällt dem Staat, wenn er nicht 15 Kalendertage nach Beginn der warmen Jahreszeit in Betrieb genommen wird, es sei denn, der Kommissar für das Grubenwesen, der den Beginn der warmen Jahreszeit festsetzt, erlaubt offiziell eine spätere Inbetriebnahme des Claims.«

Ben Raddle las den 9. Artikel der kanadischen Berg- und Grubengesetze dreimal durch, ehe er sich im klaren war, daß er schleunigst nach Klondike abreisen mußte, wenn er noch rechtzeitig zum Eintritt der warmen Jahreszeit Mitte Mai in Klondike ankommen wollte.

»Wir müssen so schnell wie möglich abreisen«, sagte er zu Summy Skim, »sonst heimst Vater Staat den Besitz von Onkel Josias ein.«

»Mir ist es recht, je früher wir abfahren, desto früher kommen wir auch wieder zurück«, antwortete Summy Skim. »Wann soll es losgehen?«

»Am 2. April, in zehn Tagen also.«

»Und welchen Weg nehmen wir in den hohen Norden?«

»Am besten über Vancouver. Der direkte Weg über Land ist zwar kürzer, aber wir müßten 1500 km durch unbewohntes Gelände reisen.«

»Wieviele Kilometer sind es genau?«

»7164.«

»Wenn wir für jeden Kilometer ein Kilogramm Gold mitbrächten, mir würde es reichen, Ben.«

»Bei einem Grundpreis von 2340 Francs pro Kilo wären das 16763760 Francs. Lach nicht, so unmöglich scheint mir das nicht einmal. Der Erdkundler John Minn ist der Ansicht, Alaska habe mehr Goldvorräte als Kalifornien, wo man allein im Jahr 1861 für 405 Millionen aus der Erde gebuddelt hat.«

»Das hat wohl seine Richtigkeit. Sag mal, wieviel Socken nimmt man auf eine solche Reise mit?«

»Ich werde es noch ausrechnen. Überlaß die Vorbereitungen ruhig mir, du brauchst nur in Montreal in den Zug zu steigen und in Vancouver nicht zu verschlafen.«

»Aber denk bitte daran, daß wir in ein furchtbar kaltes Land fahren, Ben. Wenn ich mir diese Kälte nur vorstelle, bekomme ich schon eine Gänsehaut.«

»Wenn wir dort oben ankommen, ist bereits der schönste Frühling ausgebrochen.«

»Mach, was du willst, ich gehe die letzten zehn Tage jedenfalls aufs Land.«

»Bitte, aber ich sage dir gleich, daß es dort draußen jetzt noch ziemlich trübe aussieht.«

»Ich mag es, wenn die Straßen noch verschneit sind, wenn der Reif auf den Bäumen glitzert und die Eisschollen auf dem St. Lorenzstrom krachend aufeinanderprallen. Komm doch mit, Ben.«

»Und wer kauft warme Unterwäsche ein? Nein, geh du allein nach Green Valley, komm aber pünktlich zurück!«

Summy Skim ließ sich das nicht zweimal sagen. Er packte ein Handköfferchen und setzte sich in den nächsten Zug nach Green Valley. Ein Zweispänner brachte ihn vom Bahnhof auf die Farm, wo ihn die Pächter und Arbeiter mit großem Hallo begrüßten. Als er ihnen aber von der bevorstehenden Reise erzählte, ließen alle die Köpfe hängen und beschworen ihren Herrn, sich bloß keiner Gefahr auszusetzen.

»Ich kann auch nichts dafür, liebe Leute«, sagte Summy Skim, »aber zur Zeit sucht eine Goldepidemie die Erde heim, und wir sind diesmal auch ihr Opfer geworden.«

»Herr Skim«, sagte eine 80jährige Melkerin, »von Ihnen hätte ich das eigentlich nicht gedacht. Sie sind doch sonst ein kühler Kopf.«

»Deswegen will ich meinen Vetter ja auch begleiten und aufpassen, daß er keine Dummheiten macht.«

»Kommen Sie denn wenigstens gleich wieder zurück, wenn Sie das Schlammloch verkauft haben?«

»Auf der Stelle. 5 bis 6 Monate wird es freilich schon dauern. Wenn wir zurückkommen, ist die schöne Jahreszeit leider wieder vorbei. Ein ganz wunderbarer Sommer wird dann ohne mich vergangen sein.«

»Wie traurig wird erst der Winter, wenn man den Sommer davor verloren hat!« rief die alte Frau und segnete Summy Skim mit ihren rauhen Händen.

Eine Woche lang streifte Summy Skim durch die Wälder und Felder von Green Valley, dann verabschiedete er sich von den Landarbeitern, die ihm mehrere Tränen nachweinten, und setzte sich in den Zug. Auf der kurzen Fahrt nach Montreal dachte er mit Wehmut daran, daß in wenigen Wochen das erste Grün unter der tauenden Schneedecke hervorsprießen würde und wie schön es gewesen wäre, die ersten warmen Sonnenstrahlen vor der alten Gartenhütte zu genießen. Insgeheim hatte er gehofft, daß Ben Raddle das Unternehmen doch noch abblasen würde, aber als er seinen Vetter beim Kofferpacken antraf, wußte er, daß er seinen Plan unwiderruflich ausführen würde.

»Gibt's was Neues?« fragte er den Ingenieur.

»Nein, es ist fast alles gepackt.«

»Hast du alles gekauft, was wir brauchen?«

»Bis auf die Lebensmittel, die wir unterwegs besorgen können. Die Gewehre und die Jagdausrüstung habe ich durchgesehen, Winterkleider mußte ich kaufen. Du hast ja nicht einmal warme Unterhosen. Hier kannst du sehen, was ich alles besorgt habe.«

»Willst du etwa auch noch einen Laden aufmachen in Klondike? Die Klamotten reichen ja für zehn Jahre!«

»Übertreib mal nicht, sie sind für zwei Jahre berechnet.«

»Was soll denn das wieder heißen, Ben? Ich denke, wir gehen nach Klondike, sehen uns den Claim an und verkaufen ihn. Soll das vielleicht zwei Jahre dauern?«

»Sicher nicht, aber die Lage sieht natürlich anders aus, wenn wir für den Claim nicht soviel bekommen, wie er unter Brüdern wert ist.«

»Was hast du vor, wenn wir nicht genug dafür bekommen?«

»Das weiß ich noch nicht. Geh jetzt ins Bett, wir haben eine lange Reise vor uns.«

Schlaftrunken und frierend stand Summy Skim am Morgen des 2. April mit seinem Vetter auf dem Bahnsteig. Ehe er sichs versah, saß er in dem Zugabteil, das Ben Raddle hatte reservieren lassen. Ängstlich betrachtete Summy Skim Hunderte von goldgierigen Auswanderern, die ihre riesigen Schlittenhunde durch die Gänge des Zuges schleiften.

Während Summy Skim in seinem Abteil sitzenblieb und auf die verschneite Landschaft blickte, besichtigte Ben Raddle den Schlafwagen, den fast byzantinisch eingerichteten Rauchwagen, den Speisewagen und den Toilettenwagen, in dem man gegen einen geringen Aufpreis ein Bad nehmen konnte. Um 16 h lief der Zug in Ottawa, der Hauptstadt des Dominion, ein.

In der kleinen Station Sudbury bog der Zug in den nördlichen Strang der großen Bahnlinie ein und umrundete dann im Laufe der Nacht und des nächsten Tages den Oberen See. Zwei Tage später kletterte der Expreß auf dem Crow New Paß die Rocky Mountains hinauf und rollte nach einem längeren Aufenthalt in Calgary City nach Britisch Kolumbien hinein. Von dort aus hätten die Goldsucher auf einer anderen Bahnlinie direkt nach Norden bis nach Edmonton fahren können, um Klondike auf dem Landweg zu erreichen, aber Ben Raddle hatte sich längst für den Seeweg entschieden.

Zwischen den Rocky Mountains und der Westküste dehnte sich eine öde Landschaft, deren Wasserläufe feinen Goldsand durch die Täler schwemmten; dort wurde schon seit vielen Jahren nach Gold geschürft.

»Hätte Onkel Josi uns seinen Claim doch bloß in dieser Gegend vermacht«, sagte Summy Skim, »dann könnten wir das Goldloch schnell besichtigen und verkaufen und wären in drei Wochen wieder in Montreal.«

Ben Raddle antwortete nicht. Ihm war es nur recht, daß sein Vetter einmal richtig in die Welt hinauskam, und er begrüßte jeden Kilometer, den der Zug zwischen ihn und das muffige Haus in Green Valley brachte. Am 8. April stiegen die beiden Vettern

wohlbehalten aus dem Zug und durchquerten den Bahnhof von Vancouver. Ein Polizist zeigte ihnen den Weg zum Westminster Hotel, in dem Ben Raddle nur mit größter Mühe ein Zimmer fand, weil die ankommenden Züge und Dampfer Hunderte von Auswanderern heranbrachten. Das ortsansässige Beherbergungsgewerbe hatte sich längst auf den anschwellenden Fremdenverkehr eingestellt und verlangte für die schäbigsten Kammern unglaubliche Preise, die nur noch von den Preisen für die unglaublichen Mahlzeiten überboten wurden. Wer klug war, sah zu, daß er Vancouver auf dem schnellsten Wege wieder verließ, aber oft gab es keinen Platz mehr auf den Schiffen, und viele Durchreisende waren gezwungen, tagelang die hohen Hotelkosten zu bezahlen, ehe der nächste Küstendampfer abging, der von Mexiko die amerikanische Küste herauffuhr.
Ben Raddle und Summy Skim hatten die Wahl zwischen zwei Reiserouten: von Vancouver über den Stillen Ozean bis nach St. Michel an der Westküste Alaskas und von dort den Yukon hinauf bis nach Dawson City, oder von Vancouver mit dem Schiff nach Skagway, von wo aus man Dawson City über Land erreichen konnte. Nach ausführlichen Besuchen in den großen Reisebüros der Stadt hatte sich Ben Raddle für die zweite Route entschieden. Mit den Fahrkarten in der Hand stürmte er am nächsten Mittag zu dem träumenden Summy Skim ins Zimmer.
»Es wird also Ernst«, sagte Summy Skim betrübt.
»Ja. Wir fahren wie die meisten mit der *Football* von hier nach Skagway. Von der Alaska-Route hat man mir abgeraten, weil der Yukon um diese Jahreszeit noch zugefroren ist, und wenn er in ein paar Wochen auftaut, würde man mit dem Schiff bis weit in den Juli hinein fahren müssen, um dem Treibeis auszuweichen. Die Fahrt nach Skagway dauert dagegen nur eine Woche. Von dort müssen wir zwei unbedeutende Pässe überwinden und können schon vor Anfang Juni über den Oberlauf des Yukon Dawson City erreichen.«
»Wann fährt denn dieser sportliche Dampfer hier ein?«
»Spätestens am 14. April.«
»Geht's nicht früher?«

»Du hast es aber eilig!«
»Natürlich, je früher wir abreisen, desto früher kommen wir nach Hause zurück.«
Da die beiden Vettern bis zur Abfahrt nichts mehr zu besorgen hatten, schlenderten sie von morgens bis abends am Bahnhof und am Hafen herum. Ein nie abreißender Strom von Goldsuchern quoll aus den Zugabteilen und Dampferdecks und verteilte sich in den Straßen Vancouvers. Viele der zerlumpten Gestalten kehrten am Abend aus der Stadt zurück und suchten sich in den Schuppen an den Kais ein Nachtquartier. Wer sich dabei ruhig verhielt, brauchte sich vor den kanadischen Polizisten nicht zu fürchten. Beim geringsten Wortwechsel kamen die Konstabler allerdings gnadenlos dazwischen und trieben die Streithähne auseinander, um Gewalttätigkeiten zu verhindern, die bei den von Goldgier verführten heruntergekommenen Auswanderern regelmäßig in Messerstechereien und Straßenschlachten zu enden pflegten.
Eines Tages las Summy Skim in der Zeitung, daß die Temperatur in Klondike seit vielen Jahren zum ersten Mal in diesem Winter mehrmals bis auf 60° unter den Gefrierpunkt herabsunken sei. Zuerst hielt er die Meldung für ein Manöver, das die Goldsucher abschrecken sollte. Bei einem Gang durch die Geschäftsstraßen entdeckte er aber in einem Optikerladen eine ganze Kollektion von Thermometern, deren Skalen bis auf 90° unter Null hinabreichten. Jetzt wollte er der Sache doch auf den Grund gehen und betrat das Geschäft.
»Entschuldigen Sie«, sagte er zu dem Optikermeister, »funktionieren Ihre ausgestellten Thermometer auch richtig?«
»Sonst würde ich sie doch nicht anbieten!« antwortete der Optiker.
»Gut, aber ich könnte mir vorstellen, daß Sie Thermometer, die eine solche Kälte anzeigen können, sozusagen als Werbeexemplare zeigen. Wo braucht man denn ein Thermometer, das 60 Grad Kälte registriert?«
»Hier im Lande, mein Herr, manchmal ist es sogar gut, wenn man eines hat, dessen Skala noch weitergeht.«

»Leben wir denn auf dem Mond?«

»Sicher nicht, aber wenn Sie ein Thermometer wünschen, das eine Kälte unter −100° registriert, so kann ich es Ihnen auch anbieten.«

»Nein, vielen Dank«, sagte Summy Skim und nahm die Klinke in die Hand, »ich glaube, mir ist es ziemlich gleichgültig, ob meine Nase schon bei 60 oder erst bei 100 Grad unter Null abfällt.«

Am 13. April gingen Ben Raddle und Summy Skim schon morgens zum Kai, um die Ankunft der *Football* abzuwarten, die am nächsten Tag nach Skagway auslaufen sollte. Am Hafen drängten sich Scharen von Goldgräbern, die nicht mehr in die Zwischendecks und Laderäume des letzten Dampfers eingelassen worden waren und nun die Tage bis zur Ankunft des nächsten Schiffes unter freiem Himmel verbrachten.

Unter die Auswanderer mischten sich auch Goldgräber, die sich den Winter über in den wärmeren Gegenden Kanadas aufhielten und mit den paar Goldklumpen, die sie in der schönen Jahreszeit gefunden hatten, in den teuersten Hotels der Stadt Hof hielten. Unter den halbverhungerten Auswanderern spielten sie sich wie Goldkönige auf, entpuppten sich aber bald als üble Säufer und Schläger.

Bis zum Abend war die *Football* immer noch nicht eingetroffen, so daß sich die Vettern ungeduldig schlafen legten und am nächsten Morgen gleich wieder am Kai standen. Am späten Vormittag hörten sie plötzlich ein Dampferhorn heulen.

»Die *Football!*« rief Summy Skim.

»Nein, das muß ein anderes Schiff sein. Der Heulton kommt von Süden her.«

Die Vettern gingen rasch um den nächsten Lagerschuppen herum, wo sie freie Sicht nach Süden hatten. Ein Dampfer näherte sich durch die Juan-de-Fuca-Straße.

Bis sich die Vettern einen Weg durch die Menschenmenge an der Mole gebahnt hatten, war das Dampfschiff schon bis auf wenige Kabellängen an die Mole herangeschwommen. Die Passagiere drängten sich an der Reeling der *Smyth* zusammen, die regelmäßig zwischen Acapulco und Vancouver an der amerikanischen Westküste verkehrte.

Kaum war die Gangway herabgelassen, da rannte ein schwarzhaariger, braungebrannter, ungewaschener Hüne mit stechendem Blick die vorderen Fahrgäste über den Haufen und schubste die Schiffsoffiziere mit den Fäusten beiseite. Ein Begleiter von ähnlicher Statur hielt sich dicht auf seinen Fersen, so daß die beiden Männer in wenigen Augenblicken als erste auf dem Kai standen.

»Ach du liebe Zeit, der Hunter ist wieder im Land«, sagte einer der Umstehenden in der Nähe der beiden Vettern. »Wenn der heute nicht aus Vancouver verschwindet, dann gehts rund in den Kneipen.«

»Sind denn alle Goldsucher so roh?« fragte Summy Skim.

»Nein, nein, die meisten sind ganz brave, unauffällige Leute«, antwortete Ben Raddle. »Oben in Klondike verlaufen sich die Leute ohnehin, so daß wir eher in gar keiner als in schlechter Gesellschaft sein werden.«

Hunter hatte inzwischen erfahren, daß die *Football* erst mit Verspätung aus Vancouver abfahren werde. Mit seiner kehligen Säuferstimme schrie er nach einer Droschke und ließ sich in das Westminster Hotel bringen, wo ihm Summy Skim wenig später plötzlich Auge in Auge gegenüberstand. Er zuckte unwillkürlich zusammen und schlich sich verstohlen aus der Nähe des finster aussehenden Mannes weg. Als der verschwunden war, ging er zum Portier hinüber und fragte ihn:

»Kennen Sie diesen Herrn Hunter?«

»Wer kennt den hier nicht?«

»Woher kommt er?«

»Aus Texas.«

»Hat er einen Claim?«

»Ja, in Klondike.«

»Das dachte ich mir schon. Und wo dort?«

»Am Forty Miles Creek.«

»Wenn ich jetzt nur noch wüßte, welche Nummer sein Claim hat.«

Ein braungebrannter, schwarzhaariger, ungewaschener Hüne rannte Fahrgäste über den Haufen und schubste die Schiffsoffiziere mit den Fäusten beiseite. »Sind denn alle Goldsucher so roh?« fragte Summy Skim.

»Die weiß hier jedes Kind, mein Herr.«
»Wissen Sie es auch?«
»Nr. 131.«
»Das darf doch nicht wahr sein! Wir haben den Claim Nr. 129!«

4

Mit 48 h Verspätung lief die *Football* am 16. April aus. Die Hafenbehörden hätten den Dampfer um ein Haar nicht abfahren lassen, weil auf jede der 1 200 Registertonnen des Fahrzeuges mehr als ein Passagier kam, so daß die rote Linie längst unter Wasser lag. Die ganze Nacht über hatten die Hafenkräne unzählige Kisten mit den Grabgeräten der Goldsucher in den Laderaum gehievt, und ganze Herden von Pferden, Rindern, Eseln, Rentieren, Bernhardiner- und Eskimohunden waren unter Deck getrieben worden. Als Summy Skim und Ben Raddle ihre Doppelkabine aufsuchten, fanden sie zu ihrem Erstaunen einen dritten Mann in der Koje, einen stillen Norweger aus Christiania, der an der Bonanza einen Claim unterhielt. Auf ihre Beschwerde hin zeigte der Steward wortlos auf die Gänge und Treppen, in denen sich die Fahrgäste übereinander stapelten, weil sie den Kabinenplatz für 35 Dollar nicht bezahlen konnten.
Auch das Zwischendeck war überfüllt; zwischen den Bettgestellen waren Hängematten gespannt, in denen sich oft zwei oder sogar drei Passagiere zusammendrängten. Die Ärmsten der Armen lagerten in Decken gehüllt auf dem Oberdeck und suchten hinter dem Schanzkleid Schutz vor dem eisigen Wind. Ganze Familien lagen auf dem Boden und gingen seelenruhig ihrem Familienleben nach, ohne sich um die anderen Fahrgäste zu kümmern, die ihnen belustigt zusahen.
Summy Skim und Ben Raddle kehrten bald an Deck zurück und lehnten sich an die Reeling. Die *Football* hatte den Hafen verlassen und dampfte im ruhigen Fahrwasser zwischen dem Festland und der Insel Vancouver nach Norden. Als sie auf das Hauptdeck

hinunterstiegen, prallten die Vettern zurück; mitten unter den Tieren hockten Dutzende von zerlumpten Männern, Arbeitslose, die mit ihrem letzten Geld nach Klondike fuhren, um sich als Hilfsarbeiter anstellen zu lassen. Sie reisten zum gleichen Preis wie die Schlittenhunde.

»Jetzt sehe ich erst, wie gut wir es haben«, sagte Summy Skim. »Wir haben einen Claim und wissen nicht, was wir mit ihm machen sollen, während diese armen Kreaturen nicht einmal wissen, ob sie dort oben Arbeit finden werden. Was diese Elenden lockt, ist nur das Gold, das sie allmählich um den Verstand bringt. Ben, ich habe Angst, wenn ich Goldsucher werden muß.«

»Du mußt ja nicht«, antwortete Ben Raddle.

»Wir fahren doch nur nach Klondike, um den Claim von Onkel Josias zu verkaufen, oder? Wenn ich mir vorstelle, daß ich Goldgräber werde und dann so aussehe wie diese Menschen...«

»Summy, werd' nicht theatralisch. Du sprichst schon wie ein Pfarrer.«

»Es tut mir leid, aber beim Anblick dieser Menschen wird mir ganz flau zumute. Wäre ich nur in Green Valley, dort könnte ich jetzt meine Gartenhütte frisch anstreichen.«

»Du hast doch versprochen, nicht mehr zu meckern!«

»Ich sage auch nichts mehr. Du kannst mich aber nicht daran hindern, ab und zu an das Elend der Menschen zu denken.«

»Denke lieber an ihren Fortschritt.«

»Am liebsten denke ich an die Heimfahrt.«

In der Zwischenzeit war die *Football* über die Nordspitze der Insel Vancouver hinausgefahren. Von der offenen See her fuhren schäumende Wogen in die Seite des Schiffes und brachten es zum Schaukeln. Heftige Windböen trieben Schneeregenschauer über das Deck, so daß sich Menschen und Tiere in die hintersten Winkel verkrochen, wo sie sich gegenseitig mit Seekrankheit infizierten. In das Heulen des Windes mischte sich das Geschrei der Tiere, die, vom Rollen des Dampfers aufgeschreckt, unsicher über die Planken taumelten. Ein paar Schlittenhunde rissen sich von ihren Leinen los und sprangen den Matrosen, die sie einfangen wollten, an die Kehle. Auf das Geschrei der Seeleute stürzten die Offiziere auf Deck und erschossen die Hunde unter den Protesten ihrer Besitzer.

Unterdessen saßen Hunter und sein Kumpan Malone in dem gutgeheizten Salon, den sie mit einem Haufen von Gleichgesinnten in eine Spielhölle verwandelt hatten. Summy Skim und Ben Raddle durchquerten diese Höhle rasch und stiegen zum Zwischendeck hinunter, wo sie zwei Mädchen verschwinden sahen, die ihnen schon kurz nach der Abfahrt aufgefallen waren. Sie waren etwa zwanzig Jahre alt, eine Blondine und eine Brünette, die sich sehr ähnlich sahen und von allen anderen Frauen an Bord durch ihre Frische und ihr gediegenes Aussehen abstachen. Die beiden waren immer nur zusammen zu sehen. Die Brünette war offensichtlich die Führernatur, denn sie schleppte die Blonde immer mit sich und zeigte ihr, wo sie mit Hand anlegen sollte. Wo sie helfen konnten, da sprangen sie ein, halfen Kinder wickeln oder stützten eine alte Frau, die sich nicht mehr allein fortbewegen konnte. Sie hatten keine Scheu, sich mit den abgerissensten Gestalten zu befassen. »Was machen diese hübschen Mädchen an Bord eines Goldsucherschiffes?« meinte Summy Skim.

»Mir scheint, wir sind nicht die einzigen, die sich dafür interessieren«, antwortete Ben Raddle. »Hunter und Malone streichen auch schon wie Hunde um sie herum.«

»Laß uns aufpassen, daß diese rohen Kerle ihnen nichts antun.«

»Seit wann interessierst du dich denn für Mädchen, Summy?«

»Ich habe mich immer schon für die geknechtete Kreatur interessiert.«

Schon nach kurzer Zeit stürzten Hunter und Malone auf das Oberdeck, um Luft zu schnappen. Auf einmal tauchten die beiden Mädchen auf. Sofort stellten sich ihnen die Texaner in den Weg und belästigten sie mit anzüglichen Bemerkungen. Summy Skim wäre am liebsten sofort dazwischengetreten, aber solange die Texaner nicht tätlich wurden, gab es keinen Anlaß. Hunter stieß seinen Kumpan ständig mit dem Ellbogen in die Seite, musterte die Mädchen von oben bis unten und tauschte mit Malone

zweideutige Redensarten. Doch die Mädchen sahen und hörten nicht hin und schienen sich von den beiden Maulhelden nicht weiter belästigt zu fühlen.
Summy Skim sah in den nächsten Tagen seine ausschließliche Aufgabe darin, die beiden vor den Beleidigungen der Texaner zu schützen. Solange sich die Rüpel nicht an Deck zeigten, versuchte er selbst, mit den Mädchen in Kontakt zu kommen. Er wagte aber nicht, sie einfach anzusprechen, sondern wartete auf eine günstige Gelegenheit.
Nach drei Tagen lief die *Football* wieder in geschützten Gewässern. Auf der Backbordseite schob sich die fast platte, bewaldete Charlotte-Insel ins Blickfeld, und auf der Steuerbordseite ragten schroffe Berggipfel aus dem Tiefnebel. Die Küste war von vielen Buchten zerrissen, vor deren Eingang zahllose Klippen aus dem Meer wuchsen, die den norwegischen Reisegefährten zu wehmütigen Erinnerungen an die heimatliche Schärenküste veranlaßten.
Die *Football* drehte ein paarmal bei, wenn Indianer vom Ufer aus Zeichen gaben, daß sie etwas verkaufen wollten. Einmal mußte in höchster Eile ein Arzt an Bord geholt werden, weil eine der Frauen bei der Geburt eines 11 Pfund schweren Knaben einen Schwächeanfall erlitten hatte. Nach einer Injektion war die junge Mutter aber gleich wieder wohlauf, obwohl sie nicht wußte, wie sie sich und ihre fünf Kinder nach der Ankunft in Skagway ernähren sollte. Die beiden Mädchen organisierten sofort eine Sammlung und kamen mit ihrem Hut auch zu Summy Skim und Ben Raddle, die sich nicht lumpen ließen und mehrere Banknoten spendeten. Summy Skim gab sich dabei einen Ruck und fragte sie so liebenswürdig aus, daß sie ihm sofort bereitwillig Auskunft gaben. Sie seien Kusinen und hießen beide mit Nachnamen Edgerton, die Brünette Jane und die Blonde Edith. Dann bedankten sie sich höflich und gingen zu anderen Fahrgästen, um weiter für die Wöchnerin zu sammeln.
»Edgerton, diesen Namen habe ich doch schon einmal gehört«, sagte Summy Skim zu Ben Raddle.
»Du meinst wohl diese verrückten Spekulanten, ich glaube, es

waren Brüder, die beinahe die reichsten Männer Amerikas geworden wären, wenn sie nicht all ihr Geld in ein zweifelhaftes Unternehmen der Textilbranche gesteckt hätten?«
»Ich werde die Kusinen bei der nächsten Gelegenheit einfach fragen«, sagte Summy Skim, »so nah am Polarkreis tauen die Menschen leichter auf als weiter im Süden.«
Als die Vettern eine Stunde später über das Oberdeck schlenderten, entdeckten sie die Kusinen vor einem Niedergang.
»Verzeihen Sie, meine Damen«, sagte Summy Skim, »aber mein Vetter und ich haben uns eben gestritten, ob Ihre Väter wirklich die berühmten Baumwollkönige sind, und da wir uns nicht gerne streiten, würden wir uns freuen, wenn sie unseren Streit schlichten könnten.«
»Es macht uns nichts aus«, antwortete Jane Edgerton. »Unsere Väter selig waren tatsächlich in der Baumwollbranche tätig.«
»Was heißt selig? Sind sie nicht mehr am Leben?«
»Sie sind heute vor sechs Monaten bei einem Eisenbahnunglück ums Leben gekommen.«
»Unser Beileid kommt von Herzen, meine Damen. Unsere Anteilnahme für Sie ist so groß, daß wir uns schon oft gefragt haben, aus welchem Grund Sie wohl auf diesem schmutzigen Schiff so weit in den kalten Norden reisen.«
»Das will ich Ihnen gern erklären«, antwortete Jane Edgerton.
»Der ehemalige Hausarzt meines Onkels, Dr. Pilcox, ist vor kurzem als Chefarzt nach Dawson City berufen worden und hat meine Kusine Edith gebeten, als Schwester in sein Krankenhaus einzutreten. Sie hat das Angebot angenommen und ist jetzt auf dem Weg zu ihrem künftigen Arbeitsplatz.«
»In Dawson City?«
»In Dawson City.«
Die beiden Vettern sahen zuerst sich und dann die blonde Edith an, die keineswegs rot wurde. Es schien ihr sogar Vergnügen zu machen, so intensiv betrachtet zu werden. Summy Skim, der ein Physiognom von hohen Graden war, erkannte hinter ihrer glatten, ein bißchen quadratischen Stirn und ihren blauen Augen einen angeborenen Sinn für Ordnung und Systematik, der in der

Lage war, alle empfangenen Eindrücke sofort zu klassifizieren und in besonders etikettierte Schubfächer einzuordnen. Zweifellos war Edith Edgerton durch ihr hervorragendes Ordnungstalent zu einer ausgezeichneten Verwaltungskraft bestimmt, so daß mit ihr ein Element der Gewissenhaftigkeit in das Krankenhaus von Dawson City einziehen würde.

»Und Sie, Fräulein Jane«, sagte Ben Raddle zu der Brünetten, »haben Sie sich auch den Werken der Barmherzigkeit verschrieben?«

»Ich bin leider nicht in der glücklichen Lage meiner Kusine, ich habe nämlich keinen Beruf. Nachdem für mich im Süden nichts mehr zu holen war, will ich es zur Abwechslung im Norden versuchen. Mehr kann ich eigentlich nicht dazu sagen.«

»Wissen Sie auch schon, was Sie dort oben anfangen wollen?«

»Sind Sie eigentlich immer so naiv? Natürlich will ich Gold suchen wie alle Leute.«

»Wie bitte?« rief Summy Skim.

»Was ist daran denn so sonderbar?« sagte Jane Edgerton beleidigt.

»Aber Fräulein Jane«, stotterte Summy Skim, »das ist doch nicht Ihr Ernst, was hat denn eine Frau beim Goldsuchen verloren?«

»Mindestens soviel wie Sie zum Beispiel auch.«

»Ich?« rief Summy Skim. »Ich habe dabei nichts verloren. Ich will ja gar kein Goldsucher werden. Mir gehört zwar ein halber Claim, aber ich fahre bestimmt nicht freiwillig in dieses entsetzliche Land, glauben Sie mir. Ich bin meines Lebens erst dann wieder froh, wenn ich dieses Meer in umgekehrter Richtung befahre.«

»Sie sehen mir auch nicht wie ein richtiger Goldschürfer aus. Aber Sie werden es lernen wie viele tausend andere auch. Wieso soll das eine Frau nicht fertigbringen?«

»Eine Dame gräbt doch nicht nach Gold, sie hängt es sich höchstens um. Eine Frau hat doch nicht die Kraft, die Ausdauer, Fräulein Edgerton, schon ihre Kleider hindern ...«

»Ich will Ihnen einmal was sagen. Sie könnten froh sein, wenn Sie meine Gesundheit hätten, und Kraft, je nun, wenn ich an mein Amulett in der Tasche denke, habe ich soviel Kraft wie sechs Mittelgewichtler. Und dann die Kleider: ist mein Kostüm vielleicht aus schlechterem Stoff als Ihr geschmackloser Frack? Ich glaube sowieso, daß Frauen in Hosen doppelt soviel leisten könnten wie Männer in Röcken!«

Jane Edgerton wartete Summy Skims Antwort gar nicht erst ab, sondern nickte ihm nur kurz zu und gab Ben Raddle rasch die Hand. Dann ging sie mit ihrer blonden Kusine im Schlepptau, die sich das Lachen kaum verbeißen konnte, davon.

Summy Skim sagte nichts mehr nach seiner ersten Begegnung mit einer leibhaftigen Frauenrechtlerin, sondern schaute stumm über die Reeling zu der Charlotte-Insel hinüber, die allmählich achtern verschwand. Die *Football* lief nun in die Dixon-Straße zwischen der Charlotte- und der Prince-of-Wales-Insel ein. Landwind wehte, so daß der Dampfer kaum einem nennenswerten Seegang ausgesetzt war.

Am Abend des 19. April dampfte die *Football* in Sichtweite an Fort Simpson, der letzten Siedlung auf kanadischem Boden, vorbei. Bei Einbruch der Nacht schwammen die Fahrgäste in amerikanischen Gewässern, und am nächsten Tag legte der Dampfer im Hafen von Wrangel an, an der Mündung des Stickem River.

Die kleine Siedlung mit ihren 40 Wohnhäusern, 3 Sägemühlen, einem Hotel, einem Kasino und 6 Spielsalons ließ sich von Bord aus mühelos überblicken. Etwa 50 Passagiere machten sich zum Ausschiffen fertig und ließen sich trotz aller Warnungen nicht davon abbringen, Klondike auf dem 430 km langen, ungemein gefährlichen und strapazierenden Landweg längs des Telegraph Creek zu erreichen.

Nach dem Ablegen von Wrangel manövrierte die *Football* in der enger werdenden Meeresstraße zwischen zahllosen Inseln hindurch und passierte nach einigen Stunden die Siedlung Juneau, die 1882 von einem Herrn gleichen Namens und dessen Kompagnon Richard Harris gegründet worden war. In der Gegend von Juneau war lange vor Klondike nach Gold geschürft worden, und nun lieferte eine mechanisch betriebene Mine eine lohnende Ausbeute an Quarzgestein.

Die Fahrt durch den Kanal bis Skagway hätte zwar nur noch

wenige Stunden gedauert, aber nach Einbruch der Dunkelheit mußte der Kapitän beidrehen, um nicht auf Grund zu laufen. In der letzten Nacht vor dem Anlegen wurde ein lärmendes Bordfest gefeiert, das Hunter mit seinen Spielgenossen anführte. Manche kramten ihre letzten Dollars aus der Tasche, um noch eine Runde mithalten zu können; und wenn sie dann den letzten Penny verloren hatten, rannten sie brüllend aus dem Salon und durch die Gänge, so daß die weniger spielfreudigen Passagiere schnell ihre Kabinentüren verschlossen.
Summy Skim und Ben Raddle blieben bis 21 h in der kleinen Bordbar und durchquerten dann den Spielsalon auf dem Weg in ihre Kabinen. Mitten im Gewühl entdeckten sie Jane und Edith Edgerton, die sich gleichfalls einen Weg zu ihrer Kabine zu bahnen versuchten. Die Vettern gingen gerade auf die Mädchen zu, um ihnen ›Gute Nacht‹ zu sagen, da sprang die Tür zum Nebenraum auf, und ein Dutzend Zechbrüder stürmte in den Salon, allen voran Hunter, der betrunken vor sich hinlallte und ein dikkes Bündel Banknoten in der Hand schwang. Alle drängten sich um den schwitzenden Texaner.
»Hip hip!« schrie Malone.
»Hurra!« brüllten die angeheiterten Spieler.
»Steward!« rief Hunter dazwischen. »He, bring Champagner her, einen Kasten Champagner, ach was, 100 Flaschen, wenn du das Gesöff überhaupt an Bord hast! Heute habe ich euch alle ausgenommen, ihr Stinktiere, aber ich lade auch dafür alle ein, vom Kartoffelschäler bis zum Kapitän!«
»Der Hunter wird immer toleranter!« brüllten die Passagiere, die vom Lärm angelockt, in Scharen hereinströmten. Als sich der Texaner mit glasigen Augen umsah, entdeckte er die beiden Mädchen, die im Gewühle immer wieder zur Seite gedrängt wurden. Hunter war mit wenigen Schritten bei ihnen, packte Jane Edgerton kurzerhand an der Taille und rief:
»Komm her, Kleine, sauf mit!«
Das Mädchen überlegte nicht lange, sondern trommelte dem Texaner mit beiden Fäusten ins Gesicht; der Betrunkene ließ aber nicht locker.

»He, willst du mich kitzeln?« stieß er zwischen den Zähnen hervor und blies Jane seinen Schnapsdunst direkt ins Gesicht. »Nimm dich in acht, sonst muß ich dir ein bißchen die Luftzufuhr sperren!«

Seinen letzten Satz konnte er gerade noch zu Ende sprechen, da traf ihn ein wuchtiger Faustschlag an die Kinnspitze, daß er zurücktaumelte und nach zehn Schritt lautlos zu Boden ging. Während der Texaner allmählich wieder zu sich kam, verstummte jeder Lärm im Saal. Hunter rappelte sich mühsam wieder hoch, gleichzeitig zog er ein feststehendes Messer aus der Tasche.

In diesem Augenblick waren deutlich Schritte zu hören, die von der Kommandobrücke herunterkamen. Offensichtlich war der Kapitän mit seinen Offizieren im Anmarsch. Hunter hielt inne und horchte nach draußen, dabei starrte er haßerfüllt den Mann an, der ihn zusammengeschlagen hatte.

»Sie waren das also«, sagte er zu Summy Skim und steckte sein Messer wieder ein, als die Tür aufging. »Wir reden noch miteinander, Freundchen.«

Summy Skim brachte keinen Ton heraus, sein Vetter sprang für ihn ein.

»Bitte wann, bitte wo?«

»Am Forty Miles Creek, meine Herren 129er!« rief Hunter und stapfte schwerfällig davon.

Summy Skim wußte immer noch nicht, was geschehen war. Gewöhnlich konnte er keine Fliege verjagen, und jetzt hatte er sogar einen Menschen angegriffen.

»Vielen Dank, Sir«, sagte Jane Edgerton und drückte ihm die Hand. Auch ihre Kusine dankte mit einem warmen Blick aus ihren blauen Augen.

Allmählich dämmerte ihm, daß er die Mädchen aus einer unangenehmen Lage befreit hatte. Plötzlich begann er zu lächeln, wie einer, der gerade eben aus allen Wolken gefallen ist.

»Bitte, gern geschehen«, sagte er durch einen Schleier hindurch. Die beiden Damen waren längst in ihrer Kabine verschwunden.

5

Gleich nach der Ankunft in Skagway suchten die beiden Vettern nach einem preiswerten Hotel. Aber ein Wirtshaus war teurer als das andere, so daß sie am Ende für ein schäbiges Doppelzimmer dreimal soviel wie in Vancouver bezahlen mußten. Die kleine Stadt Skagway quoll über von Touristen und Goldsuchern, die in Anbetracht der Preise zusahen, daß sie so schnell wie möglich weiterkamen. Viele Passagiere von der *Football* waren schon wieder abgereist, auch die Texaner Hunter und Malone hatten sich bereits nach Klondike auf den Weg gemacht. Ihre Geräte lagen betriebsbereit auf ihrem Claim, so daß sie mit leichtem Gepäck aufbrechen konnten.

Im Speisesaal des Hotels wimmelte es von Goldsuchern aus aller Herren Länder, die in allen Kultursprachen auf das langweilige Polaressen schimpften. Die Hoteliers konnten sich alles erlauben, denn die durchreisenden Gäste waren auf die Hotels wohl oder übel angewiesen, die Hoteliers aber nicht auf die Gäste.

»Ein Lichtblick bleibt uns wenigstens«, sagte Summy Skim, »wir müssen nicht in Gegenwart dieser texanischen Spitzbuben zu Mittag essen. Mir tun jetzt schon alle leid, die ihnen unterwegs begegnen müssen.«

»Wären wir nur auch schon unterwegs«, antwortete Ben Raddle. »Ich fürchte, wir müssen noch ein paar Tage in diesem Kaff bleiben, ehe wir unsere Ausrüstung beisammen haben.«

»Die gehen auch noch vorbei. Die Aussicht, daß wir meinen persönlichen Freund Hunter in wenigen Wochen als Nachbarn wiedersehen werden, versüßt mir die Reise ungemein. Ich kann nur hoffen, daß wir unsere Kiesgrube ganz besonders schnell an den Mann bringen.«

»Hast du schon gesehen«, flüsterte Ben Raddle, »dort drüben an dem Tisch sitzen die beiden Fräulein Edgerton.«

»Ein Trost, denen geht es auch nicht besser als uns.«

Jane und Edith Edgerton waren offensichtlich im selben Hotel wie die Vettern aus Montreal abgestiegen. Auch am nächsten Tag begegneten sie ihnen bei allen Mahlzeiten, und als die beiden

Mädchen auch am dritten Tag nach der Ankunft in Skagway anscheinend immer noch ohne Aussicht auf ein angemessenes Transportmittel nach Klondike im Salon herumsaßen, raffte sich Summy Skim auf und ging an ihren Tisch. Beim Gedanken, daß die beiden Mädchen mit irgendwelchen gold- und auch sonst gierigen wildfremden Männern nach Klondike reisen würden, krampfte sich sein Herz zusammen. Summy Skim wandte sich zunächst an Edith, die Blonde, die nicht so vorlaut war wie ihre Kusine und auch etwas zugänglicher schien.
»Wie gefällt Ihnen Skagway, Fräulein Edith?«
»Ein langweiliges Nest.«
»Das finden wir auch. Wollen Sie nicht so bald wie möglich von hier weg?«
»Allerdings.«
»Haben Sie schon ein Transportmittel nach Dawson City, wenn ich einmal so direkt fragen darf?«
»Nein.«
»Haben Sie sich wenigstens für ein bestimmtes entschieden?«
»Auch das nicht.«
»Nun, dann wünsche ich Ihnen viel Glück«, sagte Summy Skim und zog sich zurück. Die trockene Art Edith Edgertons hatte ihm die Sprache verschlagen, so daß er mit seinem Plan, der ihm vage im Kopf herumspukte, erst gar nicht herausrückte.
Am folgenden Tag konnten die Vettern von ihrem Tisch aus sehen, daß sich die Mädchen mit ein paar verlotterten Männern unterhielten, die schon in wenigen Tagen aus Skagway abmarschieren wollten.
»Ben«, sagte Summy Skim, »das können wir nicht zulassen, daß die wohlerzogenen Mädchen mit diesen verkommenen Subjekten auf die Reise gehen. Komm, die Burschen scheinen wieder zu verschwinden, wir müssen ihnen ins Gewissen reden.«
Die Vettern standen auf und setzten sich zu den Kusinen. »Gibt's was Neues, Fräulein Edith?« fragte Summy Skim schüchtern.
»Nein.«
»Daran wird sich auch so schnell nichts ändern.«
»Kann sein.«

»Sagen Sie mal, ist es sehr indiskret, wenn wir Sie fragen, wie Sie von Skagway nach Dawson kommen wollen?«

»Sicher nicht. Wir haben eben mit ein paar Leuten verabredet, zusammen eine Art Reisegesellschaft auf Gegenseitigkeit zu gründen.«

»Mit diesen Typen da? Es ist zwar immer noch besser, Sie reisen in Gesellschaft, als daß Sie ganz allein durch diese Wüstenei marschieren, aber mit diesen undurchsichtigen Gesellen?«

»Wir müssen eben nehmen, wer kommt!« rief Jane Edgerton. »Mit unseren Mitteln können wir uns keine fürstliche Begleitung leisten.«

»Alles was recht ist, Fräulein Edgerton, aber zwischen Fürsten und den Halunken, denen Sie sich anschließen wollen, liegt nicht nur ein Unterschied, sondern die ganze Skala unserer Gesellschaft. Ich garantiere Ihnen, daß Sie sich bei der erstbesten Gelegenheit von diesen Hallodris trennen werden.«

»Ja und? So marschieren wir eben allein weiter.«

»Was? Zwei Damen allein an den Grenzen Alaskas! Um Himmels willen, Sie werden jämmerlich eingehen!«

»Reden Sie doch nicht so einfältig daher«, sagte Jane kühl. »Wenn Sie heil durch die Tundra kommen, schaffen wir das noch allemal.«

»Kann ja sein«, meinte Summy Skim, »wir gehen jedenfalls kein Risiko ein und mieten uns einen Führer, der sich auskennt und alle nötigen Hilfsmittel besitzt. Ich möchte Ihnen ja nicht zu nahe treten, aber warum gehen Sie nicht unter der Führung eines ausgesprochenen Fachmanns mit uns nach Klondike?«

»Unter welchen Bedingungen?« fragte Jane.

»Ach so – Sie sind natürlich unsere Gäste.«

»Wir danken Ihnen für Ihr Angebot, Herr Skim, aber wir können es nicht in Anspruch nehmen. Wir sind zwar nicht reich, aber soviel Geld haben wir noch, daß wir auf eigene Rechnung nach Dawson City reisen können. Solange wir nicht am Hungertuch nagen, wollen wir niemandem auf der Tasche liegen.«

Summy Skim zog den Kopf ein, als ihm das Mädchen die Abfuhr erteilte. Jane wandte sich an Ben Raddle.

»Sie verstehen uns doch, oder?«
»Ja, sicher.«
Ben Raddle packte seinen verstörten Vetter am Arm und zog ihn mit sich fort. Er hatte sich schon am Tag vorher mit einem einheimischen Waldläufer und Scout verabredet, der die beiden Kanadier nach Dawson City bringen konnte.
Wenige Minuten später trafen die Vettern den Scout Bill Stell. Dieser Mann hatte früher während der Kämpfe gegen die Indianer bei den kanadischen Truppen als Kurier und Spähtruppführer gedient und unterhielt nun ein regelrechtes Reiseunternehmen. Von Beginn der warmen Jahreszeit an führten er und seine Angestellten Goldsucher nach Klondike und wieder zurück. Zu seinem Service gehörte neben der Verproviantierung der Transport mit firmeneigenen Schlittengespannen und Booten, die zusammen mit der notwendigen Mannschaft an verschiedenen Stellen der Marschroute postiert waren. Der Scout war ein mittelgroßer, etwa 50 Jahre alter, sehniger Mann mit graugeschecktem Bart und Bürstenhaarschnitt. In seinem wettergegerbten, offenen Gesicht leuchteten zwei nicht sehr flinke, aber durchaus verläßliche Augen. Seine ganze Haltung, seine Gesten verrieten soldatische Zucht, Pflichtbewußtsein, den Geist des denkenden Einzelkämpfers.
Summy Skim wunderte sich insgeheim, daß sich der Scout noch nicht von dem Goldfieber der Männer, die er Jahr für Jahr zu den Claims führte, hatte anstecken lassen. Als er Bill Stell aber näher kennenlernte, fand er in ihm einen Geistesverwandten, einen Mann der praktischen Vernunft, der mit seinem Schicksal zufrieden war, zumal er oftmals das Ende so hoffnungsfroh aufgebrochener Menschen mit angesehen hatte.
»Hier sind wir, Herr Stell«, sprach Ben Raddle den Scout an. »Ich habe Ihnen schon gesagt, wir wollen auf dem schnellsten Weg nach Dawson City kommen.«
»Das ist zu machen, meine Herren«, antwortete der Scout. »Wie lange wollen Sie im Goldland bleiben?«
»Wahrscheinlich nur ein paar Wochen.«
»Sie sind wohl keine Goldschürfer?«

»Wahrscheinlich nicht. Mein Vetter und ich haben einen Claim geerbt, den wir gern verkaufen wollen. Wir haben auch schon ein Angebot; bevor wir aber darauf zurückkommen, wollen wir uns das Objekt erst einmal ansehen.«
»Das hätte ich Ihnen auch geraten, Herr Raddle. Sie glauben gar nicht, mit welchen Tricks ahnungslose Leute dort übers Ohr gehauen werden.«
»Deshalb sind wir hierhergekommen.«
»Fahren Sie wieder nach Montreal zurück, wenn Sie Ihren Claim verkauft haben?«
»Wir haben es zumindest vor. Wenn Sie wollen, können Sie uns auch wieder zurück nach Skagway führen.«
»Darüber läßt sich reden. Aber zunächst geht es um den Hinweg nach Dawson City. Ich erkläre Ihnen jetzt meine Bedingungen, damit Sie sich nachher nicht übervorteilt fühlen. Haben Sie irgendwelches schwere Gerät bei sich?«
»Nein.«
»Gut. Die Reise wird 30 bis 35 Tage dauern. Sie haben nur für Ihre Kleidung und Ihr persönliches Gepäck zu sorgen. Ich stelle Pferde, Maultiere und Hundegespanne, Schlitten, Boote, Zelte, das Futter für die Tiere und die gesamte Verpflegung. Das sind die Fixkosten, die ich Ihnen noch im einzelnen aufstellen werde. Dazu kommt der ortsübliche Gepäcktarif von 5 bis 7 Cent pro Pfund für den ersten besonders schwierigen Teil der Strecke.«
»Wir haben nur normales Handgepäck. Wie teuer wird es dann werden, Herr Stell?«
»Etwa 1 800 Francs.«
»Das geht ja. Wann können wir abreisen?«
»In 48 h ist alles vorbereitet.«
»Reisen wir von hier aus mit dem Schiff nach Dyea?«
»Nein, das wäre ein Umweg. Wir fahren gleich mit den Schlitten los. Es gibt zwei Wege nach Klondike. Der eine führt über den White-Paß, der andere über den Chilkoot. Dort geht es zum Bennett- bzw. Lindemann-See hinunter.«
»Welche Route ziehen Sie vor?«
»Den Chilkoot-Paß. Von dort erreicht man mühelos das Ende des

Lindemansees, wo sich eine feste Unterkunft befindet. Dort habe ich auch ein Depot, in dem ich alles Gerät zurücklasse, das ich nicht über das Gebirge schleppen will.«

»Wunderbar. Dann brauchen wir also nur in zwei Tagen reisefertig zu sein.«

»Übermorgen früh marschieren wir ab und werden abends nicht mehr weit vom Chilkoot sein.«

»Wie hoch liegt dieser Übergang?«

»Nur etwa 1 000 m. Der Paßweg ist allerdings ziemlich eng und führt in zahllosen Windungen über den Berg. In dieser Jahreszeit ziehen Tausende von Goldsuchern über den Chilkoot und verstopfen mit ihren Trecks den Paß, der oft genug von herunterbrechenden Schneemassen gesperrt wird.«

»Ich habe noch eine Frage, Herr Stell. Wieviel mehr würde die Reise kosten, wenn, sagen wir, noch zwei junge Damen mitgingen?«

»Das hängt davon ab, wieviel Gepäck die Damen mitnehmen.«

»Ganz wenig.«

»Ich schätze, das wird etwa 500 bis 700 Francs mehr kosten. Im einzelnen hängt es vom Gewicht des Gepäcks ab. Verpflegung ist im Preis natürlich inbegriffen.«

»Vielen Dank für die Auskunft. Wir sehen uns übermorgen wieder.«

Die Vettern verabschiedeten sich und schlugen den Weg zu ihrem Hotel ein.

»Wen meinst du denn mit jenen jungen Damen? Doch nicht etwa Jane und Edith Edgerton?« fragte Summy Skim.

»Ach, bist du schlau!«

»Aber die Mädchen wollen doch gar nicht, und du hast sie auch nicht ermuntert.«

»Das streite ich nicht ab.«

»Jane hat uns eine schöne Abfuhr erteilt!«

»Mir scheint, du blickst hier nicht ganz durch, Summy. Mit Frauen kann ich besser umgehen als du. Laß mich nur machen.«

Die beiden Kusinen saßen im Lesesaal und blätterten in Frauenzeitschriften vom vergangenen Jahr. Ben Raddle trat gleich auf Jane zu und sprach sie an:

»Fräulein Edgerton, ich mache Ihnen heute einen Vorschlag unter Männern.«

»Das klingt schon besser.«

»Dann hören Sie mich bitte zu Ende an, wie es unter Männern üblich ist. Mein Vetter Summy hat Sie gestern eingeladen, mit uns nach Dawson City zu reisen. Ich habe ihn deshalb ziemlich zusammengestaucht, denn Sie und Ihre Kusine würden uns ungefähr 700 Francs kosten. Im Gegensatz zu meinem Vetter bin ich Geschäftsmann, und ich sehe grundsätzlich darauf, daß jeder Franc, den ich investiere, wieder herausspringt und möglichst noch ein paar mehr dazu. Glücklicherweise sind Sie auf das törichte Angebot meines Vetters gar nicht erst eingegangen.«

»War das alles, was Sie mir sagen wollten?«

»Nein. Mein Vetter hat insofern nicht ganz unrecht, als Sie ohne Begleitung oder mit einer schlechten ziemlich übel dran sind in diesem Land.«

»Das will ich nicht bestreiten, Herr Raddle. Ich weiß aber nicht, worauf Sie jetzt noch hinauswollen.«

»Warten Sie doch ab, Fräulein Edgerton. Im Grunde wäre es Ihnen in vieler Hinsicht angenehm, wenn Sie auf unsere Hilfe zurückgreifen könnten. Sie kämen bald von hier weg und würden auf dem schnellsten Weg nach Dawson City geführt, so daß Sie noch rechtzeitig bei den Placers eintreffen. Ihre Gewinnchancen stiegen erheblich, wenn Sie auf unser Angebot eingehen; wenn ich mir eine kleine Beteiligung an Ihrem Erfolg erbitte, dafür, daß ich Sie überhaupt erst in die Lage versetzt habe, Erfolg zu haben, so ist das doch ein faires Geschäft. Ich schlage Ihnen konkret vor: Sie und Ihre Kusine reisen auf unsere Kosten nach Dawson City, und Sie geben mir dafür 10 % Ihres künftigen Nettogewinns.«

»10 % sind freilich ein bißchen viel ...«

»Die Reise nach Dawson City ist allerdings auch ein bißchen kostspielig, Fräulein Edgerton.«

»Gut, ich bin einverstanden. Wenn Sie wollen, halten wir unsere Abmachung gleich schriftlich fest.«
»Das wollte ich auch gerade vorschlagen«, sagte Ben Raddle und setzte sich an den kleinen Lesetisch. Seine Geschäftspartnerin stand hinter ihm und sah ihm über die Schulter zu, was er auf einen Briefbogen des Hotels schrieb:
Zwischen den natürlichen Personen
1. Fräulein Jane Edgerton, Goldschürferin, wohnhaft in...
»Ja, wo wohnen Sie eigentlich?« fragte Ben Raddle.
»Schreiben Sie ruhig hin: Krankenhaus von Dawson City«, antwortete Jane Edgerton.
Dawson City, Krankenhaus, und
2. Herrn Ben Raddle, Ingenieur, wohnhaft in Montreal, rue Jacques Cartier, Nr. 29,
wird folgender Vertrag geschlossen:...
Summy Skims Gesicht hellte sich immer mehr auf, als er sah, daß die Damenbegleitung nun doch nicht ausfiel. Die blonde Edith, die ihm gegenübersaß, zog dagegen ihre viereckige Stirn kraus und starrte Summy Skims Bart an, als ob sie darin etwas verloren hätte.

6

Mit Sack und Pack erschienen die beiden Vettern und die Kusinen am frühen Morgen des 27. April vor dem Depot Bill Stells. Zwei Schlitten standen fahrbereit vor dem Haus. Auf dem einen wurde das Gepäck verstaut, auf dem anderen nahmen die jungen Damen Platz, die der Scout persönlich in Decken und Felle hüllte. Punkt 6 h zogen die Maultiere an, und der Marschtrupp mit Bill Stell, Summy Skim, Ben Raddle und sechs Mann Begleitpersonal setzte sich in Bewegung.
Als die Mädchen merkten, welchen Komfort ihnen ihr Geschäftspartner bot, streckten sie ihre roten Nasen aus dem Pelz und warfen den Vettern Kußhändchen zu, diese aber taten, als

hätten sie nichts gesehen. Der Scout fand solche Zurückhaltung gar nicht sehr höflich und marschierte gleich hinter Skagway neben dem Schlitten der Mädchen her.
»Was haben Sie in Dawson City vor?« fragte er die Kusinen.
»Meine Base wird dort als Krankenschwester arbeiten«, antwortete Jane.
»Dann machen Sie mal, daß Sie dorthin kommen! Kein Mensch will Krankenschwester werden, alles schürft im Boden herum, und in dem überfüllten Krankenhaus sterben Dutzende an Typhus, weil die Leute keine Widerstandskräfte mehr haben, wenn sie durchgefroren und verhungert in Klondike ankommen. Aus diesem Grund sehe ich zu, daß sich meine Fahrgäste nicht überanstrengen und immer genug zu essen bekommen.«
»Kehren wir unterwegs auch in Hotels ein?« fragte Edith.
»Mal sehn. Hotels gibt es hier nicht, sondern nur primitive Übernachtungsheime, in denen man einen halben Dollar zahlt für eine Holzpritsche und einen ganzen Dollar für eine Speckschwarte und drei Scheiben Brot, von dem man nur, verzeihen Sie, Durchfall bekommt.«
»Schöne Aussichten.«
»Beruhigen Sie sich, meine Damen, in drei Tagen liegt das Schlimmste bereits hinter uns. Im Seengebiet werde ich Sie aus meinen eigenen Depots versorgen.«
Die Schlitten glitten unterdessen mühelos über den bei 10° Kälte völlig vereisten Schnee. Die leicht beladenen Gespanne Bill Stells kamen bedeutend schneller voran als die plumpen Schlitten anderer Reisender. Schon bald nach Skagway kam Bill Stells Trupp an mehreren verunglückten Gespannen vorbei. Da waren Schlitten umgestürzt und hatten ihre Insassen unter sich begraben, oder die Zugtiere waren ausgerutscht und konnten sich aus eigener Kraft nicht mehr aufrichten. In einem Hohlweg wurden die Reisenden beinahe in eine Schlägerei verwickelt, als der Trupp vor ihnen einen anderen zu überholen versuchte und sich die Schlitten ineinander verkeilten. Mit geschwungenen Peitschen stürzten die Männer aufeinander los, plötzlich fielen Schüsse, aber dann hüllte ein Schneewirbel die Reisenden ein,

und als die Luft wieder klar war, hatte sich das eine Schlittengespann davongemacht.
Noch vor Mittag kamen die Häuser von Dyea in Sicht, eine Ansammlung von Baracken, die diesen Stadtembryo am Ende der schmalen Meeresbucht bildeten. Ungefähr 3000 Auswanderer drängten sich in dieser Station zusammen, von der die meisten Goldsucher zum Chilkoot aufsteigen. Der Scout ließ gleich wieder abmarschieren, damit die Reisenden noch vor der Hauptmasse der Auswanderer den Paßweg erreichten.
Bald stiegen sie einen steilen Weg bergan, der sich durch Fichtenwald schlängelte; auf Weiden glänzte der Rauhreif, und die Tannenzweige bogen sich unter der Last des Schnees. Manchmal gähnte dicht am Weg ein Abgrund, in den sich über Eiskrusten hinweg ein Wasserfall ergoß.
»Wie weit ist es noch bis zur nächsten Station?« fragte Ben Raddle den Scout.
»In schätzungsweise 5 bis 6 h werden wir am Sheep-Camp sein, wo wir bis morgen früh bleiben werden.«
»Werden die Damen dort auch ein hübsches, warmes Zimmer finden?« fragte Summy Skim besorgt.
»Ich glaube kaum«, antwortete Bill Stell, »die paar Hütten werden von den Auswanderern überlaufen sein. Ich für mein Teil schlafe sowieso lieber im Zelt.«
»Wir auch«, rief Edith, die das Gespräch von ihrem Schlitten aus mitangehört hatte.
»Ich hatte auch nur Angst«, meinte Summy Skim, »die Damen hätten kein Zelt für sich.«
»Ich habe sogar für jedes Zelt einen Ofen dabei. Keiner meiner Fahrgäste braucht zu frieren.«
»Hören Sie bloß auf, uns dauernd wie Ihre Tanzstundendamen zu behandeln, Herr Skim«, sagte Jane und schlug ihren Pelzumhang zurück. »Wir haben mit Herrn Raddle einen vollkommen eindeutigen Vertrag geschlossen und verbitten uns darüberhinaus jede scheinheilige Ritterlichkeit, die wir als Vertragsbruch und Beleidigung empfinden.«
»Bitte, wenn Sie wollen, ich kann auch anders. Sie dürfen sich

dann aber nicht wundern, wenn Sie später gnadenlos durch die Prärie gescheucht werden.«
»Von wem, wenn ich fragen darf?« rief Jane. Summy Skim hatte sich aber schon wieder seinem Vetter angeschlossen.
Gegen 18 h traf der Trupp in Sheep-Camp ein. Nach einer kurzen Besichtigung der Übernachtungsheime, in die sich ganze Regimenter von Goldsuchern zu zwängen versuchten, führte der Scout seine Leute ein Stück aus der Siedlung heraus und ließ im Schutz einer Baumgruppe das Lager aufschlagen.
Kaum hielten die Schlitten an, da sprangen Jane und Edith herunter, wickelten Felle und Planen auseinander und gingen den Männern so flink zur Hand, daß die Öfen schon eine Viertelstunde später in den Zelten qualmten. Nach dem Abendessen mit kaltem Fleisch und heißem Tee schlüpften die Reisenden schnell in ihre Decken. Summy Skim konnte als einziger lange nicht einschlafen; immer wieder hörte er Frauen durch den Schnee stapfen und nach ihren Kindern rufen, die sich in der Dunkelheit außerhalb des Camps verirrt hatten. Schaudernd stellte er sich vor, wieviele der brustschwachen Kinder bis nach Dawson City wohl auf der Strecke bleiben würden.
Als die Vettern am nächsten Morgen kaum ausgeschlafen aus ihrem Zelt krochen, hatten die Kusinen ihre Behausung schon abgebaut und zusammengefaltet. Auf dem Ofen, den sie noch hatten stehen lassen, dampfte der Kaffeetopf. Edith streckte Summy Skim grinsend einen Becher entgegen.
»Den Kaffee müssen Sie sich aber selber holen, Herr Skim. Sie werden genauso wenig bedient, wie wir uns bedienen lassen.«
Summy Skim grinste gequält und schenkte sich seinen Becher voll, während die Mädchen ihr Gepäck verschnürten und so geschickt auf dem Schlitten verzurrten, daß man jedes einzelne Stück bequem wieder herunternehmen konnte, ohne andere Packen abbauen zu müssen. Ben Raddle nahm von dem methodischen Eifer Janes mit besonderer Befriedigung Notiz.
Zügig marschierten die Reisenden los, mußten aber schon nach wenigen hundert Metern ihr Tempo mäßigen, weil die Maultiere auf der immer steiler ansteigenden, von Querrinnen durchzoge-

nen Straße oft nur nach gutem Zureden vom Fleck kamen. Eine Stunde später war der Weg zum ersten Mal an diesem Morgen durch liegengebliebene Schlitten blockiert. Die Leute Bill Stells überlegten nicht lange, sondern packten mit an und hoben die schweren Schlitten wieder auf die Fahrbahn.
Trotz der frühen Morgenstunde waren schon wieder Hunderte von Goldsuchern unterwegs. Die meisten konnten mit dem Marschtempo des Stell-Trupps nicht mithalten und blieben zurück, so daß die Reisenden zunächst wieder schneller vorwärtskamen. Aber in größerer Höhe mußten sie mehrere Maultiere beiseite räumen, die erst vor kurzem verendet waren. Immer wieder versuchten die Schlittenhunde anderer Trecks, sich von ihrem Geschirr loszureißen und sich auf die steifgefrorenen Tierkadaver zu stürzen. Hinter einer Wegbiegung sah Ben Raddle zu seinem Entsetzen eine blaugefrorene Hand aus dem Schnee ragen. Er rief seinen Vetter, zusammen gruben sie einen toten Mann aus einer lockeren Schneeschicht. Seine Kameraden mußten ihn kurzerhand in den Schnee geworfen haben, um ihre Schlitten nicht mit der Leiche zu belasten. Es blieb aber nicht bei diesem einen Opfer des Goldrausches. Einmal aufmerksam geworden, entdeckten die Reisenden an vielen kaum versteckten Stellen abseits des Weges die vom Schnee verwehten Umrisse von Erwachsenen, zuletzt auch von Kindern. Wenn es nach Summy Skim gegangen wäre, hätte der Trupp sofort kehrtgemacht.
Jane und Edith kümmerten sich in der Zwischenzeit um die Lebenden. Sobald sie sahen, daß irgendeiner der Goldsucher vor ihnen vor Schwäche in den Schnee fiel, sprangen sie hin und flößten ihm einen Schluck Schnaps ein. Gegen Mittag gab es wieder Stauungen. Manche Gespanne blieben in den immer enger werdenden Windungen der Straße hängen, weil ihre Lasten zu weit überstanden. So mußten die Reisenden ungeduldig zusehen, wie andere ihre zerlegten Boote abluden, die Teile einzeln an die Zugtiere hängten und durch den Schnee schleppen ließen. Manchmal mußte auch Bill Stell anhalten lassen, damit die Tiere verschnaufen konnten. Stellenweise stieg der Paßweg in einem Winkel von fast 45° an, so daß die Maultiere trotz ihrer Winter-

hufeisen abglitten oder versuchten, nach der Seite auszubrechen. Gnadenlos gebrauchten die Leute des Scouts die Peitsche, in die Hufspuren versickerte so mancher Tropfen Blut.
Gegen 17 h blieb der Trupp auf ein Zeichen Bill Stells stehen. Die Männer führten die erschöpften Tiere in eine von Bäumen geschützte Mulde, und die Zelte wurden unter herabhängenden Ästen aufgeschlagen.
»Rechnen Sie mit stärkerem Wind, weil Sie das Lager in diesem Kessel aufschlagen lassen?« fragte Ben Raddle den Scout.
»Die Nacht wird ungemütlich werden. Obwohl die Bäume den direkten Anprall des Sturms mildern, fängt sich der Wind im Kessel und treibt uns den Schnee um die Ohren.«
»Müssen wir Angst haben?« fragte Summy Skim.
»In meiner Nähe braucht keiner Angst haben«, antwortete Bill Stell.
Die Reisenden hatten um 19 h gerade ihr Abendbrot beendet, da fuhren die ersten Sturmböen in die Zeltwände. Als der Scout den Kopf aus dem Eingang streckte, konnte er keine zwei Meter weit sehen, so dicht trieb der Schnee. Seine Leute hatten alle Mühe, die Öfen in Gang zu halten, weil der Wind den Rauch wieder in den Abzug drückte. Während die anderen längst schliefen, schlichen Ben Raddle und Summy Skim mehrmals nach draußen und sahen nach den Zeltpflöcken, aber nicht nach ihren eigenen, sondern nach denen der Mädchen. Besonders Summy Skim kämpfte immerzu mit der Zwangsvorstellung, der Sturm könne zusammen mit dem Zelt auch die schlanken Mädchen in die Schlucht hinunterwehen.
Als der Morgen graute, standen noch alle Zelte, wenn auch etwas windschief. In der weiteren Umgebung aber hatte der Sturm furchtbare Verheerungen angerichtet. Mehrere Schlitten waren im Schneesturm von der Straße abgekommen und in eine Klamm gestürzt, in deren Tiefe ein reißender Wildbach tobte. Die meisten Zugtiere waren dabei umgekommen, nur wenige hatten sich losgerissen und irrten in dem tiefverschneiten Gebirge herum. Als der Trupp Bill Stells auf der Straße weiterzog, trafen die Reisenden ganze Familien, die über Nacht alles verloren hatten.

»Mein Gott, wie kommen die jetzt weiter?« rief Jane.
»Das ist ihre Sache«, antwortete Bill Stell. »Keiner hat sie gezwungen, nach Klondike zu reisen, im Goldland ist jeder für sich selber verantwortlich. Wir können ihnen nicht helfen.«
Die Reisenden kamen bald aus der Waldzone heraus. Ungehindert strich der kalte Nordostwind über die in der Sonne glänzenden Schneeflächen. Da Bill Stell trotz aller Sorgfalt vergessen hatte, Schneebrillen mitzunehmen, mußten sich die Reisenden die Lider mit zerstoßener Holzkohle bestreuen, um die Augen vor den fast unerträglichen Strahlen zu schützen. Die Mädchen weigerten sich allerdings standhaft, ihre Gesichter zu beschmieren.
»Fräulein Jane«, sagte Ben Raddle, »ich stelle mir nur vor, wie Sie später auf dem Boden Ihres Claims herumkriechen werden und mit Ihrer Nase im Dreck schnüffeln, weil Sie mit Ihren entzündeten Augen nichts mehr sehen.«
»Und ich, Fräulein Edith«, fuhr Summy Skim im gleichen Ton fort, »bedaure jetzt schon Ihre armen Patienten, denen Sie Desinfektionsmittel statt Hustensaft einflößen werden, weil Sie die Flaschen nicht mehr unterscheiden können.«
»Weit her kann es mit Ihrer Emanzipation nicht sein«, sagte Ben Raddle, »wenn Sie glauben, Ihre Schönheit vor der Vernunft schützen zu müssen.«
Die jungen Damen hörten aber schon nichts mehr, denn sie hatten ihre Köpfe tief in ihren Pelzumhängen versteckt. Erst am Abend wagten sie wieder einen Blick nach draußen, und da lag die Kammhöhe des Chilkoot schon hinter ihnen. Am nächsten Tag sollte der Trupp über die Nordflanke absteigen. Mehrere tausend Goldsucher hatten an dieser Stelle ihr Lager eingerichtet. Viele ließen einen Teil ihres schweren Gepäcks liegen, schafften die wichtigsten den Berg hinunter, stiegen dann wieder hinauf und holten den Rest nach, sofern er nicht gestohlen worden war. Die bestausgerüsteten Goldschürfer mußten den Chilkoot zehn- bis zwanzigmal hinunter- und hinaufsteigen. Der Anblick der verschneiten Ebenen des Goldlandes Klondike schien sie aber für alle Strapazen zu entschädigen.

In der ersten Hälfte der Nacht kletterte die Temperatur plötzlich in die Höhe, und gleichzeitig brachen solche Sturmböen in das Lager, daß die Reisenden die Zelte abbrechen mußten und in ihre Decken gehüllt schlaflos und sehnsüchtig den Morgen erwarteten.

»Mein halbes Leben habe ich die Philosophie von der Antike bis heute studiert«, sagte Summy Skim zu seinem Vetter, »aber ich habe nur einen wahren Satz gefunden: das Elend des Menschen kommt daher, daß er nicht ruhig auf seinem Hintern sitzen bleiben kann. Ich verspreche dir, ich gehe nicht mehr aus Green Valley fort, falls wir jemals wieder dorthin zurückkommen.«

»Worüber ich nicht reden will, darüber will ich schweigen«, brummte Ben Raddle und drehte sich auf die andere Seite.

Als der Sturm etwas abflaute, hörten die Reisenden ringsumher die Hilferufe und Flüche der Goldsucher, deren Angehörige und Gepäckstücke in Schneewehen verschwunden waren. Mit dem Morgengrauen standen die Reisenden auf, die Schlitten wurden so weit wie möglich entladen und die Hunde angeschirrt, dann begann der gefährliche Abstieg.

Unterdessen legte sich der Wind bis auf eine leichte Brise aus Osten, die Temperatur stieg bis knapp unter den Nullpunkt. Der Scout führte seinen Trupp so geschickt, daß er ohne Zwischenfall lange vor Abend am Fuß des Chilkoot ankam. Inmitten eines ausgedehnten Lagerplatzes stellten die Reisenden die Zelte auf, und am nächsten Vormittag erreichten sie nach einem leichten Marsch das südliche Ende des Lindemansees.

7

Der Scout führte seinen Trupp um einen Hügel herum und ließ die Reisenden in ein festes Haus eintreten, an das mehrere Geräteschuppen und Ställe angebaut waren. Bill Stell war nicht der einzige Reiseunternehmer, der an dem Schnittpunkt der Routen über den Chilkoot und White-Paß einen Beherbergungsbetrieb unterhielt. Neben Kanadiern hatten einige kapitalkräftige Amerikaner Gästehäuser und Materialdepots errichtet, die den Ansturm der Goldsucher aber nicht bewältigen konnten. Viele Reisende zogen es immer noch vor, sich unterwegs selbst zu versorgen und alles Material selbst über das Gebirge und das Seengebiet bis nach Klondike zu transportieren. Als Summy Skim und Ben Raddle den ausgedehnten Lagerplatz am Ufer des Lindemansees durchstreiften, sahen sie zahlreiche Trupps, die aus mitgeführten Bauteilen plumpe Boote zusammensetzten, während andere ihre Fahrzeuge am Seeufer zimmerten, wo ihnen primitive Sägewerke die Materialien lieferten. Gegen 16 h kamen die Reisenden und alle Angestellten Bill Stells im gutgeheizten Salon zusammen, um sich gegenseitig kennenzulernen. Sie mußten sich darauf einrichten, einen ganzen Monat miteinander auszukommen.

»Das Schlimmste hätten wir wohl hinter uns, oder?« fragte Summy Skim Bill Stell.

»Fanden Sie es schlimm?« antwortete der Scout. »Ich habe schon anderes erlebt. Vergessen Sie nicht, daß noch ein paar hundert Kilometer vor Ihnen liegen.«

»Ich habe gehört, wir brauchen uns nur noch ins Boot zu setzen und werden dann bis nach Dawson City gerudert.«

»Ganz so einfach ist es nicht, Herr Skim. Wir haben noch nicht Hochsommer, die Flüsse und Seen werden teilweise noch zugefroren sein, und wo das Tauwetter eingesetzt hat, werden wir uns vor den Eisschollen in acht nehmen müssen. Meinen Erfahrungen nach werden wir hie und da sogar gezwungen sein, das Boot über Land zu transportieren.«

»Dann verstehe ich nicht, weshalb für ein verkehrstechnisch so wenig erschlossenes Gebiet soviel Reklame gemacht wird.«

»Das ist eben unser Kummer. Immerhin haben sich schon 2000 Arbeiter zusammengefunden, um unter der Leitung des Ingenieurs Hawkin eine Eisenbahnlinie zu bauen.«

»Wir erleben Sie sicher nicht mehr. Halten wir uns lieber an die Gegebenheiten. Können Sie uns vielleicht die Karte zeigen?«

»Aber gern«, antwortete der Scout und entfaltete eine Karte von

Nordkanada auf dem großen Tisch des Salons. Mit dem Bleistift zeigte er auf den jetzigen Standort am Lindemansee.

»Wenn der See noch ganz zugefroren oder schon ganz aufgetaut ist, kommen wir in wenigen Stunden ans andere Ufer. Von dort müssen wir Boot und Gepäck 2 km weit über Land schleppen. Wenn noch genügend Schnee liegt, ist das eine Affäre von einer halben Stunde, denn mein Boot kann auf seinen Kufen wie ein Schlitten gezogen werden.«

»Müssen wir danach noch öfter über Land?«

»Nein. Den Bennettsee verlassen wir auf dem Rio du Caribon und erreichen so den Tayischsee, der mit dem Marschsee in Verbindung steht. Wir werden wiederum einen Flußlauf benutzen, müssen an dessen Unterlauf aber die berüchtigten White-Horse-Stromschnellen überwinden, in denen schon manches Boot zerschellt ist.«

»Im Großen und Ganzen werden wir aber doch auf dem Wasserweg bis nach Dawson City kommen?« fragte Ben Raddle.

»Ja. Vom Labargesee aus, in den die Stromschnellen münden, werden wir ohne Unterbrechung zuerst den Lewis und dann den Yukon hinunterfahren.«

»Wie weit ist es von dort bis nach Klondike?«

»Ungefähr 600 km.«

»Wir sind also noch lange nicht da«, sagte Summy Skim.

»Wenn wir den Ausfluß des Lewis aus dem Labargesee erreicht haben, ist erst die Hälfte der Strecke geschafft, Herr Skim.«

»Na, dann gute Nacht!« rief Summy Skim. »A propos Nacht, ich schlage vor, wir gehen bald ins Bett, wer weiß, wann wir das nächste Mal ein richtiges Bett sehen.« Summy Skim schlief in dieser Nacht das erste Mal seit der Abfahrt ruhig und tief, und am nächsten Morgen war er als erster auf den Beinen. Um 9 h lag das Boot fertig beladen, die Schlittenhunde wurden vorgespannt, der Trupp setzte sich in Richtung auf den Lindemansee in Bewegung. Neben Bill Stell ging ein assimilierter Indianer namens Neluto her, den der Scout während seiner Militärzeit vom Feind der Weißen zu deren Freund umgemodelt und ihn als Anerkennung für seinen Sinneswandel bei sich angestellt hatte. Seit neun

Jahren führte Neluto Geographen, Touristen und neuerdings auch Goldsucher zur vollen Zufriedenheit seines Arbeitgebers durch den Norden Kanadas, wobei er sich besonders auf Lotsendienste während der Bootsfahrten spezialisiert hatte.

Das Thermometer zeigte beim Abmarsch konstant 10° unter Null, der Lindemansee lag unter einer dicken Eisdecke. Zwei Stunden später kamen die Reisenden an seinem jenseitigen Ufer an.

»Wird sich das kalte Wetter halten?« fragte Ben Raddle den Indianer.

»Ich schätze, in 14 Tagen schlägt es um, wenn der Wind nicht schon vorher dreht.«

Nach einer Stunde Weg über Land marschierten die Reisenden durch das Lager, das am Südende des Bennettsees entstanden war. Wie am Lindemansee waren auch hier Hotels, Wirtshäuser, Sägewerke, Bootswerften aus dem Boden geschossen, sogar ein Polizeirevier hatte sich unter den Goldsuchern breitgemacht. Aber die Polizisten standen unter Tausenden bewaffneter Goldschürfer auf verlorenem Posten.

Nach dem Mittagessen spürten die Reisenden förmlich, wie die Temperatur sprunghaft anstieg. Um 15 h zeigte das Thermometer bereits auf Null Grad, gleichzeitig erhob sich ein kräftiger Südwind. Stunden später krachte es auf dem Bennettsee. Als die Dunkelheit hereinbrach, lösten sich mehrere Eisfelder vom Ufer ab; bald gähnten im Eis breite Risse, die einem Boot genügend Platz boten. Neluto rechnete fest damit, am nächsten Morgen rasch über den See fahren zu können.

Als der Scout und der Indianer am Morgen vor den anderen aufstanden, um das Boot fertigzumachen, fanden sie das Fahrzeug fein säuberlich mit der gesamten Ausrüstung vollgepackt. Jeder Winkel im Boot war so geschickt mit Gepäckstücken vollgestopft, daß die Insassen bequem ihre Plätze erreichen konnten. Die Vettern erkannten in dieser Ordnung sofort die Handschrift der Kusinen.

»Du kannst sagen, was du willst, Summy, aber ich habe mit diesen ordentlichen Mädchen ein ausgezeichnetes Geschäft gemacht.«

»Was höre ich da?« rief der Scout. »Ein Geschäft? Ich dachte immer, Sie seien mit den beiden Damen verlobt.«
»Vorläufig noch nicht, Herr Stell. Ich wollte Sie eigentlich nach dem Wetter fragen.«
»Wenn Sie erlauben, ich möchte mich da nicht festlegen. Es kann so kommen, es kann aber auch anders kommen. Wenn es so bleibt, wird das Eis in den Flüssen und Seen bald abschmelzen.«
»Aha. Und wie beurteilen Sie die Wetterlage, Herr Neluto?«
»Ich stimme mit dem Chef insofern überein, als wir keine Angst haben müssen, daß der Eisgang plötzlich aufhört, wenn die Temperatur so bleibt.«
»Wenn Sie als Führer ebenso vorsichtig sind wie als Redner, Herr Neluto, dann kommen wir sicher bis nach Dawson City.«
»Ganz ohne Zweifel. In zwei Tagen ist der Bennettsee eisfrei.«
»Eine kühne Behauptung. Können Sie auch etwas über den Wind sagen?«
Der Indianer sah lange zum Massiv des Chilkoot hinüber, folgte den Nebelfetzen, die über seine Hänge zogen, lange mit den Blikken und legte dann seine Stirn in Falten.
»Ich bin überzeugt«, sagte er dann, »daß sich die Brise bis zum Abend hält ...«
»Mehr wollte ich nicht wissen.«
»... sofern sie bis dahin nicht abflaut.«
»Ich bedanke mich für Ihre geniale Wettervorhersage, Herr Neluto.«
Die Männer Bill Stells hatten das über 10 m lange Boot in der Zwischenzeit bis zum nahen Seeufer hinuntergezogen. Die Mädchen setzten sich in die kleine Kabine, davor hockten Summy Skim, Ben Raddle und Bill Stell; vier Mann nahmen die Riemen in die Hand und stießen auf ein Zeichen Nelutos, der achtern am Ruder stand, ab. Der Indianer steuerte in eine Fahrrinne hinein, die schon mehrere hundert Boote an diesem Morgen benützten, wobei es unweigerlich zu Kollisionen, Schlägereien, Schießereien und Mord kam. Am frühen Nachmittag begegnete den Reisenden ein Polizeiboot mit leicht angeschlagenen Beamten. Sie

ließen sich aber nichts anmerken, sondern winkten fröhlich zu Bill Stell hinüber, den sie seit Jahren kannten.
»He Scout, schaffst du schon wieder Goldsucher nach Klondike hinüber?«
»Mehr als genug«, antwortete Bill Stell.
»Und mehr, als jemals wieder heil nach Hause kommen werden.«
»Wieviel sind heuer schon über den Bennettsee gefahren?«
»Rund 15000.«
»Wie steht es flußabwärts mit dem Eis?«
»Soweit wir gehört haben, scheint es zu brechen.«
»Danke für die Auskunft.«
»Nichts für ungut, Scout. Gute Reise!«
Die Männer hatten gerade das Focksegel an dem kurzen Mast gesetzt, da flaute der Südwind allmählich ab und schlief bald ganz ein. Allein mit den Riemen kam das schwere Boot nur langsam voran. Drei volle Tage mußten die Kanadier rudern, bis das Boot am Nachmittag des 4. Mai am Nordende des Bennettsees anlegte. Da der Scout erst am nächsten Tag durch den Rio du Caribon weiterfahren wollte, benützte Summy Skim die Gelegenheit zu einem Streifzug durch die Umgebung des Ufers. Als er sein Jagdgewehr umhängte, kam plötzlich Jane Edgerton auf ihn zu und fragte ihn, ob sie ihn begleiten dürfe.
Summy Skim wurde rot und stapfte mit dem Mädchen durch den nassen Schnee. Schon kurze Zeit später ließ er es krachen, während Jane wie ein Langhaardackel durch die Büsche kroch und die Beute aufsammelte. Mit drei Paar Rebhühnern und vier Haselhühnern in der Jagdtasche kehrte das ungleiche Paar zum Ufer zurück, wo Edith unterdessen Feuer gemacht hatte.
Fast den ganzen nächsten Tag wurden die Reisenden aufgehalten, als sie bei der Fahrt durch den Fluß auf eine Barriere von übereinandergetürmten Eisschollen stießen. Das Boot mußte erst mehrere Kilometer über Land geschleppt werden, ehe sich im nächsten See wieder freies Fahrwasser fand. Auf dem Marschsee blies ihnen der Wind ins Gesicht, so daß sich die vier Ruderer kräftig in die Riemen legen mußten, um das Boot vorwärtszutrei-

ben. Dennoch gelang es ihnen, im Laufe des Tages die Flottille der anderen Goldsucher zu überholen; lange vor den anderen legten sie am Abend des 8. Mai am nördlichen Seeufer an.

»Ich komme allmählich ganz durcheinander mit all diesen Seen«, sagte Ben Raddle beim Abendessen zu Bill Stell. »Liegt noch einer vor uns oder nicht?«

»Der Labargesee. Dazwischen liegen aber die White-Horse-Stromschnellen, in denen fast jedes zehnte Boot untergeht. Auf einer Strecke von nur drei Kilometern haben wir ein Gefälle von 10 m zu überwinden.«

»Warum ziehen wir das Boot nicht einfach am Ufer entlang?«

»Das geht nicht. Bis die Bahnlinie fertig ist, auf der man die Boote eines Tages bis zum Seeufer wird transportieren können, gibt es keinen anderen Weg nach Klondike.«

»Bis zu unserer Rückkehr brauchen wir mit dieser Bahn wohl nicht zu rechnen.«

»Das kommt darauf an, wie lange Sie in Klondike bleiben wollen. Hierzulande weiß man vorher nie genau, wann man wieder zurückkommt.«

»Oder ob man überhaupt zurückkommt«, meinte Summy Skim.

Am Morgen des 9. Mai schwamm das Boot den Seeausfluß hinunter, und am Nachmittag erreichten die Reisenden den Beginn der Stromschnellen, wo mehrere andere Boote angelegt hatten, um einheimische Lotsen zu übernehmen. Für diese Leute war die Fahrt durch die Stromschnellen zu einem einträglichen Geschäft geworden; Goldsucher mußten dem Lotsen für eine Strecke 150 Francs Lohn einschließlich Gefahrenzulage bezahlen.

Ohne zu zögern, steuerte Neluto das Boot in die Strömung hinein, die nach kurzer Zeit eine Geschwindigkeit von 20 km/h erreichte. Nach der ersten Flußbiegung mußte der Indianer mit Hilfe der Ruderer blitzschnell beidrehen, um einer riesigen Eisscholle auszuweichen, die an einem Basaltblock hängengeblieben war. Minuten später steuerte er haarscharf an einem fremden Boot vorbei, das sich in einem Strudel drehte; dabei schwappte ständig eiskaltes Wasser über die Bordwand, das die Reisenden mit bloßen Händen ausschöpfen mußten.

»Festhalten!« rief Neluto plötzlich. »Jetzt kommt das gefährlichste Stück.«
Schon schoß das Boot mit zunehmender Geschwindigkeit eine steile Stromschnelle hinunter, tauchte mit dem Bug in wirbelnden Schaum, da war es auch schon überstanden, die Reisenden schwammen wieder in ruhigem Wasser.
Den ganzen folgenden Tag trieb das Boot den Fluß hinunter, und am Abend schlugen die Reisenden am Ufer des Labargesees ihr Nachtlager auf. Um der Gefahr zu entgehen, daß sich das Eis auf dem See bei sinkenden Temperaturen wieder schloß, drängte der Scout trotz der Müdigkeit der Ruderer darauf, gleich am nächsten Tag über den Labargesee zu setzen. Als die Reisenden etwa einen Kilometer auf den See hinausgerudert waren, erhob sich ein kräftiger Nordwind, gegen den sich die Kanadier ordentlich ins Zeug legen mußten. Nach einer stürmischen Nacht am Seeufer kamen sie viel später als erwartet am Austritt des Lewis an, wo Bill Stell anlegen ließ. Im Lauf des Abends machten noch Dutzende von anderen Booten in der Nähe fest, und nach Einbruch der Dunkelheit flackerten überall am Ufer Lagerfeuer auf.
Bei einer Lufttemperatur von 5 bis 6° über dem Gefrierpunkt verließen die Reisenden ihren Lagerplatz. Die Strömung des Lewis trieb ihr Boot rasch zwischen den felsigen Ufern hin, die Summy Skim vergeblich nach Bären oder anderem jagdbaren Wild absuchte. Wie sehr er auch bettelte und bat, sein Vetter war strikt dagegen, tagsüber an Land zu gehen. Erst am 25. Mai, als die Reisenden schon einige hundert Kilometer nach Norden vorgestoßen waren, durfte Summy Skim einen vollen Tag lang auf die Pirsch gehen. Das Boot war bei dem Anprall auf eine Eisscholle beschädigt worden und mußte aufs Ufer gezogen werden. Während die Leute Bill Stells kleinere Risse in den Planken kalfaterten, schoß Summy Skim mehr als einem Dutzend Wildenten Grobschrotlöcher in den Bauch.
Zwei Tage später übernachteten die Reisenden am Fort Selkirk, am Zusammenfluß von Lewis und Pelly und dem Beginn des Yukon. Die Eisschollen, die aus den Nebenflüssen in den sich verbreiternden Yukon trieben, schmolzen allmählich ab und hin-

derten das Boot kaum mehr an der Weiterfahrt. Im Laufe der nächsten Tage fuhren die Reisenden an zahlreichen berühmtgewordenen Goldgruben vorbei, die in den ersten Jahren des Goldrauschs ausgebeutet worden waren. Am Abend des 2. Juni gingen sie an der Mündung des Sixty Miles Creek und des Indian River in den Yukon an Land, am nächsten Tag kamen sie nach einer Fahrt von 50 km endlich im Bootshafen von Dawson City an. Sie waren gerade an Land geklettert und schüttelten ihre Beine aus, da kam Jane Edgerton mit einem noch feuchten Zettel auf Ben Raddle zu.

»Die Quittung, Herr Raddle.«

»Wie? Ach so«, antwortete Ben Raddle und las den Text:

Ich bestätige, gemäß den Bedingungen unseres Vertrages eine reibungslos verlaufene Fahrt von Skagway nach Dawson City erhalten zu haben.
Dawson City, den 3. Juni 1897

(Folgt die unleserliche Unterschrift.)

»In Ordnung, damit hätte ich meine Verpflichtung eingelöst«, sagte er, faltete den Zettel zusammen und steckte ihn in seine Brieftasche.

»Einen Augenblick noch, meine Herren«, rief Jane den Vettern zu.

»Über diese förmliche Bestätigung hinaus wollen wir Ihnen herzlich für Ihre außervertragliche Liebenswürdigkeit und Hilfsbereitschaft danken.«

Jane gab zuerst Ben Raddle die Hand, der sie rasch wieder losließ, aber bei Summy Skim kam sie nicht ungeschoren davon. Während er ihre kleine Hand eisern festhielt, redete er pausenlos auf sie ein.

»Sie wollen also wirklich gehen, Fräulein Jane? Überlegen Sie es sich doch noch einmal.«

»Da gibt es nichts zu überlegen. Es war zwischen uns verabredet, daß wir uns in Dawson City wieder trennen, oder?«

»Das stimmt leider, aber ich meine, werden wir uns denn nie mehr wiedersehen?«

»Woher soll ich das wissen? Es hängt doch auch davon ab, ob ich Glück haben werde in meinem neuen Beruf.«

»Das Goldschürfen, meinen Sie? Verzeihen Sie, Fräulein Jane, aber ich halte das nach wie vor für einen Witz.«
»So?« rief Jane und riß sich von Summy Skim los. »Sie glauben also, ich hätte mich mit meinem Plan, Goldschürferin zu werden, lediglich aufgespielt? Alles was recht ist, aber solche Gedankengänge können nur Männer haben, die gewohnt sind, ihr Mäntelchen nach dem Wind zu hängen. Nein, Herr Skim, ich halte mich an den Vertrag mit Ihrem Vetter und werde so lange nach Gold schürfen, bis ich meine Schulden begleichen kann.«
Jane rauschte davon, und die Vettern sahen sich an. Summy Skim blickte aber gleich wieder weg, denn es wurde ihm warm ums Herz und gleichzeitig feucht in den Augen.

8

Die Kanadier hatten sich unter Dawson City eine wahllose Ansammlung windschiefer Holzhütten vorgestellt, in denen man unter europäischen Verhältnissen nur Hunde hätte hausen lassen. Als sie die Uferböschung hinaufgestiegen waren, entdeckten sie eine saubere Mittelstadt mit richtigen Straßen und Häusern aus Stein.
»Kommen Sie«, rief ihnen der Scout zu, »ich will Sie jetzt Dr. Pilcox vorstellen, falls er zu Hause ist.«
Während das Gepäck zum Depot des Scouts transportiert wurde, führte Bill Stell die Vettern in die Front-Street zum Haus des Dr. Pilcox. Der Arzt hatte jedoch im Krankenhaus zu tun, die Reisenden meldeten sich deshalb für den nächsten Tag an. Bis dahin informierten sie sich über die Lage auf dem Goldsektor. Sie erfuhren, daß man am Hunter, einem Nebenfluß des Klondike, der bei Dawson City in den Yukon mündete, reineres Gold gefunden hatte als an den Ufern des Eldorado, und daß Hunderte von Suchtrupps in allen Teilen Klondikes auf fündige Wasserläufe gestoßen seien. Im Durchschnitt wasche man aus einer Tonne Schlamm Gold im Wert von 1 000 Dollar heraus, eine durchaus beachtliche Menge.

»Siehst du, es wendet sich doch noch alles zum Guten«, sagte Ben Raddle zu seinem Vetter. »Geht es schief mit unserem Claim, dann laufen wir dem Glück eben in eine andere Ecke Klondikes nach.«

»Daher weht nun der Wind! Von unserer ursprünglichen Absicht, den Claim 129 zu verkaufen und dann wieder abzureisen, scheinst du nichts mehr zu wissen. Statt dessen hast du nur Eldorados, Bonanzas, Gold Bottoms im Kopf, als hättest du längst vergessen, daß es auch einen Forty Miles Creek gibt.«

»Natürlich gibt's den noch, ich sehe aber nur nicht ein, warum ich mich so ausschließlich an ihn klammern soll, wo das ganze Goldland Klondike uns zu Füßen liegt. Jede Straße hier ist sozusagen auf Goldschotter gegründet, und wenn du dir einmal die geologische Landkarte anschaust, wirst du überall die Zeichen für Erzlagerstätten finden. Sogar am Chilkoot hat man schon edle und weniger edle Metalle aus der Erde geholt. All diese preziösen Adern ziehen sich bis weit nach Alaska und im Norden bis zur Eismeerküste hin.«

»Das habe ich alles selbst schon gesehen. Ich habe aber noch etwas anderes auf der Karte gesehen, was mich fast trösten könnte: unser Claim 129 liegt am Wasser, und wenn es mir zu langweilig wird, geh ich einfach angeln. Weißt du auch, wie groß unser Goldland ist? Etwas mehr als 6000 Quadratmeter. Mit unseren Leuten aus Green Valley hätten wir den Boden in ein paar Tagen umgepflügt und könnten ihn dann guten Gewissens verkaufen.«

Ben Raddle sah ein, daß er seinen Vetter doch nicht mehr zur Vernunft bringen konnte, und schwieg. Nach dem Besuch bei Dr. Pilcox wollte Ben Raddle auf jeden Fall so schnell wie möglich an den Forty Miles Creek weiterreisen, um den Beginn der Schürfsaison nicht zu verpassen.

Der Doktor empfing seinen alten Freund Bill Stell und die Vettern rauh, aber durchaus gastfreundlich.

»Na Scout, bringst du mir wieder Patienten?« rief er aus seiner Haustür.

»Ich glaube, die Herren sind ziemlich gesund, Herr Doktor«, antwortete der Scout.

»Der eine scheint mir aber schon ein bißchen angekränkelt.«
»Meinen Sie mich?« fragte Summy Skim.
»Nein, den anderen Herrn. Er zeigt schon Anzeichen einer hierzulande sehr verbreiteten Krankheit, der Chrysopathie, Vulgo Goldfieber, denn er sieht mir nicht aus, als sei er zum Beerenpflücken nach Klondike gekommen.«
Dr. Pilcox lachte und schlug sich auf seinen Bauch, der im Takt auf- und abwippte. Unter den rosigen Backen des ungefähr 40 Jahre alten Mannes schimmerte eine blühende Gesundheit, die sich in der arktischen Kälte gegen jede Infektion gewappnet hatte, auch gegen sämtliche Unterarten der Goldappetenz. Auf ein bestimmtes Fach hatte sich Dr. Pilcox nicht spezialisiert, er beherrschte sowohl das unabsehbare Feld der inneren Krankheiten als auch die Kunst der Chirurgie; er verstand es, mit Geschick und Unerschrockenheit Zähne zu ziehen und mischte seine Medikamente als gelernter Apotheker selber. Die Einwohner von Dawson City konnten sich in allen Lebensfragen an ihn wenden.
»Sie sind doch der Chefarzt des städtischen Krankenhauses«, sagte Summy Skim. »Haben Sie dort zufällig eine Krankenschwester namens Edith Edgerton gesehen?«
»Die gute Schwester Edith ist wirklich ein Juwel. Sie selbst habe ich eigentlich kaum gesehen, weil sie wie ein Schatten durch das Krankenhaus huscht, aber ihre Spuren sind überall zu finden. Gestern erst ist sie in mein Krankenhaus eingetreten, und heute ist die ganze Anstalt völlig umgekrempelt. Einfach nicht mehr wiederzuerkennen! Als ich heute morgen meinen Schrank öffnete, fand ich rein gar nichts mehr, so tadellos hatte Schwester Edith aufgeräumt. Einen so radikalen Begriff von Ordnung sind wir nicht gewöhnt. Auch mein Schreibtisch war plötzlich wieder als Schreibtisch zu erkennen. Und im Untersuchungszimmer glänzt und gleißt es wie zu Weihnachten, so blank sind alle Instrumente geputzt, ganz zu schweigen vom Operationssaal, in dem nun tatsächlich die Hygiene eingekehrt ist. Außerdem hat dieses Prachtmädchen einen unglaublich heilsamen pädagogischen Einfluß auf das gesamte Personal von der Putzfrau bis zu den

Assistenzärzten. Keiner bummelt mehr, die Kranken bekommen ihr Essen plötzlich pünktlich und warm. Sogar die Betten hat Schwester Edith umgestellt, und zwar so, daß die Patienten etwas lernen können von den Grundzügen zeitgemäßer Innenarchitektur.

»Es freut mich sehr, Herr Doktor«, sagte Ben Raddle, »daß Sie über die Qualitäten dieser jungen Dame mit mir einer Meinung sind. Nur sollten Sie bedenken, daß Ihre Patienten unter diesen Umständen das Kranksein dem Gesundwerden vorziehen. Ich meine, ein gesundes Maß an Schlamperei gehört zu jedem Krankenhaus, damit sich die Kranken nicht allzu wohl fühlen.«

»Dem könnten wir schon abhelfen, Herr Raddle, indem wir einfach unsere Preise ein wenig heraufsetzen.«

»Herr Doktor«, sagte Summy Skim, »wenn ich mich recht erinnere, sind zwei junge Damen zu Ihnen ins Krankenhaus gekommen.«

»Ja, Sie haben recht, die andere war wohl die Kusine von Schwester Edith. Sie hat gestern morgen ihr Gepäck im Krankenhaus abgestellt und ist dann gleich wieder verschwunden. Mittags soll sie dann noch einmal in unserer Kantine gesehen worden sein, mit Goldschürferdreß, Rohrstiefeln, Spitzhacke und einem schweren Revolver im Gürtel. Heute morgen ist sie wohl abgereist.«

»Einfach weg?«

»Auf und davon. Sie können mir glauben, ich bin im Laufe meines Lebens mit allen Sorten von Menschen zusammengekommen. Aber so einen seltsamen Vogel wie diese Kusine habe ich noch nie gesehen.«

»Und jetzt ist sie weg! Hat sie denn niemand daran hindern können?«

»Ach je, Herr Skim, von rechts wegen müßte man die meisten Leute daran hindern, nach Klondike auszuwandern. Wir alten Bürger von Dawson City haben für die Myriaden von Goldsuchern, die Jahr für Jahr hier durchkommen, nur noch ein müdes Lächeln übrig.«

»Den Ausdruck ›alte Bürger von Dawson City‹ halte ich für ein wenig übertrieben, Herr Doktor«, sagte Ben Raddle.

»Wieso denn? Dawson City ist nicht nur eine richtige Stadt, sondern auch die Hauptstadt von Klondike.«
»Wieviel Einwohner hat denn Ihr geliebtes Hauptstädtchen?«
»20000.«
»Sie wollten wohl sagen, 20000 Durchreisende. Im Winter ist Dawson City doch ein gottverlassenes Nest.«
»O nein. Die 20000 Männer, Frauen und Kinder sind hier mit festem Wohnsitz gemeldet und verlassen Dawson City so wenig wie Gott und ich.«
Während Ben Raddle mit dem Doktor um Größe und Bedeutung von Dawson City stritt, brütete Summy Skim stumm vor sich hin. Immer wieder plagte ihn der Gedanke an Jane, die, mit ihrem Rucksack auf dem Rücken durch Sümpfe watend, einer grausamen Um- und Männerwelt ausgeliefert war. Um sich nichts anmerken zu lassen, beteiligte er sich wieder an dem Gespräch.
»Dawson City mag zwar Hauptstadt heißen, aber etwas Hauptstädtisches hat sie nicht.«
»Und wieso nicht?« rief Dr. Pilcox und blähte sich auf wie ein japanisch gemästeter Kampfhahn. »Abgesehen von dem Generalkommissar für die Yukon-Region, Herrn Major James Walch, haben wir hier eine Hierarchie von Beamten, wie man sie in den größten Städten des Dominion nicht findet.«
»Das glaube ich als Montrealer nicht.«
»So? Haben Sie dort unten am St. Lorenzstrom außer einem Oberrichter am Obergericht, der hier übrigens Mac Guire heißt, vielleicht einen Goldkommissar, Herrn Theodor Faucett, Esquire, einen Kommissar für die Domänen des Dominion, Herrn Wade, Esquire, einen Konsul der Vereinigten Staaten, einen französischen Vizekonsul, einen österreichischen Kulturattaché...?«
»Die Esquires allein haben noch nicht viel zu bedeuten. Die haben wir zu Hause auch. Worauf es in einer richtigen Stadt ankommt, sind Handelsvolumen und Gewerbesteueraufkommen.«
»Ich möchte nur erwähnen, daß wir hier zwei Großbanken

haben. *The Canadian Bank of Commerce* mit Sitz in Toronto und *The Bank of British North America.*«

»Nicht schlecht. Zwei Banken. Aber gibt es denn auch Kirchen?«

»Drei Stück. Eine katholische, eine protestantische, eine reformierte.«

»Ich sehe, für das Seelenheil seiner Bewohner hat Dawson City einiges getan. Hat es aber auch an das irdische Wohlergehen gedacht?«

»Ich brauche nur zu erwähnen, daß hier ein Oberbefehlshaber der berittenen Polizei residiert und ein Polizeihauptmann, der gleichzeitig Chef des örtlichen Postwesens mit 60 Angestellten ist.«

»Ich meinte weniger die Polizei, Herr Doktor, sondern Gasthäuser, Cafés, Bars.«

»Alles vorhanden, Herr Skim. Wir haben acht Speiserestaurants mit bürgerlicher Küche, ein vegetarisches Lokal, ein koscheres, 28 Stehbierhallen und drei vorzügliche Hotels.«

»Mit wahrhaft vorzüglichen Preisen. Wir zahlen im Northern Hotel für die Nacht 7 Dollar und für ein einfaches Mittagessen 3. Die Bedienung kostet noch mal einen Dollar. Rasieren ebenfalls, und wenn man sich die Haare schneiden lassen will, muß man mindestens anderthalb Dollar auf den Tisch legen. Aber mir geht hier kein Barbier an den Bart, und wenn mir die Haare bis auf die Schultern wachsen, an mir sollen die hiesigen Haar- und Halsabschneider keinen Cent verdienen.«

»Sie haben schon recht, Herr Skim, die Dienstleistungen sind hier etwas überteuert. Aber sonst kann man durchaus auskommen mit seinem Geld.«

»Da möchte ich aber nicht wissen, wieviel Sie hier verdienen. Ein Glas Milch kostet einen halben Dollar, ein Pfund Butter einen Dollar, ein Dutzend eingelegte Eier zweieinhalb Dollar, ein Dutzend Zitronen fünf Dollar, ein Hühnchen 20 Dollar, eine Flasche Wein 20 Dollar und eine Flasche Whisky kostet soviel wie ein Wochenendhaus am St. Lorenzstrom.«

»Natürlich gibt es in Dawson City Auswüchse wie überall, aber

Sie müssen auch bedenken, unter welchen Bedingungen Waren und vor allem frische Lebensmittel bezogen werden, Herr Skim. Es gibt hier kaum Landwirtschaft, so daß fast alles Gemüse, Obst und Fleisch in den Sommermonaten per Kühlschiff über den Yukon angeliefert werden muß. Außerdem sind die Goldsucher, die durch Dawson City kommen, nicht knauserig. In wenigen Stunden verfressen und verspielen sie alle Nuggets, die sie unter der Woche aus dem Schlamm gewaschen haben. Was glauben Sie, zur Zeit der Sommersonnenwende machen die Spielkasinos ›Folies Bergère‹, ›Monte Carlo‹, ›Dominion‹ und ›Eldorado‹ überhaupt nicht mehr zu, weil es dann kaum dunkel wird. Nur im Winter ist es still in Dawson City. Dann geht kein Mensch mehr aus dem Haus, und man bewegt sich so wenig wie möglich, um nicht zuviel Kalorien zu verbrauchen. Wir müssen hier den ganzen Winter von Konservenfleisch leben.«

»Ein Grund mehr, bald wieder von hier zu verschwinden!« rief Summy Skim. »Komm, Ben«, sagte er zu seinem Vetter, »wir sehen jetzt zu, daß wir unseren Claim so schnell wie möglich loswerden.«

»Gut, gehen wir«, sagte Ben Raddle.

Die Vettern verabschiedeten sich von Dr. Pilcox und marschierten zum Büro der *American Trading and Transportation Company*, um mit den leitenden Herren die Einzelheiten des Verkaufs zu besprechen. Direktor Healy befand sich jedoch auf einer Dienstreise und wurde erst in einigen Tagen zurückerwartet. Ben Raddle war ziemlich wütend, denn jeder weitere Tag in Dawson City kostete Geld, das vom Verkaufserlös abgehen würde.

»Wie weit ist es von hier bis zum Forty Miles Creek?« fragte Summy Skim seinen Vetter.

»Nach der Karte ungefähr 120 km nordwestlich, direkt an der Grenze nach Alaska.«

»Wir fahren doch sofort hin, wenn wir mit Direktor Healey gesprochen haben?« sagte Summy Skim.

»Auf der Stelle.«

Am 7. Juni verließen die Vettern wieder das Northern Hotel und bahnten sich durch eine unabsehbare Menschenmenge einen

Weg, die sich von der Dampferanlegestelle durch die Hauptstraßen von Dawson City drängte, um sich in den Placer-Agenturen um die besten Claims zu schlagen. Zwischen den Beinen der schimpfenden und gestikulierenden Männer streunten so viele Hunde aller Größen und Rassen umher, daß man den Boden zeitweise nicht mehr sehen konnte. Da die Hunde ständig getreten und geschlagen wurden, übertönte ihr Gekläff und Geheul noch die Schimpfkanonaden der Goldsucher. »Mir scheint, wir sind hier in eine Hundestadt gekommen«, sagte Summy Skim. »Es würde mich nicht wundern, wenn der Bürgermeister ein deutscher Schäferhund wäre.«

Mit ausgelegten Ellenbogen kämpften sich die Vettern durch die Front Street voran, bis sie erschöpft bei der *Trading and Transportation Company* Zuflucht fanden. Direktor Healey war immer noch nicht zurück, sein Stellvertreter, Vizedirektor Broll, stand den Vettern für Auskünfte aber zur Verfügung. Nach kurzer Anmeldung wurden sie hereingeführt. Der Vizedirektor war über ihren Besuch schon informiert, sie brauchten sich nicht erst vorzustellen.

»Sie sind also die Erben des Josias Lacoste, Inhaber des Claims 129 am Forty Miles Creek«, sagte der Vizedirektor.

»Zumindest auf dem Papier«, meinte Summy Skim.

»Vielleicht gibt es diesen verflixten Claim in Wirklichkeit gar nicht.«

»Es gibt ihn wohl, meine Herren, und zwar direkt an der mutmaßlichen Grenze zwischen Kanada und Alaska.«

»Was heißt denn hier mutmaßlich?« rief Summy Skim.

»Wie auch immer«, unterbrach ihn Ben Raddle, »Ihre Gesellschaft hat uns vor zwei Monaten nach Montreal telegraphiert, daß sie den Claim 129 aufkaufen will.«

»Sagen wir, wollte, Herr Raddle, das ist korrekter.«

»Ich wiederhole: mein Vetter und ich sind auf Ihr Angebot hin nach Klondike gefahren, wir wollen uns den Claim 129 einmal ansehen und hätten jetzt gern gewußt, ob Sie Ihr Gebot noch aufrechterhalten.«

»Das kommt darauf an.«

»Worauf kommt es an?«
»Ganz einfach, es kommt darauf an, ob der Claim hier liegt oder dort liegt.«
»Ich weiß bald nicht mehr, ob ich hier oder dort stehe, Herr Direktor«, sagte Summy Skim. »Aber wenn auch Sie irgendwelche Zweifel über unsere Identität haben, hier sind unsere Ausweise und der Erbschein.«
»Lassen Sie Ihre Papiere ruhig stecken, Herr Skim, darum geht es nicht.«
»Worum denn sonst?«
»Passen Sie auf. Der Claim 129 liegt, wie gesagt, an der Grenze zwischen Kanada und Alaska. Er gehört zu Kanada, wenn die Grenze tatsächlich so verläuft, wie bisher angenommen; gehört er aber zum Territorium der Vereinigten Staaten, was auch möglich ist, dann müssen wir unser Angebot zurücknehmen, weil wir als kanadische Gesellschaft nur kanadische Claims ausbeuten dürfen.«
»Heißt das, Großbritannien und die USA streiten sich um die Grenze? Aber wieso denn? Die Grenze verläuft doch genau auf dem 141. Meridian. Oder ist es im Land der unbegrenzten Möglichkeiten möglich, daß die Meridiane über Nacht verschoben werden wie Theaterkulissen?«
»Natürlich kann sich der Meridian nicht verschieben, aber es kann durchaus sein, daß die vorhandene Grenzziehung nicht mit dem wirklichen Verlauf des 141. Meridians übereinstimmt. Vor zwei Monaten wurden zum erstenmal Zweifel an dem richtigen Verlauf der Grenze laut, und es ist durchaus denkbar, daß man die Grenzpfähle nach Osten oder Westen wird versetzen müssen.«
»Um mehrere Kilometer?«
»Nein, höchstens um ein paar hundert Meter.«
»Und deswegen machen Sie so ein Aufsehen?«
»Mit vollem Recht, mein Herr, denn wir Kanadier haben keinerlei Grund, den Amerikanern ein Stück Land zu schenken.«
»Die Amerikaner haben wahrscheinlich auch keinen. Aber was geht uns das an?«

»Wenn die Grenze zugunsten der USA verschoben wird, werden einige Claims am Forty Creek amerikanisch.«
»Auch die Nummer 129?«
»Die zu allererst, weil der Claim direkt an der bisherigen Grenze liegt. Wenn Ihr Claim amerikanisch wird, haben wir an ihm natürlich kein Interesse mehr.«
»Das wäre für uns zwar schmerzlich, aber verständlich. Hat man wenigstens schon angefangen, das Land zu vermessen?«
»Die Vermessungstrupps arbeiten fast so schnell wie genau.«
»Eine Frage zum Abschluß, Herr Vizedirektor«, sagte Ben Raddle. »Falls unser Claim auf kanadischem Gebiet bleibt, bleibt Ihr Angebot dann bestehen?«
»Selbstredend.«
»Wenn er aber westlich von der Grenze liegen sollte, brauchen wir uns nicht mehr an Sie zu wenden.«
»Die Mühe können Sie sich sparen.«
»Es ist ja auch vollkommen gleichgültig«, meinte Summy Skim, »ob wir diesen Vorgarten für amerikanische oder kanadische Währung verkaufen. Hoffentlich kriegen wir ihn überhaupt los.«
Die Vettern sprachen gleich nach ihrer Rückkehr ins Hotel mit Bill Stell, der ihnen dringend riet, sofort an den Forty Miles Creek abzureisen, damit sie rechtzeitig vor Winterbeginn wieder nach Skagway zurückgebracht werden konnten.
»Sie können beruhigt sein, Herr Stell«, sagte Summy Skim, »ich werde schon dafür sorgen, daß wir rasch einen Käufer finden, egal ob Kanadier oder Amerikaner.«
»Wir sollten uns vielleicht mit unseren Nachbarn Hunter und Malone unterhalten«, sagte Ben Raddle.
»Das sind Ihre Nachbarn?« rief der Scout. »Dann gute Nacht. Jedes Kind zwischen Skagway und Dawson City läuft davon, wenn diese beiden Galgenvögel in der Ferne auftauchen.«
»Stellen Sie sich vor, mein Vetter Summy hat diesen Rohling auch schon an der Kinnspitze gekitzelt!«
»Passen Sie nur auf«, sagte Bill Stell. »Eigentlich geht es mich nichts an, aber ich gebe Ihnen den guten Rat, nicht allein auf

Ihren Claim hinauszufahren. Nehmen Sie Neluto mit, ich kann ihn notfalls entbehren. Laufen Sie dort draußen vor allem nie ohne Waffen herum.«

»Auf was habe ich mich da nur eingelassen«, jammerte Summy Skim.

»Hätten wir den Claim nur gleich verkauft, bevor dieser Grenzstreit anfing, dann läge ich auf meinem Rasen in Green Valley in der Sonne.«

»Summy«, sagte Ben Raddle und sah den Vetter von der Seite an.

»Du wolltest doch nicht mehr jammern. Du hast mir doch versprochen, dich fürderhin nicht mehr zu beklagen! Denk nur, welche außerordentliche, abwechslungsreiche Reise du versäumt hättest, wenn du in Montreal geblieben wärst.«

»Ich bin nicht zum Reisen geboren.«

»Du hättest zum Beispiel Dawson City nicht kennengelernt.«

»Ein ungeheurer Verlust.«

»Du hättest Jane und Edith nicht kennengelernt!«

»Ben«, sagte Summy und schlug seinem Vetter brüderlich auf die Schulter, »soll ich dir mal etwas sagen? Das war der erste vernünftige Satz, den du in den beiden letzten Monaten gesprochen hast.«

9

Eine Stunde später traf Neluto mit seinem Rucksack im Hotel ein und drängte die Vettern, möglichst bald ein Fahrzeug zu kaufen. Bei einem Wagnermeister fanden sie einen leichten zweisitzigen Wagen, den der Indianer erst auf Herz und Nieren prüfte, ehe er seine Zustimmung gab. Das lederne Verdeck ließ sich zwar nur schwer auf- und zuklappen, aber die Blattfedern waren extra verstärkt, und die Deichsel glich einer römischen Wurfschleuder.

»Taugt sie was, die Karre?« fragte Ben Raddle.

»Das kann ich Ihnen ganz klar sagen. Falls sie unterwegs nicht

zusammenbricht, trägt sie uns sicher und schnell bis zum Claim 129.«
»Meinen Sie wirklich? Das Urteil eines Fachmanns ist doch immer wieder beruhigend.«
»Haben Sie auch schon Ihre Ausrüstung beisammen, meine Herren?«
»Ich glaube, wir brauchen nichts mehr. Die Werkzeuge liegen angeblich auf dem Claim unseres verstorbenen Onkels.«
»Ich gehe noch einmal durch die Stadt«, sagte Summy Skim, »vielleicht fällt mir noch etwas ein, was wir vergessen haben könnten.«
Während Ben Raddle und Neluto zum Pferdehändler gingen, schlenderte Summy Skim durch die Straßen von Dawson City und stöberte in den Auslagen der Geschäfte herum. Er kam später aber mit leeren Händen ins Hotel zurück.
»Nichts gefunden?« fragte Ben Raddle.
»Weißt du, was hier ein Paar Schuhe kostet?«
»Ich habe andere Dinge im Kopf als die Handelsspannen des hiesigen Einzelhandels.«
»Trotzdem. 50 bis 90 Francs.«
»Was kosten Strümpfe?«
»10 Francs.«
»Wollsocken.«
»25 Francs.«
»Ganz schön. Was muß man zum Beispiel für ein Paar Hosenträger bezahlen?«
»18 Francs.«
»Wir dürfen nur nicht abmagern, Summy, dann brauchen wir auch keine Hosenträger.«
»Was glaubst du, kostet ein Paar Damenstrumpfbänder?«
»Was habe ich denn mit Damenstrumpfbändern zu tun?«
»Ach, nur so. 40 Francs. Und für ein anständiges Schneiderkostüm müssen die hiesigen Damen 900 Francs aus dem Sparstrumpf nehmen. Als Bürger dieser unvergleichlichen Stadt würde ich mich mit Händen und Füßen wehren, wenn mich jemals ein Weib vor den Altar zerren wollte.«

»Nehmen wir einmal an, es wäre die Alleinerbin eines sagenhaften Vermögens?«
»Solche Frauen gehen doch weg wie warme Semmeln.«
»Aber manche kommen vielleicht auf ihren Claims an der Bonanza oder am Eldorado so schnell zu Geld, daß es keiner außer dir merkt.«
»Dann schaue ich einfach weg und fahre genauso als Junggeselle nach Montreal zurück, wie ich hergekommen bin. Ach Montreal, du Gebenedeite unter den Städten!«
»Hör auf zu schwärmen, Summy. Wir sagen jetzt noch Edith Edgerton auf Wiedersehen, und dann wird nur noch vorwärts gedacht, verstanden?«
Kaum hatten sich die Vettern in der Halle des städtischen Krankenhauses gemeldet, kam Edith in ihrem mausgrauen Wollkleid mit weißer gestärkter Schürze auf flachen Absätzen die Treppe heruntergetänzelt. Ingenieur Ben Raddle sah mit einem Blick, daß ihr Scheitel ohne Abweichung die Linie ihrer Nase bis zum geometrisch höchsten Punkt des Hinterkopfes fortsetzte. Wortlos streckte sie den Besuchern die mit Fettcreme genährte, nach Desinfektionsmitteln riechende Hand entgegen.
»Wie fühlen Sie sich in Ihrem neuen Beruf, Fräulein Edgerton?« fragte Ben Raddle.
»Danke, ausgezeichnet. Wo man Geld verdient, fühlt man sich immer wohl.«
»Das könnte ich nicht immer unterschreiben. Aber solange man sich einbildet, man liebe seinen Beruf, lebt man in einem beneidenswerten Zustand. Dr. Pilcox lobt Sie übrigens über den grünen Klee.«
»Der gute Doktor ist ja auch wahrhaft maghrebinische Maßstäbe gewohnt.«
»Hier geht es auch zu wie im Bazar von Tanger«, sagte Summy Skim.
»Haben Sie wieder etwas von Ihrer Kusine gehört?«
»Nein, warum?«
»Ich wollte nur wissen, ob sie tatsächlich auf Goldsuche gegangen ist.«

»Natürlich ist sie fort, Herr Skim.«
»So eine Schnapsidee!« rief Summy Skim plötzlich. »Was macht die Frauenrechtlerin, wenn sie dort draußen kein Glück hat? He? Dem erstbesten hergelaufenen Kerl wird sie sich an den Hals werfen, damit er ihr ein paar Nuggets schenkt. Ach du heilige Johanna!«
»Nun übertreiben Sie mal nicht, wenn meine Kusine nichts findet, ist sie mir jederzeit herzlich willkommen, mein Gehalt reicht durchaus für zwei.«
»Reicht es auch in einer Stadt, wo die Strumpfbänder 40 Francs kosten?«
»Wir brauchen keine Strumpfbänder, wenn Sie's genau wissen wollen. Ich rechne übrigens fest damit, daß Jane soviel Gold findet, daß ich nicht mehr arbeiten muß.«
»Ich hatte gehofft, Sie würden aus reiner Nächstenliebe immer in meinem Krankenhaus bleiben«, sagte Dr. Pilcox, der das Gespräch vom Flur aus mitangehört hatte.
»Die Dauer meiner Nächstenliebe hängt ganz von Ihrer Bezahlung ab, Herr Doktor. Wenn Sie mir mehr bieten können, als meine Kusine an Goldkörnchen zusammenkratzen kann, bleibe ich natürlich hier.«
»Ich habe gehört, Sie fahren bald ab in unser schönes Klondike?«
»Von schön habe ich eigentlich andere Vorstellungen«, antwortete Summy Skim.«
»Sie müßten unser Land erst einmal im Winter kennenlernen, Herr Skim.«
»Das möge mir der Himmel ersparen.«
Am nächsten Morgen, es war der 8. Juni, um 5 Uhr früh, rollte der mit allem Proviant beladene Wagen mit Neluto auf dem Kutschbock vor das Northern Hotel. Das Pferd stampfte ungeduldig auf den Boden und zerrte wiehernd an seinem Geschirr.
»Nichts vergessen, Neluto?« fragte Ben Raddle, der auf das erste Geräusch hin aus der Tür gelaufen war.
»Nichts.«
»Dann aufsitzen und los.«

Es war zwar noch empfindlich frisch, als die Reisenden in nordwestlicher Richtung aus Dawson City hinausfuhren, aber schon bald stieg die Temperatur auf 10° über Null. Die Straße führte durch eine gewellte, freundliche Landschaft. Tiefgrünes Gras bedeckte die Hänge der Hügel, und am Grund der Mulden trieben die Schößlinge von Fichten, Weiden und Pappeln auf.
Die Vettern hatten von dem Wildreichtum der Gegend gehört und waren deshalb ständig auf der Hut. Wenn sich im Gelände etwas bewegte, rissen sie ihre Flinten hoch, ließen sie aber gleich wieder sinken, weil es nur verdreckte Goldsucher waren, die sich an den Bächen zu schaffen machten. Am Nachmittag trafen sie in Fort Reliance ein, einem ehemaligen, von der Hudsonbai-Gesellschaft gegründeten Militärstützpunkt, der mittlerweile zu einem gigantischen Warenlager geworden war, in dem sich die Goldsucher versorgen konnten. Der Generalkommissar für das Yukongebiet hielt sich zufällig in Fort Reliance auf, Ben Raddle benützte die Gelegenheit, bei Major Walsh vorzusprechen und sich über die neuesten Entwicklungen im Goldland zu informieren.
Die Vettern fanden den Major, einen 50jährigen königlichen Verwaltungsbeamten, wie er im Buche steht, in seinem Büro über den Grundbüchern sitzen, neue Claims eintragen und Grundsteuerpfändungen ausschreiben.
»Verzeihen Sie die Störung, Herr Major«, sagte Ben Raddle, »wir sind gerade auf dem Weg zu dem geerbten Claim Nr. 129 am Forty Miles Creek und wollten uns danach erkundigen, was man amtlich über den Grenzstreit mit den USA sagt.«
»Amtlich sagt man gar nichts, aber ich sage Unsinn, vollendeter Unsinn.«
»Wer hat diesen Streit überhaupt angefangen?«
»Die Amerikaner natürlich. Sie behaupten steif und fest, die Grenze sei zu der Zeit, als Alaska noch zu Rußland gehörte, schlampig vermessen worden und müsse deshalb ein Stück nach Osten verlegt werden, wodurch die meisten Claims an den linken Nebenflüssen des Yukon amerikanisch würden.«
»Und damit auch unser Claim 129, den wir von Onkel Josi geerbt haben.«

»Ich bin fest davon überzeugt, daß Ihr Claim kanadisch bleibt. Ich habe mehrere Gutachten vorliegen, aus denen eindeutig hervorgeht, daß sich die Grenze exakt mit dem Verlauf des 141. Meridians deckt. Niemand anders als eine Handvoll amerikanischer Kapitalgesellschaften steckt hinter diesem sinnlosen Gezänk.«
»Wir werden wohl gezwungen sein, bis zur endgültigen gemeinsamen Festlegung der Grenze in Klondike zu bleiben«, sagte Summy Skim.
»Glauben Sie mir, meine Herren, ich tue mein Menschen- und Amtsmögliches, um die Arbeit der Landvermesser zu erleichtern und zu beschleunigen. Leider haben es ein paar Claimbesitzer auf der anderen Seite der Grenze darauf abgesehen, den Vermessungstrupps das Leben schwer zu machen. Vor allem der Inhaber des Claims 131.«
»Sie meinen den Texaner Hunter?«
»Ja. Sie kennen ihn?«
»Wir sind mit ihm schon zwischen Vancouver und Skagway aneinandergeraten.«
»Nehmen Sie sich bloß in acht! Dieses Jahr hat er auch noch einen Spezi mitgebracht, Malone heißt er! Haben Sie übrigens Schußwaffen dabei?«
»Ja. Gehört Hunter zu denen, die jene Grenzkorrektur beantragt haben?«
»Er ist der Rädelsführer in dieser Sache.«
»Und was hat er davon?«
»Er will so weit von der Grenze zu Kanada abrücken, daß unsere Polizisten nicht mehr beobachten können, was er auf seinem Claim treibt. Es gibt freilich auch diesseits der Grenze einige Claimbesitzer, die ihre Geschäfte höchst ungern unter den Augen der kanadischen Polizei verrichten, mit denen steckt der Texaner unter einer Decke. Diese ganze Schmuggler- und Schieberbande will der straffen kanadischen Verwaltung entgehen und lieber auf dem lässig beaufsichtigten Territorium Alaskas ihr Unwesen treiben. Da wird aber nichts daraus. Vermeiden Sie möglichst jede Berührung mit diesen Leuten und besonders mit Hunter, der jeden als Gegner ansieht, der nicht für ihn ist.«

»Wir werden wohl nicht viel Zeit haben, um uns mit ihm einzulassen, denn wir wollen unseren Claim nicht ausbeuten, sondern nur besichtigen und verkaufen. Wenn das erledigt ist, reisen wir sofort über den Chilkoot und Vancouver nach Hause zurück.«
»Dann gute Fahrt, meine Herren. Wenn Sie Hilfe brauchen, wenden Sie sich immer an mich.«
Der nächste Tag brach mit Regenschauern und einer aufgefrischten Brise aus Nordwest an. Die Vettern verkrochen sich tief unter das Verdeck, als der Wagen auf einer schlechten Straße das Fort verließ. Das Pferd war oft nur durch das gute Zureden Nelutos zu bewegen, den Wagen durch alte, mit zähem Schlamm gefüllte Radspuren zu ziehen. Die Tannen- und Laubwälder zu beiden Seiten der Straße wurden immer dichter. Der Holzvorrat mußte ausreichen, um den Goldgräbern Klondikes über Jahrzehnte Stützmaterial für ihre Schächte zu liefern, und wenn die Goldlager einmal ausgeschöpft sein sollten, fanden die kanadischen Bergleute genügend Material in nächster Nähe, um ihre Zechen auszubauen. Neluto konnte den Vettern unterwegs mehrere Stellen zeigen, wo ausgezeichnete Kohle gefördert worden war, die nur 5 % Schlacken hinterließ. Um die künftige wirtschaftliche Entwicklung Nordwestkanadas brauchten sich die Reisenden keine Sorgen zu machen.
Nach einer Fahrt von insgesamt 100 km erreichten sie am Abend das Fort Cudahy am linken Ufer des Yukon und suchten gleich das örtliche Polizeirevier auf, um nach einem Nachtquartier zu fragen. Bei dieser Gelegenheit erkundigte sich Summy Skim bei dem Reviervorsteher, ob in den vergangenen Tagen eine Frau durch den Ort gekommen sei.
»Lieber Mann«, rief der Polizeileutnant, »hier ist nicht nur eine Frau durchgekommen, es waren vielleicht hundert, wir haben sie nicht einzeln abgezählt. Manche Goldsucher, denen es hier anscheinend zu kalt ist, nehmen einen ganzen Harem mit auf die Goldfelder. Meinen Sie, wir schauen dann jeder dieser Warmblütlerinnen einzeln ins Gesicht?«
»Die junge Dame, nach der ich frage, ist aber selbständige Goldschürferin. Solche Frauen sind bestimmt nicht oft unterwegs.«

»Haben Sie eine Ahnung, junger Mann! Die Frauen jagen dem gelben Gift womöglich noch besessener nach als die Männer.«

»Ist das wahr? Ich hatte mir die Frauen ganz, ganz anders vorgestellt...«

»Hier in Klondike schlägt für manchen die Stunde der Wahrheit. Trotzdem, können Sie die Dame ungefähr beschreiben?«

»Es ist fast noch ein Mädchen, etwa 22 Jahre alt, zierlich, mit dunklen Haaren und einem auffallend hübschen Gesicht.«

»Was sagten Sie? Jung, schlank und hübsch? So eine Frau wäre uns doch sofort aufgefallen, wo wir mit dem Anblick schöner Damen nicht gerade verwöhnt werden. He Jungs«, rief er in die Wachstube hinein, »hat einer von euch in den letzten Tagen eine junge schlanke Brünette durch Fort Dudahy marschieren sehen?«

»Nein, Chef«, antworteten die Polizisten wie aus einem Munde.

»Dann hat sie sicher einen anderen Weg genommen, wenn sie überhaupt noch auf ihren zwei Beinen steht«, sagte Summy Skim. »Sollten Sie ihr irgendwo begegnen, richten Sie ihr bitte einen Gruß von Summy Skim aus Montreal aus.«

Am nächsten Morgen um 3 h früh kletterten die Reisenden wieder in ihren Wagen. Die Sonne stand bereits hoch am Himmel, da die Sommersonnenwende nahte, während der es nicht mehr Nacht wurde über den Hügeln Klondikes. Neluto versprach den Vettern, sie noch vor Anbruch der Nacht an ihrem Claim abzusetzen. Das Pferd bekam unterwegs mehrere Extraportionen und verlor deshalb auch dann nicht die Laune, als es den Wagen am Nachmittag über den oft kaum erkennbaren, miserablen Fahrweg längs des Forty Miles Creek schleppen mußte.

Zwischen der Straße und dem Creek zog sich eine Hügelkette hin, die hier und da von Einschnitten unterbrochen war, in denen die Reisenden zum erstenmal Goldsucher aus nächster Nähe sahen, die verbissen an ihren primitiven Goldwaschmaschinen arbeiteten. Im Zeitalter des Elektromotors hatten manche noch nicht einmal gelernt, die Wasserkraft zur Verrichtung mechanischer Arbeit auszunützen. Der Durchschnittsschürfer besaß

lediglich eine Schaufel, mit der er den Uferschlamm in einen Bottich warf, der bei einem Geräteverleih geborgt war.
Mangels Maschinen lag über den Claims eine sonntägliche Ruhe, die nur ein einziges Mal durch einen Freudenschrei durchbrochen wurde, der von den Felswänden widerhallte. Neluto hielt das Pferd an, die Vettern sprangen vom Wagen und betrachteten nachdenklich einen Mann, der sich in Freudenkrämpfen am Boden wälzte, in der Hand einen Nugget von der Größe einer mittleren Walderdbeere. Gegen 19 h entdeckten die Vettern endlich einen Grenzpfahl des Claims 129. Plötzlich nahm Summy Skim dem Indianer die Zügel aus der Hand und ließ das Pferd anhalten.
»Schau mal!« rief er seinem Vetter zu und zeigte mit der Hand in Richtung einer tiefeingeschnittenen, langgestreckten Schlucht, an deren Ende zwei Goldschürfer arbeiteten. Der eine war auffallend klein und schmal, der andere um so größer und breiter. Sie schöpften so in sich versunken Schlamm aus einem Brunnen, daß sie weder hörten noch sahen, was um sie herum vorging.
»Der eine kommt mir irgendwie bekannt vor«, sagte Summy Skim.
»Von woher denn?« fragte Ben Raddle.
»Der sieht doch aus wie Jane Edgerton, Ben!«
»Ach was. Auf die Entfernung kann man doch niemanden erkennen. Außerdem hat Jane keinen Assistenten bei sich gehabt. Wie willst du überhaupt sehen, daß dort eine Frau arbeitet?«
»Das habe ich so im Gefühl...«
»Das sieht dir ähnlich. Das sieht aber auch ein Blinder mit einem Krückstock, daß dort Vater und Sohn am Brunnen stehen. Spaßeshalber fragen wir mal Neluto.«
Der Indianer hielt sich kurz die Hand über die Augen. »Der eine ist eine Frau«, sagte er.
»Bitte«, rief Summy Skim.
»Lassen Sie mich doch ausreden«, sagte Neluto, »kann aber auch ein Mann sein.«
Summy Skim ließ die Zügel fahren und der Wagen rollte, bis er auf dem Grund des Claims 129 stand.

»Es kann auch ein Junge oder ein Jüngling gewesen sein«, sagte Neluto, während er vom Kutschbock sprang. Mit klopfenden Herzen betraten Summy Skim und Ben Raddle nach einer Reise von mehr als zwei Monaten endlich den Claim, das kostbare Erbstück von Onkel Josi.

10

Während Edith Edgerton ihre Schwesterntracht anlegte und dem Krankenhauspersonal vorgestellt wurde, probierte ihre Kusine einen zünftigen Goldsucherdreß an, kaufte breite Nagelschuhe, band sich die Haare hoch und versteckte sie unter einem Filzhut; zum Schluß erwarb sie für 10 Dollar einen Erlaubnisschein für Jagd, Fischfang und gewerblichen Grubenbetrieb. Als sie zum Mittagessen mit Edith zusammentraf, wußte sie auch schon, daß sie von Dawson City aus nach Westen gehen mußte, um überhaupt noch einen verfügbaren Claim zu finden. Stumm und trokkenen Auges umarmten sich die Kusinen, dann warf Jane ihren Sack auf den Rücken, schulterte ihre brandneue Schaufel und marschierte aus der Stadt hinaus und am linken Ufer des Yukon hin. Sie hatte keinen anderen Plan, als dem ersten größeren Flußlauf nach Westen zu folgen. Als sie bis 17 h außer ein paar mit Schmelzwasser gefüllten Rinnsalen immer noch keinen Fluß gefunden hatte, setzte sie sich hin und aß ihre Butterstullen. Auf einmal hörte sie das Rumpeln von Wagenrädern, sprang auf, packte ihren Brotbeutel zusammen und marschierte im Sturmschritt davon. Als sie sich umdrehte, sah sie einen grobgezimmerten, mit einer Leinenplane überdeckten Bauernkarren, der von einem voluminösen Gaul gezogen wurde. An einer Steigung gewann sie einen kleinen Vorsprung, aber danach holte das Gefährt rasch auf.

»Was rennst du denn so, Bub?« rief eine rauhe, aber freundliche Stimme, deren Besitzer die englische Sprache wohl kaum mit der Muttermilch aufgenommen hatte. Jane blieb stehen, der Karren

war gleich auf ihrer Höhe. Auf dem Kutschbock saß ein dicker Mann, und grinste bis hinter seine roten Ohren.
»Und was haben Sie hier verloren?« fragte Jane spitz.
»Bong Diou«, rief der Fuhrmann, »du hast einen Ton am Leib, als kämst du von der Polizei, mein kleiner Besen.«
»Und Sie haben eine Aussprache am Leib, als kämen Sie aus Marseille.«
»Da komme ich auch her! Kleiner, du bist schlauer, als du aussiehst. Bis du jetzt beleidigt? Nein. Wie heißt du eigentlich?«
»Wie heißen Sie eigentlich?« fragte Jane und ahmte den Tonfall des Fremden nach.
»Ich gebe mir die Ehre, mich als Marius Rouveyre, Kaufmann mit dem größten Umsatz in Fort Cudahy, vorzustellen. Jetzt bist du dran.«
»Jean Edgerton, Goldschürfer.«
Da blieb der Wagen ruckartig stehen, Marius Rouveyre hatte im ersten Schreck instinktiv die Zügel scharf angezogen. Im nächsten Augenblick ließ er sie wieder fahren und hielt sich den Bauch vor Lachen.
»Goldschürfer, mit diesem Brustkästchen willst du Gold schürfen! Dich schluckt ja der Wolf hinunter, ohne anzuhalten. Seit wann bist du Goldschürfer?«
»Seit heute vormittag«, antwortete Jane. Sie spürte, daß ihr die Röte ins Gesicht stieg, schämte sich deswegen und wurde noch mehr rot.
»Obwohl ich schon zwei Monate unterwegs bin«, fügte sie hinzu, »hat mich bis jetzt noch kein Wolf aufgefressen.«
»Das kommt noch. Auf den Mund gefallen bist du nicht, Bengel, aber deinen Beruf hast du dir schlecht ausgesucht. Ich wüßte etwas besseres für dich. Ich suche nämlich einen jungen, flinken Handlungsgehilfen.«
»Wobei soll der behilflich sein?«
»Bei allem. Ich setze alles um. Ich habe gerade frisch eingekauft, das Zeug liegt gut verpackt auf meinem Wagen, Nähnadeln, Stecknadeln, Nähseide, Zwirn, Schnüre, Schinken, Briefpapier, Schnürkorsettagen, Konserven, Strumpfbänder, Tabak, Her-

ren- und Damenkleidung, Schmalztöpfe, Schuhe, hier in einem Pappkarton habe ich einen Zylinder, den einzigen in ganz Fort Cudahy, ich verleihe ihn bei jeder Trauung und Beerdigung, er amortisiert sich tausendfach und ist so konstruiert, daß er auf jede Schädelform geht. Dort hinten in dem länglichen Karton liegt ein wunderschönes Ballkleid, mit verstellbarem Dekolleté, direkt aus Paris.«

»Wollen Sie es verkaufen?«

»Nein. Ich könnte es zwar sofort loswerden, denn jede Frau würde sich darum reißen, mit diesem Staatskleid auf den Bällen von Fort Cudahy zu erscheinen. Die wertvollsten Stücke verleihe ich nur, das bringt mehr ein als verkaufen, und ich bin überzeugt, der Verleih von allem Möglichen wird das ganz große Geschäft der Zukunft. Manches wird man zwar immer verkaufen müssen, den Champagner und den Whisky zum Beispiel, den ich in den Kisten dort hinten habe. Paß auf: du hast bei mir freie Kost und Logis und kriegst dazu noch vier Dollar am Tag.«

»Danke für das Angebot, Herr Rouveyre, aber ich will doch lieber selbständig bleiben.«

»Laß dir von einem alten Goldhasen sagen, da springt nichts dabei heraus.«

»Haben Sie auch einmal geschürft?«

»Jeder hier hat als Schürfer angefangen. Unter hundert hat aber nur einer wirklich Glück, zwei wechseln rechtzeitig die Fakultät, ein Dutzend geht so arm wie zuvor wieder heim, und dem ganzen großen Rest wird das Fell über die Ohren gezogen, mir wäre es um ein Haar nicht besser gegangen.«

»Erzählen Sie doch einmal.«

»Hör zu. Eigentlich bin ich Seemann und wäre es auch heute noch, wenn mir vor Jahren im Hafen von Vancouver nicht einer erzählt hätte, in Klondike brauchte man sich nur zu bücken, um Goldklumpen so groß wie Kinderköpfe aufzulesen. Ich zahlte also die Reise, für alle beide, der Kerl lag mir nicht gerade leicht auf der Tasche. Nach ein paar Monaten waren wir restlos am Ende, aber kurz zuvor machte sich der Schwindler aus dem Staub, der doch aus Gold sein sollte. Beim Betrachten meines leeren Geldbeutels begann ich auf einmal wirtschaftlich zu denken. Ich sagte mir, daß alles, was in diesem Land gewonnen wird, auch in diesem Land wieder ausgegeben wird, daß es in den Kneipen, den Tanzpalästen und Läden verpulvert wird, wo man 100 Francs bezahlt für etwas, das woanders 100 Sous kostet. Und da entschloß ich mich, Tanzbarbesitzer und Kaufmann zu werden, und bis heute hab ich's nicht bereut. Hier, schau dir meinen Bauch an, zur Hälfte ist es Speck, zur anderen meine gefüllte Geldkatze.«

Der Wagen war inzwischen am Scheitelpunkt der Steigung angekommen.

»Willst du immer noch nicht?« fragte Rouveyre.

»Nein.«

»Du rennst in dein Unglück. Aber vielleicht hast du nichts dagegen, wenn du auf diesem Weg ein Stück gefahren wirst. Ich kann dich bis Fort Cudahy mitnehmen.«

»Ich sage nicht nein.«

Jane sprang auf den Kutschbock, spät am Abend sank sie in Fort Cudahy todmüde in die Kissen des Herrn Rouveyre. Den ganzen nächsten Tag über versuchte der Kaufmann, sie zum Bleiben zu überreden, aber Jane blieb hart und marschierte am 5. Juni frühmorgens los, bis sie an die Mündung eines Flusses kam, und dessen rechtem Ufer folgte. Der Weg rückte oft vom Fluß ab, felsige Hügel reckten sich dazwischen in die Höhe. In jede Mulde, in jeden Einschnitt stieg Jane hinein, aber jedesmal entdeckte sie nach wenigen Metern ein Schild *Privat, betreten verboten*. Die ganze Wildnis schien bereits vermessen, verkauft und ausgebeutet zu sein.

Stunde um Stunde marschierte Jane flußaufwärts, ohne einen noch nicht verkauften Claim zu finden. Es dämmerte bereits, als sie wieder in eine Schlucht einbog, die sich in vielen Windungen bis zum Fluß hinunterzog. Ein kaum ausgetretener Pfad, der sich an der Sohle der Schlucht entlangschlängelte, war oft von Spalten und Löchern unterbrochen. Jane wollte gerade einen Anlauf nehmen, um über einen ziemlich breiten Riß im Felsen hinüberzuspringen, da tauchte ein mindestens 2 m großer, breitbrüstiger Hüne hinter einem Felsen auf. Eine feuerrote Mähne fiel ihm über die abstehenden Ohren und ließ im Gesicht nur eine platte Nase frei und auffallend wulstige Lippen. Eine dicke rote Wolle bedeckte seine riesigen Pranken, die Hosen waren zerrissen, aus den löcherigen Schuhen schauten rotbeflaumte Zehen hervor. Jane war unwillkürlich stehengeblieben, als der Mann vor ihr erschien, der mit schweren Schritten allmählich auf sie zuging. Auf der anderen Seite der Spalte blieb er stehen und starrte Jane aus seinen aufgerissenen, wilden Augen an. Plötzlich zuckte er mit den Lippen, fletschte die Zahnstummel, und seine Fäuste verkrampften sich. Zu Tode erschrocken riß Jane ihren Revolver aus dem Gürtel und zielte auf den Fremden. Der zuckte bloß verächtlich die Schultern, hob einen schweren Stein auf, holte aus und schleuderte ihn auf Jane, der Stein prallte aber ein ganzes Stück neben ihr an die Felswand, weil der Fremde in dem Augenblick, als er nach vorn schnellte, vom Rand der Spalte abglitt, das Gleichgewicht verlor und winselnd vor den Füßen Janes liegenblieb.

Kopflos rannte sie in Richtung auf die Straße davon, als sie den Fremden aber immer kläglicher jammern hörte, drehte sie sich um und beugte sich über ihn. Sein Aussehen hatte sich nach dem Sturz vollständig geändert. Die Lippen waren schmal und sensibel geworden, aus seinen Augen sprach nur noch stummer Schmerz. Die Faust, die vor wenigen Augenblicken ein Mordinstrument umklammert hatte, öffnete sich, eine friedliche Schmiedshand streckte sich Jane entgegen.

»Wollen Sie mich verrecken lassen?« fragte der verkommene Mann in ordentlichem Englisch.

Jane sagte nichts, stieg aber in die Spalte hinunter, von fraulichem Mitleid überwältigt.

»Nicht schießen!« flehte der Mann.

»Ist Ihnen etwas passiert?« fragte Jane und steckte ihren Revolver weg.

»Ich glaube, ich habe was gebrochen«, antwortete er und zeigte auf seinen Rücken und sein linkes Bein.

»Lassen Sie mich einmal nachsehen«, sagte Jane, zog seine drekkige Jacke aus und krempelte ihm ein Hosenbein hoch. Sie drück-

Plötzlich zuckte er mit den Lippen, fletschte die Zahnstummel, und seine Fäuste verkrampften sich. Zu Tode erschrocken riß Jane ihren Revolver aus dem Gürtel.

te kurz an einigen Rückenwirbeln und am linken Schienbein herum, massierte und frottierte, setzte dem Mann ihren Feldflaschenverschluß als Schropfkopf auf den Rücken, dann sagte sie warm:
»Gebrochen ist nichts, nur die Muskeln haben Sie sich ein bißchen gezerrt beim Sturz. Wer sind Sie eigentlich?«
Der Fremde schluckte erst, bevor er antworten konnte. Er schien nur sehr langsam zu begreifen, daß er nicht erschossen, sondern gepflegt werden sollte.
»Meine Name ist Patrick Richardson.«
»Sind Sie Engländer oder Amerikaner?«
»Ire.«
»Goldschürfer?«
»Ncin, Schmied.«
»Warum haben Sie Ihren Beruf und Irland verlassen?«
»Keine Arbeit, nichts zu beißen.«
»Und hier haben Sie auch keine Arbeit gefunden?«
»Ich wollte meine Arme verleihen, aber man hat mich auf den Claims nicht gebraucht.«
»Verzeihen Sie die Frage, Herr Richardson: Warum haben Sie mich vorhin umbringen wollen?«
»Ich habe so furchtbaren Hunger!«
Jane kramte in ihrem Brotbeutel herum und streckte Richardson eine zerdrückte Butterstulle entgegen. Der Schmied nahm sie in die Hand, betrachtete sie nachdenklich, sah dann Jane mit verschleierten Augen an, auf einmal heulte er los.
»Essen Sie doch«, sagte Jane.
Unter Tränen biß er in das Brot und verschlang es in wenigen Sekunden. Jane studierte in der Zwischenzeit ausführlich sein Gesicht und kam zu dem Schluß, daß Schädelform und Augenausdruck auf eine leicht verminderte Zurechnungsfähigkeit schließen ließen, die zweifellos aber mit ausreichender praktischer Intelligenz gepaart war.
»Wenn Sie wollen, können Sie mein Assistent werden«, sagte Jane.
»Bei Ihnen?«

»Was ist denn dabei? Sie bekommen 10 Dollar pro Tag, den landesüblichen Tariflohn, das heißt, im Augenblick kann ich Ihnen noch nichts geben, weil ich noch kein Gold gefunden habe, aber als vorläufige Entlohnung bekommen Sie zu essen und möglichst auch neue Arbeitskleidung.«

Richardson nahm Janes Hand vorsichtig zwischen seine Pranken und küßte sie. Jane wußte, daß sie damit keinen Assistenten, sondern einen Sklaven engagiert hatte. Da es bald Nacht war, zumindest nach der Uhr, führte Jane den humpelnden Schmied ein Stück beiseite und machte ihm ein Lager von Laub zurecht.

Am nächsten Morgen konnte Richardson nach einer kräftigen Muskelmassage fast ohne Beschwerden gehen. Bis er die Straße erreicht hatte, verzog er zwar ein paarmal das Gesicht vor Schmerz und mußte sich auf Jane stützen, auf der Straße hielt er aber tapfer Schritt. Die wenigen Leute, die ihnen begegneten, grinsten jedesmal, als sie den Schrank von einem Mann mit seinem zierlichen Arbeitgeber daherkommen sahen. Nach einer kurzen Mittagsrast mußte Jane mit gelindem Schrecken feststellen, daß Richardson ihren Brotbeutel vollkommen leergeputzt hatte. Aber sie sah ein, daß sie diesen massigen Körper ernähren mußte, wenn sie ihn für sich arbeiten lassen wollte. Gegen Abend drangen Jane und Richardson in eine Schlucht ein, die sich in Richtung auf den Fluß bis auf einen halben Kilometer verbreiterte. In der Nähe des Ufers teilte sich der Grund der Schlucht in eine höher- und eine tiefergelegene Stufe, die durch eine Art Damm getrennt waren. Auf dem tiefergelegenen Stück fanden sie bald mehrere halbverschüttete Brunnenschächte und liegengebliebenes Werkzeug, aber nirgendwo einen Grenzpfahl mit einer Nummer. Da dieser Claim aller Wahrscheinlichkeit nach verlassen war, beschloß Jane, ihn sofort zu übernehmen.

Am nächsten Morgen besorgte Jane in der Nachbarschaft für teures Geld Eimer, Schüssel und Schöpfkellen, dann zog sie mit ihren Papieren los, um den Claim abstecken zu lassen und mit allen Formalitäten zu kaufen. In der Zwischenzeit buddelte Richardson einen der Brunnenschächte aus und förderte die ersten Schüsseln Sand zutage, die gerade für 10 Cent Goldstaub

enthielten. Als Jane nach drei Tagen mit ihren Dokumenten zurückkehrte, hatte Richardson nur ein paar lumpige Dollar, mit denen gerade die notwendigsten Lebensmittel bezahlt werden konnten, aus dem Schlamm gewaschen.
Jane begann zu ahnen, daß ihr Vorgänger den Claim 127 b nicht ohne Grund aufgegeben hatte, aber sie hatte sich einmal vorgenommen, ihren Grund und Boden bis zur Neige auszuschöpfen, und bei diesem Vorsatz blieb sie auch. Richardson schuftete wie ein Wilder, und Jane legte Hand an, wo es ging. Am Nachmittag des 11. Juni arbeiteten Jane und Richardson wie immer verbissen an der Ausschachtung eines verschütteten Brunnenlochs, als das Mädchen plötzlich eine bekannte Stimme hinter sich hörte:
»Fräulein Jane, ich bitte, mich nach Ihrem Wohlergehen erkundigen zu dürfen.«
»Herr Skim! Mir geht es ausgezeichnet.«
»Ist das Ihr Claim?«
»Ja. Aber wenn ich ehrlich sein soll, er befriedigt mich überhaupt nicht. In keiner Schüssel sind mehr als 12 Cents.«
»So kann es doch nicht weitergehen, Fräulein Jane.«
»Das sage ich mir auch, deshalb spiele ich schon mit dem Gedanken, ihn wieder zu verkaufen. Es war ein schlechter Zufall, der mich hierhergeführt hat.«
»Ein eigenartiger Zufall, der Sie direkt neben unseren Claim führt. Nur ein Hügel liegt dazwischen.«
»Ich weiß, aber erst seit einigen Tagen, als ich erfuhr, daß der Fluß dort unten der Forty Miles Creek ist.«
»Also doch ein Zufall! Schade. Aber machen Sie doch etwas aus dem Zufall. Bevor Sie aufs Geratewohl nach Alaska oder sonstwohin losziehen, untersuchen Sie doch erst einmal Ihren Besitz. Ich kann Ihnen dabei leider nicht helfen, aber einen halben Kilometer von hier ist mein Vetter, ein unvergleichlicher Ingenieur, der wird Ihnen sicher helfen.«
»Das wäre sehr nett. Dann wüßte ich wenigstens, woran ich hier bin.«
»Gut. Jetzt gestatten Sie bitte eine Frage, die Sie natürlich nicht beantworten müssen, wenn Sie Ihnen zu indiskret erscheint.«

»Fragen Sie nur, Indiskretionen traue ich Ihnen eigentlich nicht zu.«
»Ja also, ich habe hier gar keine Hütte gesehen. Wo schlafen Sie denn in der Nacht?«
»Unter des lieben Gottes freiem Himmel, wo denn sonst? Ein Haufen Laub als Bettstatt, etwas Sand als Kopfpfühl, gesünder schläft es sich nirgends.«
»Unter freiem Himmel? Das hätte ich von Ihnen nicht erwartet. Für so unvorsichtig hätte ich Sie nicht gehalten.«
»Ich habe doch zwei Leibwächter, Herr Skim. Damit kann überhaupt nichts passieren. Der eine baumelt hier an meiner Hose, mein kleiner 45er, und der andere steht dort vor dem großen Loch.« Jane zeigte auf Richardson, der Summy Skim mit aufgerissenen Augen ansah.
»Der sieht ja aus wie Rübezahl!« sagte Summy Skim zu Jane. »Aber er ist sicher furchtbar stark. Trotzdem: wollen Sie nicht nach Feierabend über den Hügel klettern und die Gastfreundschaft in Anspruch nehmen, die mein Vetter und ich Ihnen anbieten?«
»Nein.«
»Das ist nicht sehr nett von Ihnen. Ich gebe zwar zu, bei uns ist es vielleicht auch nicht viel sicherer als hier auf einem Laubhaufen, aber doch wenigstens, nun ja, schicklicher.«
Jane runzelte sofort die Stirn und zog die Brauen zusammen. Sie wollte sich von keinem Mann vorschreiben lassen, was schicklich sei und was nicht, deshalb schlug sie ein und sagte:
»Ich nehme Ihr Angebot an, aber nicht aus Gründen der Schicklichkeit.«
»Schon gut. Darf ich Sie noch um etwas bitten? Hören Sie doch gleich auf mit der Arbeit, kommen Sie mit mir auf unseren Claim, unterwegs können Sie mir Ihre Erlebnisse erzählen.«
»Von mir aus«, antwortete sie und winkte den Schmied zu sich heran.
»Patrick, pack die Werkzeuge zusammen, wir gehen jetzt zum Claim 129 hinüber.«
»Jawoll, Herr Jean.«

»Der Riese hält Sie wohl für einen Mann?« sagte Summy Skim leise zu Jane.
»Er ist nicht der einzige, der sich durch meinen Aufzug täuschen läßt.«
»Vielleicht weiß dieser Waldschrat noch nicht, daß zweierlei Kleider im Schrank hängen.«

11

35 Dollar Pacht hatte Ben Raddle für den Claim 129 bezahlt, dessen Westgrenze genau mit der Grenze zwischen Kanada und Alaska zusammenfiel. Im Norden des Claims rauschte der Forty Miles Creek mit mittlerem Wasserstand, im Süden erstreckte sich eine Grasmulde mit Weiden- und Espengruppen zwischen zwei Hügeln. Überall auf den Nachbarclaims wurde gearbeitet, mehrere hundert Grubenarbeiter waren auf einer Fläche von wenigen Quadratkilometern beschäftigt, nur auf dem Claim 129 war noch alles ruhig. Als Summy Skim und Ben Raddle ankamen, fanden sie den Werkmeister Lorique, einen 40jährigen Frankokanadier, den ihnen der Onkel hinterlassen hatte. Er war der letzte Mann der Goldschürfermannschaft, die einmal für Josias Lacoste fleißig gewesen war. Summy Skim und Ben Raddle wurden gleich in einer festen Hütte untergebracht, die ihr Onkel für sich und den Werkmeister hatte bauen lassen, und Lorique marschierte noch spät am Abend los, um auf den Nachbarclaims Lebensmittel für die beiden Erben einzukaufen. Am nächsten Morgen besichtigten die Vettern ausführlich ihr Erbstück.
»Herr Lacoste hat hier insgesamt 14 Schächte abteufen lassen«, sagte Lorique, »zuvor waren die oberen Erdschichten nach Gold durchsucht worden.«
»Kam etwas dabei heraus?« fragte Ben Raddle.
»Nicht viel. Aus den Schächten haben wir bestenfalls 3 Dollar pro Schüssel herausgeholt.«
»Und an der Bonanza liegen bis zu 500 Dollar in einer einzigen Waschschüssel!« rief Summy Skim.

»Aber auch nur ausnahmsweise, im Schnitt ist man dort mit 20 Dollar durchaus zufrieden. Auf der 129 bringt eine Schüssel im Schnitt einen Dollar.«

»Das ist aber beschämend wenig«, meinte Summy Skim.

»Sie dürfen aber nicht vergessen, daß wir gerade damit angefangen hatten, die Schächte zu bearbeiten, als Ihr Onkel starb. Die Brunnen sind überhaupt noch nicht ausgeschöpft.«

»Wieviel Francs haben Sie insgesamt aus dem Claim geholt?« fragte Ben Raddle.

»30000. Der Betrag deckte gerade die Unkosten Ihres Onkels. Trotzdem bin ich fest überzeugt, daß der Forty Miles Creek eine gute Ader hat, zumal auf den Nachbarclaims sehr viel mehr Gold gefördert wird.«

»Wußten Sie, daß uns eine amerikanisch-kanadische Gesellschaft 5000 Dollar geboten hat für diesen Claim?«

»Ja, ein paar Herren haben den Claim besichtigt. Das ist natürlich lächerlich wenig, ich würde sagen, im Vergleich mit anderen Claims ist Ihrer mindestens 40000 Dollar wert.«

»Dafür würde sich unsere Reise durchaus rentieren«, sagte Summy Skim, »aber ein Verkauf gehört wohl so lange zum Reich der Ideen, als die Grenzfrage nicht geklärt ist.«

»Egal, ob der Claim kanadisch oder amerikanisch ist, sein Wert ändert sich dadurch nicht. Ich hoffe aber, daß die Gehilfen des ausgezeichneten Landvermessers K. die Grenze bald berechnen.«

»Wie wird sie dann Ihrer Meinung nach verlaufen?«

»Ein Stück weiter im Westen, entgegen den Vermutungen der Amerikaner.«

»Dann würde also auch der Claim der Herren Hunter und Malone kanadisch! Wie ist unser Onkel mit denen übrigens ausgekommen?«

»Es gab dauernd Rabbatz. Wir durften nur noch mit geladenem Revolver aus der Hütte gehen, und ein paarmal hat Herr Lacoste die Polizei gerufen.«

»Kann man sich denn gar nicht gegen diese Radikalinskis wehren?«

»Nur durch eine Grenzverlegung, wodurch die Texaner unter die Kuratel der kanadischen Bezirksregierung kämen. Der Hunter hat im vergangenen Jahr alle amerikanischen Claimbesitzer am Forty und Sixty Miles Creek dazu aufgehetzt, unsere Claims zu überfallen. Die Regierung in Ottawa hat sich deswegen schon mehrfach an Washington gewandt, aber im Weißen Haus scheint man auf manchen Ohren taub zu sein.«
»Man wird dort zunächst die Lösung der Grenzfrage abwarten.«
»Sicher, aber bis dahin müssen wir Augen und Ohren offenhalten. Ich traue dem Hunter zu, daß er diesen Claim überfällt, sobald er weiß, daß die neuen Besitzer angekommen sind.«
»Er kennt uns aber schon und weiß, daß die neuen Besitzer ohne Ansehen der Person zurückschlagen werden.«
Auf ihrem Rundgang waren die Männer bis an die Grenze zum Claim 131 gekommen, auf dem im Gegensatz zu Nr. 129 Hochbetrieb herrschte. Pausenlos floß ausgewaschener Schlamm durch Abzugsgräben in den Forty Miles Creek. Sie konnten weder Hunter noch Malone unter den Arbeitern entdecken. Bald war es Zeit zum Mittagessen, und sie kehrten in die Hütte zurück, in der Neluto sie erwartete.
»Hast du gut gekocht, Stromschnellenlotse?« fragte Ben.
»Gut gekocht schon, ob es aber auch gut schmeckt, weiß ich nicht.« Nach dem Essen nahm Summy Skim seinen Vetter beiseite.
»Was ist jetzt, Ben? Du weißt jetzt, was der Claim wert ist, mehr wirst du in den nächsten Tagen auch nicht erfahren.«
»Erst muß ich die Bücher von Onkel Josi noch prüfen, und das dauert gut und gern 48 h.«
»Das werde ich noch aushalten, vor allem, wenn ich auf die Jagd gehen kann.«
»Es ist gut, wenn du für ein paar Tage Ablenkung hast.«
»Aha, aus den 48 h sind jetzt schon ein paar Tage geworden.«
»Ein paar Tage will ich schon noch hierbleiben, denn ich will erst einmal sehen, wie man hier den Sand in den Schüsseln wäscht.«

»Was möglicherweise Wochen in Anspruch nimmt. Ben, denk daran, wir sind nicht als Goldschürfer gekommen.«
»Natürlich nicht, aber ich sehe nicht ein, weshalb Lorique in der Zeit, in der wir auf die Grenzberichtigung warten müssen, nicht ein bißchen Sand auswaschen soll.«
»Heißt das, wir müssen solange hier hocken bleiben, bis die Herren vom Amt den verdammten Meridian gefunden haben?«
»Ob wir hier sitzen oder anderswo, ist im Grunde doch gleichgültig. Die Sonne scheint überall.«
»Wenn sie überhaupt scheint, Ben.«
Summy Skim nahm sein Gewehr über die Schulter und rief nach Neluto. Wenig später verschwanden die beiden Männer in der nach Süden ansteigenden Schlucht.
In der Zwischenzeit reifte in Ben Raddle der Entschluß heran, den Claim mit neuen Methoden auszubeuten, denn er sah nicht ein, weshalb er aus lauter Ungeduld für einen lächerlichen Gegenwert auf Millionen verzichten sollte, die vielleicht in den Brunnenschächten des Claims 129 schlummerten. Der Grenzkonflikt kam ihm dabei sehr gelegen, denn er lieferte ihm den Vorwand, einige Zeit am Forty Miles Creek zu bleiben. Nachdem er die Bücher seines Onkels durchgesehen hatte, wandte er sich an Lorique.
»Können Sie in nächster Zeit eine Mannschaft zusammenstellen, ich denke, etwa 50 Mann?«
»Ganz bestimmt, Herr Raddle, geben Sie mir 24 h Zeit. Wollen Sie jetzt doch auf eigene Rechnung hier anfangen?«
»Solange mir kein anständiger Preis für den Claim geboten wird, kann ich ihn auch selber ausbeuten.«
»Hinterher werden Sie noch besser wissen, was er in Wirklichkeit wert ist. Ich bin überhaupt der Meinung, daß man mit den richtigen Mitteln am Forty Miles Creek ebenso schnell zu einem Vermögen kommen kann, wie an der Bonanza oder am Eldorado.«
»Schön wärs, wenn Ihre Meinung nicht nur eine Meinung wäre.«
Ben Raddle begann gerade darüber nachzudenken, wie er seinen

neuen Entschluß Summy Skim so schonend wie möglich beibringen konnte, da erschien der Vetter auf dem Hügel im Osten, vor ihm marschierte ein mit Werkzeugen beladener Riese und neben ihm ging eine auffallend kleine, zierliche Gestalt.
»Ben«, rief Summy Skim von weitem, »kennst du schon unsere Frau Nachbarin?«
»Das ist ja Fräulein Jane!« antwortete Ben Raddle.
»Ihr gehört der Claim neben uns, Nr. 127 b. Ich habe ihr schon im voraus angekündigt«, sagte Summy Skim, als er vor seinem Vetter stand, »daß du sie ein bißchen technisch beraten wirst. Machst du das?«
»Aber natürlich.«
»Wirst du ihren Claim wissenschaftlich exakt untersuchen?«
»Mit der letzten Akribie. Gleich morgen.«
»Der Ben, der ist ein guter Mensch«, sagte Summy Skim zu Jane.
»Jetzt ist ihr Glück theoretisch schon gemacht.«
»Unseres auch«, sagte Ben Raddle.
»Wieso? Hast du den Laden schon verkauft?«
»Nein, aber ich habe mich entschlossen, den Claim bis zur endgültigen Grenzberichtigung selber in Betrieb zu nehmen. Lorique sucht bereits die Mannschaft zusammen.«
»Ausgezeichnet!« rief Summy Skim zur bodenlosen Überraschung seines Vetters, der mit einem Wutausbruch gerechnet hatte. »Du verdammter Ben, du hast mich jetzt völlig aus dem Konzept gebracht. Ich wollte dir nämlich noch sagen, daß ich Fräulein Jane in Vorwegnahme deiner Zustimmung eingeladen habe, bei uns zu übernachten, weil die arme kleine Frauenrechtlerin sonst unter freiem Himmel schlafen muß.«
»Selbstverständlich stehen Fräulein Edgerton alle unsere Räume zur Verfügung.«
»Dann bin ich dafür, unserem Gast zuerst einmal unseren Besitz zu zeigen. Kommen Sie, Fräulein Jane«, rief Summy Skim und zog das Mädchen hinter sich her. Ben Raddle folgte den beiden auf dem Fuß.
»Wie finden Sie unseren Goldgarten, Fräulein Jane?« fragte

Summy Skim überschwenglich. »Wo die Kinder Ostereier suchen, da suchen wir nun Gold.«
Ben Raddle glaubte, er habe nicht richtig gehört und steckte sich in Ermangelung einer besseren Lösung eine Zigarette an.

12

Die Schürfsaison rund um den Yukon hatte noch nicht lange begonnen, Ben Raddle brauchte so nicht zu befürchten, daß der Staat seinen brachliegenden Claim aus Ärger über ausfallende Steuereinnahmen konfiszieren würde. Manche Schürfer waren in geringer Tiefe noch auf gefrorenen Boden gestoßen, so daß sie sich vorläufig darauf beschränken mußten, die Oberfläche ihrer Claims abzuräumen. Während sich Lorique bemühte, mit allen Mitteln Hilfsarbeiter anzuwerben, die wegen der steigenden Nachfrage immer teurer wurden, marschierten die Vettern zum Claim Jane Edgertons hinüber. Ben Raddle schritt die Nummer 127 b einmal langsam ab, dann war er schon imstande, eine geologische Expertise zu formulieren.
»Wieviel in Ihrem Claim drinsteckt, Fräulein Edgerton, kann ich mit letzter Sicherheit nicht voraussagen. Es ist aber gewiß, daß Sie mit dem unteren den falschen Claim erworben haben.«
»Ich konnte doch nicht anders, weil die Brunnenschächte schon da waren.«
»Eben diese Schächte hätten Sie stutzig machen müssen. Ihr Vorgänger hat sie sicher nicht ohne Grund aufgegeben.«
»Daran habe ich auch schon gedacht.«
»Ein schwerer wiegendes Argument ergibt sich freilich aus der Struktur Ihres und des anschließenden Claims. Dazu müssen wir uns einmal klarmachen, wie die goldhaltigen Erdschichten überhaupt entstanden sind. Das Gold ist nicht einfach vom Himmel gefallen, sondern vom Forty Miles Creek angeschwemmt worden, der früher einmal beide Ufer überflutete und an diesem 10 m hohen Absatz einen breiten Wasserfall bildete. Bin ich da verstan-

den? Gut. An dieser Felsbarriere brach sich das Wasser in Wirbeln, wobei die meisten mitgeführten schwereren Teilchen, Sand und Gold, absanken. Die vom Wasser ausgewaschene Vertiefung über diesem natürlichen Wehr füllte sich im Lauf der Zeit mit Sand und Goldkörnchen an, bis das Wasser diese Schicht wieder abzutragen und auf die tiefergelegene Stufe Ihres Claims hinunterzuschwemmen begann. Nun sehe ich hier einige Anzeichen dafür, daß ein Erdrutsch die obere Stufe zugeschüttet hat, so daß der Fluß in sein heutiges Bett abgedrängt wurde und die untere Stufe nicht mehr mit Sand und Gold überschwemmen konnte.«

»Du sprichst wie ein Professor, Ben«, sagte Summy Skim, »ich muß vor dir den Hut ziehen.«

»Laß ihn lieber noch oben, vor Hypothesen soll man nicht den Hut ziehen. Aber wenn mich nicht alles täuscht, so liegt die einzige goldführende Schicht unter den Geröllfeldern jenseits dieses Absatzes.«

»Gehen wir hinüber«, sagte Jane kurz.

Das Mädchen und die Vettern stiegen soweit die Schlucht hinauf, bis sie den oberen Absatz bequem betreten konnten. Dann wandten sie sich wieder dem Fluß zu, brauchten aber fast eine Stunde, bis sie über die schlüpfrigen Geröllhaufen geklettert waren. Ben Raddle schaute in jeden Spalt hinein, der sich zwischen den Steinen auftat, er sah aber nur immer wieder Steine.

»O weh«, sagte Ben Raddle, »mit dem experimentellen Nachweis meiner Theorien habe ich mich ganz schön blamiert.«

»Sag das nicht«, sagte Summy Skim, »komm lieber her. Hier ist Sand.«

Neben den Beinen des Vetters leuchtete eine taschentuchgroße Sandfläche zwischen den dunklen Steinen.

»Da ist er ja, der langgesuchte Sand!« rief Ben Raddle.

»Es ist kaum zu glauben: Tausende von routinierten Goldsuchern sind hier achtlos vorbeigegangen, und ausgerechnet mein goldfeindlicher Vetter findet einen Sand, der pro Schüssel mindestens 50 Dollar hergibt!«

Alle füllten ihre Hosentaschen mit Sand und kletterten auf dem schnellsten Weg zum Fluß hinunter. Als erster ließ Ben Raddle Wasser durch den Sand in seiner Hand rinnen; als er die übriggebliebenen Nuggets in der Hand wog, schrie er plötzlich auf: »Das sind mindestens 100 Dollar pro Schüssel!«

»Was?« stammelte Jane Edgerton. »Dann bin ich ja reich!«

»Noch nicht, Fräulein Jane«, sagte Ben Raddle beschwichtigend.

»Sie können es zwar werden, aber Sie dürfen nicht vergessen, daß Sie teure Arbeitskräfte sowie Sprengstoff brauchen, um an Ihre Schätze erst einmal heranzukommen.«

»Und wenn schon, Patrick und ich werden gleich heute damit anfangen, ein paar Felsblöcke zur Seite zu räumen und soviel Sand auszubuddeln, daß wir mit den Nuggets die Arbeiter und die nötigen Geräte bezahlen können.«

»Dagegen ist nichts zu sagen«, meinte Ben Raddle. »Meinen Glückwunsch übrigens.«

»Oh vielen Dank«, antwortete Jane, »vor allem Herrn Skim muß ich danken, denn ohne ihn wäre ich vielleicht längst in Alaska.«

»Was ich sehr bedauert hätte, nachdem ich einiges in Sie investiert habe und deshalb daran interessiert bin, daß Sie dauerhaften Erfolg haben.«

»Ich finde Eure Geschäftesüchtelei widerlich«, sagte Summy Skim und schlug die Richtung zum Claim 129 ein. Ben Raddle folgte ihm sofort. Lorique war in der Zwischenzeit mit 30 Arbeitern angekommen, denen er aber zum Teil erheblich mehr als 10 Dollar pro Tag hatte versprechen müssen. Die Leute wußten nur zu gut, daß Spitzenverdienern teilweise in einer Stunde 10 Dollar ausbezahlt wurden, und sie schraubten ihre Forderungen dementsprechend hoch. Gleich nach ihrer Ankunft beklagten sie sich über die primitiven Arbeitsgeräte, die Josias Lacoste seinen Erben hinterlassen hatte, so daß der Werkmeister gezwungen war, gleich am nächsten Morgen zwei Wiegen zu kaufen, sargähnliche Holzkästen, in die Rahmen mit Wollstoffbespannung eingefügt waren, die den feinen Sand durchließen, die Goldkörner aber zurückhielten. Am Ende dieser um ihre horizontale Achse drehbaren Kästen waren Schalen mit Quecksilber eingepaßt, das auch die feinsten Spuren von Gold aus dem dünnflüssigen Sandschlamm herauslöste.

Eine in Klondike weitverbreitete Goldschleuse konnte Lorique trotz aller Anstrengungen nirgends mehr erwerben, so daß er diese Holzrinne mit zahlreichen Quernuten, in denen das spezifisch schwere Gold hängenblieb, nach einem Entwurf Ben Raddles selbst herstellen mußte. Die Pumpanlage, die den goldhaltigen Schlamm sowohl auf die Wiegen als auch in die Schleuse leiten sollte, mußte dagegen für teures Geld angekauft werden. Trotz dieser Einrichtungen mußten die meisten Arbeiter weiterhin mit der Schüssel hantieren; aus einer Füllung wuschen sie selten mehr als einen Vierteldollar heraus. Dazu mußten wegen mehrerer Gewitter alle Arbeit für Tage eingestellt werden. Ben Raddles Gesicht wurde lang, als er Anfang Juli die Goldmenge zusammenrechnete, die in den Tresoren der *Anglo-American Transportation and Trading Company* in Dawson City deponiert werden sollte. Mehr als 3000 Dollar hatten sich nicht angesammelt.

»Wenn ich noch etwas Kleingeld hätte«, sagte Summy Skim, »würde ich am liebsten noch etwas drauflegen, damit uns die Leute nicht glattweg auslachen.«

»Warte doch ab«, antwortete Ben Raddle, »anderen geht es am Anfang auch nicht anders.«

Der Ingenieur wußte jedoch besser als sein schöngeistiger Vetter, daß er nur noch zwei Monate Zeit hatte, um seinen Claim zu bearbeiten. Mit seiner derzeitigen Mannschaft konnte er aber nicht einmal diese Frist voll ausnutzen. Also beauftragte er Lorique, eine neue Brigade aufzustellen. In den ersten Julitagen trafen 40 Mann auf Claim 129 ein.

Während der ganzen Zeit hatte Jane Edgerton jeden Abend ihren Nachbarn berichtet, wieviel Gold sie mit ihren zwölf Helfern tagsüber aus dem Sand gewaschen hatte. Die 100-Dollar-Schüssel war leider ein Einzelfall geblieben, das Mittel der Ausbeute lag zwischen 4 und 10 Dollar. Bei einer gleichbleibenden Ausbeute konnte sie damit rechnen, am Ende der Schürfsaison mehrere hunderttausend Francs gewonnen zu haben. Ihre Leute

Das war also eine der berüchtigten Goldschleusen, eine sinnreiche Mechanik, die ihren Besitzer zu einem reichen Manne machen konnte.

mußten viel Zeit darauf verwenden, die Geröllhalde abzuräumen und tonnenschwere Felsblöcke auf die untere Stufe zu wälzen.
Ben Raddle war auf den Erfolg der Laienschürferin ziemlich neidisch; wenn er von ihrem Claim zurückkam, lief ihm die Arbeit auf seinem eigenen viel zu langsam, und zum Ärger seiner Arbeiter legte er oft selbst mit Hand an, wusch den Sand in den Schüsseln oder bediente die Wiege. Summy Skim stand grinsend dabei und paffte, ließ sich aber nicht dazu bewegen, selbst einmal eine Ladung Sandschlamm durchzuspülen.
»Und wenn du mir zwei Dollar die Stunde bezahlst, rühre ich diesen Sand nicht an«, sagte er jedesmal.
Einmal ließ er sich aber doch dazu überreden, eine Schüssel voll Sandschlamm anzufassen, sie zu schütteln und den Schlamm langsam auslaufen zu lassen. Am Schluß blieb aber nicht der geringste Bodensatz übrig.
»Nicht einmal eine Pfeifenfüllung Tabak könnte ich mir davon kaufen!« rief er seinem Vetter zu. »Nein, nein, mein Lieber, ich gehe wieder auf die Jagd, meine Jagdtasche wird wenigstens immer voll.«
Als Summy Skim Mitte Juli wieder einmal mit einem Dutzend Enten über der Schulter in die Unterkunft zurückkehrte, fand er seinen Vetter mit strahlendem Gesicht beim Goldwiegen. Bald waren Nuggets für 35 000 Francs versandfertig verpackt.
Je weiter die Arbeiter Ben Raddles nach Westen vordrangen, desto größer wurden die Goldkörner, die sie in den neugebohrten Brunnenschächten fanden. Durch Flüsterpropaganda hatten einige der kanadischen Goldschürfer erfahren, daß auch die amerikanischen Arbeiter von Claim 131 bei Vorstößen nach Osten auf eine ergiebige Goldgrube, eine *Bonanza*, getroffen waren, die höchstwahrscheinlich mit der goldführenden Schicht im Westen des Claims 129 zusammenhing. Es konnte nur noch 14 Tage dauern, bis die Schürftrupps beider Seiten an der Staatsgrenze West aufeinanderprallten.
Die Kanadier, lauter biedere, fleißige und friedliebende Arbeiter- und Bauernsöhne, sahen mit banger Erwartung dem Zeitpunkt entgegen, wo sie den disziplinlosen und gewalttätigen

Amerikanern, die schon Dutzende von ahnungslosen Goldschürfern krankenhausreif geschlagen hatten, Auge in Auge gegenüberstehen sollten. Doch trotz der immer zögernder betriebenen Ausbeute konnte Ben Raddle am 20. Juli 12000 Dollar nach Dawson City schicken. Gleichzeitig ließ Jane einen Sack mit Goldstaub für 3000 Dollar in die Stadt schaffen. Summy Skim sah zu, wie das gelbe Metall sorgsam verpackt wurde.

»Warum sitzen wir nur immer noch hier herum? Warum verkaufen wir unsere Claims nicht endlich?«

»Weil sich vor der endgültigen Grenzziehung kein endgültiger Preis festlegen läßt.«

»Darauf können wir auch in Montreal warten, Ben, wo der vortreffliche Herr Snubbin das Geschäft für uns abwickeln wird.«

»Wenn wir uns aber noch ein paar Wochen gedulden, wenn wir die Goldader in ihrer vollen Ausdehnung aufgespürt haben, können wir mit Fug und Recht 100000 Dollar verlangen.«

»Falls wir bis dahin überhaupt noch den Mund auftun können, Vetter Ben. Schon in ein paar Tagen werden uns die Hunter-Leute auf die Zehen treten, und was dann?«

»Herr Raddle«, rief Lorique, der atemlos in die Hütte stürzte, »einer der Amerikaner hat einem unserer Leute eben einen Stein an den Kopf geworfen!«

»Wenn er Gold enthält, nicht zurückgeben, Lorique«, antwortete Ben Raddle, »ansonsten nicht provozieren lassen.«

»Jawohl, Herr Raddle.«

Der Ingenieur und sein Werkführer beobachteten die Vorgänge auf der anderen Seite in den nächsten Tagen aufmerksamer als zuvor. Es entging ihnen nicht, daß die Ausbeute auf dem amerikanischen Claim allmählich schwächer wurde; die Bonanza des kanadischen Claims schien mit der amerikanischen Goldader doch nicht zusammenzuhängen.

Im Laufe des 27. Juli rückten sich die beiden Schürfbrigaden bis auf 10 m nahe. Während die Amerikaner kaum ein paar Cents aus ihren Schüsseln wuschen, gruben die Kanadier unter Triumphgeschrei immer schwerere Nuggets aus ihren Schächten. Auf einmal ließen die fluchenden amerikanischen Arbeiter ihre Geräte fallen und rannten rufend und gestikulierend zur Straße hinauf; Hunter und Malone, die angeblich in der Nähe von Circle City einen neuen Claim eröffnet hatten, waren überraschend angekommen.

»Jetzt geht der Zirkus los«, sagte Lorique zu den Vettern. »Ich habe vom letzten Jahr noch die Nase voll.«

»Sollen wir nicht besser die Grenzpolizei unterrichten, daß Hunter und Malone wieder im Land sind?« meinte Summy Skim.

»Das ist der Polizei sicher nicht entgangen«, antwortete Lorique.

»Aber ehrlich gesagt, ich fühlte mich auch wohler, wenn wir die Garnison in Fort Cudahy auf dem schnellsten Weg benachrichtigen würden.«

»Habt ihr denn jetzt schon die Hosen voll?« rief Summy Skim. »Haut doch ab! Ich bleibe jedenfalls hier, denn ich habe mit Hunter noch eine alte Rechnung zu begleichen.«

»Bitte, vergiß aber nicht, daß du es dann nicht nur mit einem angetrunkenen Mann zu tun hast, sondern mit einer ganzen Horde dieses Kalibers. Ein bewaffneter Angriff dieser Banditen auf das Territorium des Dominion kann aber nur von der Grenzpolizei beantwortet werden.«

»Die Polizei war noch nie da, wenn man sie brauchte.«

»Aber wir sind da«, sagte der Werkführer, »meine Leute werden sich mit Vergnügen schlagen.«

»Ihr sportlicher Ehrgeiz in Ehren, Herr Lorique«, meinte Ben Raddle, »aber wir sind schließlich nicht hierhergekommen, um den Forty Miles Creek von radikalen Elementen zu säubern, sondern...«

»...den verdammten Claim endlich loszuwerden«, unterbrach Summy Skim. »Sagen Sie mal, Lorique, wo treibt sich eigentlich diese Grenzverbesserungsgesellschaft herum?«

»Ich glaube, am Mount Elie, irgendwo drunten bei Skagway.«

»Das darf doch nicht wahr sein!«

»Reg dich nicht auf, Summy«, sagte Ben Raddle. »Spann ein bißchen aus, geh jagen, wir werden hier schon nach dem rechten sehen.«

Summy Skim und Neluto waren noch keine Viertelstunde in der Schlucht verschwunden, da brachen sich schon die ersten Schüsse an den Felswänden. Während die Arbeiter unbeirrt weiterschufteten, beobachtete Ben Raddle aufmerksam jede Bewegung von Hunter und Malone, deren leicht ansteigender Claim von der Hütte aus leicht zu überblicken war. Nach kurzer Zeit tauchten die beiden Texaner auf, durchquerten langsam ihr Grundstück und blieben unmittelbar an der Grenze zum Claim 129 stehen, der Hütte direkt gegenüber. Bald entdeckten sie Ben Raddle, der seelenruhig auf der Fensterbank lehnte, Kringel in die Luft blies und den vorbeiziehenden Wolken nachstarrte. Dabei entging ihm freilich nicht, daß die Texaner zuerst mit Gesten und später mit handfesten Beschimpfungen drohten. Als sie endlich verschwunden waren, ging Ben Raddle zu Lorique hinunter, der gerade die Wiege bediente.

»Haben Sie das mitbekommen?« fragte der Vorarbeiter.

»Ja, aber ärgern können die mich nicht.«

»Aber Ihren Herrn Vetter.«

»Leider, aber ich werde ihm einschärfen, daß wir die Leute dort drüben einfach nicht kennen.«

Summy Skim war so sehr von seiner Jagdleidenschaft gepackt, daß er schon frühmorgens seine Flinte packte und erst lange nach Betriebsschluß in die Hütte zurückkehrte. Auf diese Weise merkte er nicht, daß sich die Arbeiter von hüben und drüben immer enger auf den Pelz rückten, sich beschimpften und bedrohten; bevor es aber zu den ersten unvermeidlichen gewaltsamen Auseinandersetzungen kam, mußte die Arbeit für drei Tage eingestellt werden, weil ein anhaltender Landregen die Schächte bis zum Rand füllte und die Claims in einen Morast verwandelte. Auch Summy Skim blieb an den Regentagen in der Hütte. Ben Raddle benützte die Pause dazu, die Ausbeute einzusammeln und ein Goldpaket im Wert von 10000 Dollar fertigzumachen. Jane Edgerton hatte die Vettern diesmal um 2000 Dollar überrundet.

Am 3. August riß ein kräftiger Wind aus Südwesten die Wolkendecke auf, am Nachmittag gingen die Mannschaften wieder an die Arbeit. Obwohl sich Hunter gegen Abend wieder auf seinem Claim sehen ließ, kam es an diesem Tag zu keinem Zusammenstoß zwischen den Brigaden beiderseits der Grenze. Summy Skim hatte auf seinen früheren Streifzügen Bärenspuren entdeckt, die er am 4. August ausgiebig verfolgen wollte. Als sein Vetter aufstand, war das Bett neben ihm leer und Summy Skim bereits über alle Berge.

Um jede Provokation zu vermeiden, hatte Ben Raddle den Werkmeister angewiesen, die Brunnenschächte an der Grenze zu Claim 131 selbst abzustecken. Der war es dann, der die Amerikaner unfreiwillig herausforderte: bei einem kräftigen Hieb mit der Spitzhacke traf er einen Quarzbrocken, in den ein Nugget von mindestens 400 Dollar eingeschlossen war. Auf seinen Ruf liefen Ben Raddle und die kanadischen Arbeiter herbei, aber auch die Leute Hunters sahen aus wenigen Metern Entfernung, welchen Schatz der kanadische Werkmeister gehoben hatte.

»Sind es denn immer diese Kojoten aus dem wilden Osten, die die größten Nuggets finden?« brüllte plötzlich der Texaner, und bahnte sich einen Weg durch seine Leute. Ben Raddle hatte Hunter erkannt, kehrte ihm aber den Rücken zu und ging ohne Hast von dannen. »He, mit Ihnen rede ich, Sie Goldknacker aus Montreal!« Ben Raddle setzte unbeirrt seinen Weg fort.

»Jetzt platzt mir aber der Kragen!« schrie der Texaner und sprang auf den Claim 129 hinüber. Malone setzte sofort hinterher und zerrte ihn wieder auf amerikanisches Gebiet zurück, wo er seine Leute gegen die kanadischen Arbeiter aufhetzte. Ben Raddle ahnte, daß ein Zusammenstoß nicht mehr zu verhindern war, aber er schwieg sich Summy Skim gegenüber aus, als die Vettern abends in der Hütte zusammentrafen. Zu Ben Raddles Leidwesen wollte Summy Skim am nächsten Morgen nicht auf die Jagd ziehen, weil er sich am Tag zuvor Blasen gelaufen hatte. Mißmutig saß er vor der Hütte und sah den Wolken zu, die sich über den Hügeln am Horizont zusammenballten. Am Nachmittag machte er mit seinem Vetter einen Rundgang über den Claim; dabei entdeckte er Hunter und Malone, die ihre Leute pausenlos anschrien und über das Gelände scheuchten.

»Seit wann sind die beiden Tagediebe wieder im Land?« fragte Summy Skim.
»Ich glaube, seit gestern«, antwortete Ben Raddle.
»Kümmere dich nicht um sie, für mich sind sie Luft.«
»Wenn diese Luft nur nicht so unverschämt glotzen würde!«
»Sieh weg, wenn's dich stört.«
Die Vettern waren inzwischen bis an die Grenze der Claims gekommen, an die sich die Arbeiter von beiden Seiten heranarbeiteten. Ihre Hauen verfehlten sich oft nur um Haaresbreite, dabei verhielt sich jede Mannschaft, als sei sie allein auf weiter Flur, und schuftete verbissen weiter.
Gegen 17 h warfen plötzlich beide Brigaden die Pickel weg und brachen in Siegesgeheul aus. Auf beiden Seiten der Grenze waren sie auf die Verbindungsader zwischen der Bonanza des Claims 129 und den goldführenden Sandschichten des amerikanischen Claims gestoßen. Beim Auskratzen eines ausgeschachteten Loches hatte man einen Goldbrocken von schätzungsweise 2 000 Dollar Wert erwischt, auf den der kanadische Werkmeister gleichzeitig mit dem amerikanischen den Stiefel stellte.
»Tu deinen Hundsfuß runter! Das ist unser Gold!« rief Hunter, der am Rand des Grabens stand.
»Wir haben den Brocken herausgehauen, er gehört uns«, antwortete Lorique.
»Reiß doch deine Glotzaugen auf und schau mal, wo der Grenzpfahl steht. Runter mit deinen Plattfüßen von amerikanischem Boden!«
Lorique sah sich verdutzt um und bemerkte dabei, daß er im Eifer des Gefechtes tatsächlich über die Linie der Grenzpfähle hinausgedrungen war. Er wollte gerade einen Schritt zurücktreten, da rief ihm Ben Raddle zu: »Halt, Lorique, bleiben Sie stehen! Das sieht doch jedes Kind, daß die Grenzpfähle über Nacht nach Osten versetzt worden sind.«
Von seinem Standpunkt aus konnte Lorique jetzt ganz deutlich erkennen, daß die Pfähle nicht mehr wie zuvor hintereinanderstanden, sondern eine nach Osten ausgebeulte krumme Linie bildeten.

»Verfluchter Golddieb!« schrie Lorique den Texaner an.
»Caballero, jetzt raucht's!« brüllte Hunter, sprang auf Lorique zu und warf ihn zu Boden. Doch im nächsten Moment fuhr Summy Skim auf den Texaner los und riß ihn von Lorique weg, der sich seinerseits auf Hunter stürzte und ihn zu Boden gehen ließ, während Ben Raddle Malone den Hals zudrückte.
Der Ringkampf zwischen Hunter und Lorique war das Startsignal für eine allgemeine Keilerei. Die Arbeiter hatten gerade ihre Pickel und Schaufeln in die Hand genommen und aufeinander einzuschlagen begonnen, da ertönten von allen Seiten Trillerpfeifen, und eine halbe Hundertschaft Bereitschaftspolizei fuhr mit ihren Gummiknüppeln zwischen die blutdürstigen Goldschürfer. Als die Streithähne amtlich getrennt waren, sprach Ben Raddle den Texaner an, der sich aus dem Schlamm hochrappelte:
»Was fällt Ihnen eigentlich ein, unser Eigentum zu stehlen?«
»Über kurz oder lang wird es dir sowieso geklaut«, antwortete Hunter und spuckte aus.
»Probier du's nur noch einmal!« schrie Summy Skim.
»Mit dir Würstchen habe ich auch noch ein Hühnchen zu rupfen!« brüllte der Texaner außer sich vor Wut.
»Bitte wann?« fragte Summy Skim.
»Ja wann, wann paßt es denn dem selbstlosen Beschützer der Damen?«
Hunter hatte Jane Edgerton aus der Schlucht hervortreten sehen.
»Schweinehund, elender!« schrie Summy Skim, dessen Stimme sich überschlug.
»Warte, Bürschchen, wir sehen uns wieder.«
»Am besten gleich morgen.«
»Morgen geht's rund!« rief Hunter und verschwand unter seinen Leuten.
Die Polizisten hatten die Grenzpfähle inzwischen wieder korrekt aufgestellt, und Lorique hatte den Goldklumpen in Sicherheit gebracht. Ein paar Minuten später gingen die Vettern in die Hütte.

»Summy«, sagte Ben Raddle, »du kannst doch gegen einen solchen Dreckskerl nicht antreten.«
»Ich kann sehr wohl. Und der größte Jagderfolg meines Lebens wird sein, wenn ich ihm eine Kugel in den Kopf jage.«
»Was sagen Sie dazu, Fräulein Jane?« meinte Ben Raddle.
»Gerade Ihretwegen muß ich ihn unschädlich machen. Hunter hat Sie vorhin erkannt, und ich will nicht, daß er Sie beleidigt.«
»Davor kann ich mich selbst schützen, Herr Skim!« rief Jane.
»Laßt mich in Frieden mit eurem Gemecker«, sagte Summy Skim böse.
»Was ich zu tun und zu lassen habe, weiß ich selbst, zum Beispiel...«
»Ja, was denn, Summy?«
»...will ich jetzt zu Abend essen, aber dalli!« Dabei ließ er sich mit solchem Elan auf seinen Stuhl fallen, daß er alle Viere von sich streckte und den Schöngeist abwarf.
Die Goldschürfer legten sich zwar früh ins Bett, konnten aber nicht einschlafen, weil ununterbrochen Blitze vom tiefverhangenen Abendhimmel zuckten und die kleine Hütte in gleißendes Licht tauchten. Manchmal erzitterte der Boden unter den Bettfüßen, und das dumpfe Donnergrollen schien nicht nur von oben, sondern auch von unten zu kommen.
Gegen 22.30 h wurde die Hütte plötzlich durch einen fürchterlichen Stoß erschüttert. Als die Insassen aus den Betten sprangen und zur Tür stürzten, begann das Holzhaus schon zu wanken und brach hinter ihnen krachend zusammen. Die tödlich erschrockenen Goldsucher waren noch nicht zur Besinnung gekommen, da stieg ihnen das Wasser des Forty Miles Creek bis zu den Knien; erst jetzt sahen sie, daß der Fluß die tiefergelegenen Teile der Claims überflutet hatte und schon bis zu den Trümmern der Hütte angestiegen war.
»Abhauen!« brüllte Summy Skim, packte Jane Edgerton und rannte mit ihr den Hang hinauf.
Plötzlich schrie Ben Raddle auf. Ein im reißenden Wasser dahertreibender Baumstamm hatte ihn über den Haufen geworfen und

dabei sein Schienbein zerschmettert. Lorique und Neluto versuchten sofort, ihm aufzuhelfen, wurden aber von der Strömung erfaßt und tieben um sich schlagend davon. Inzwischen hatte Summy Skim das Mädchen abgesetzt, warf sich in das schlammige Wasser und packte seinen Vetter unter den Armen, während der baumlange Patrick zuerst den Werkmeister und dann den Indianer zu fassen bekam.

Als die Goldschürfer keuchend und durchnäßt auf dem Berghang in Sicherheit waren, konnten sie zum erstenmal das ganze Ausmaß der Erdbebenkatastrophe übersehen. Der Forty Miles Creek floß nun in einer Breite von einem Kilometer dahin, der Claim 129 mitsamt der Hütte, den Geräten und der letzten Ausbeute der Vettern und Jane Edgertons lagen metertief unter der gurgelnden Flut. Die Erben des Josias Lacoste waren umsonst Tausende von Kilometern gereist, um die Hinterlassenschaft erwerbend zu besitzen. Der Claim 129 war nicht mehr.

13

Mit dem leise vor sich hinwimmernden Ben Raddle auf den Armen kämpfte sich der Schmied gegen Sturm und Regen voran. In das Prasseln der Regentropfen und das Rauschen des dahinschießenden Hochwassers mischten sich die Hilferufe zahlloser Goldschürfer aus der Nachbarschaft. Die Leitung des Claims 129 konnte aber keinem Hilfe bringen, weil sie selbst in Lebensgefahr schwebte. In einer der Schluchtwände fand Lorique eine Grotte, in der man den Verletzten ausgestreckt niederlegen konnte und in der auch die anderen notdürftig Schutz vor dem Hagelschlag fanden. Gegen Morgen ließ der Wolkenbruch etwas nach, und auf einmal stieg die Sonne blutrot über den vom Wind leergefegten Horizont. Da verließen Summy Skim und Lorique die Höhle und kletterten einen Hang hinauf, um sich die Geländeverschiebungen, die sie in der Dunkelheit nur flüchtig wahrgenommen hatten, genau anzusehen.

Erst jetzt konnten sie erkennen, wie sehr sich das Geländebild verändert hatte. Das Bett des Forty Miles Creek hatte sich während des Erdbebens gehoben, der Hügel, der den Claim Janes vom Claim der Vettern trennte, war in sich zusammengesackt, das reißende Hochwasser hatte mit den Trümmern der Hütte auch die Goldausbeute der letzten vierzehn Tage davongeschwemmt, die Wiegen, Schleusen und Pumpen, die gesamte Ausrüstung der Goldschürfer waren verloren. Von der umstrittenen Staatsgrenze zwischen Kanada und Alaska war nichts mehr zu sehen. Es konnte den Vettern nun auch gleichgültig sein, zu welchem Staatsgebiet die überschwemmten Claims 127 b, 129 und 131 gehörten; auch die Texaner waren nicht verschont geblieben, ihre Hütte war ebenso verschwunden wie die gesamte Mannschaft, von der Summy Skim und Lorique nicht wußten, ob sie umgekommen war oder sich hatte retten können. Von ihrem Standort aus konnten sie auf keinem der überfluteten Goldfelder in der Umgebung irgendeine Bewegung entdecken.
»Mein Duell mit Hunter ist nun ja ins Wasser gefallen«, sagte Summy Skim.
»Vielleicht ist er selber ins Wasser gefallen«, meinte Lorique.
»Das ist mir ziemlich gleichgültig. Gehen wir zurück, wir müssen meinen Vetter so schnell wie möglich zum Arzt bringen.«
Als die beiden Männer in die Höhle zurückkehrten, hatte Neluto den Wagen auf der Straße bereitgestellt und war gerade auf der Suche nach dem Pferd, das sich während des Erdbebens losgerissen hatte.
»Auf geht's!« rief Summy Skim. »Wir warten besser oben an der Straße auf Neluto.«
»Armer Summy«, sagte Ben Raddle und drückte seinem Vetter die Hand. »Jetzt wirst du auch noch aufgehalten, und ich bin daran schuld.«
»Von mir reden wir jetzt nicht. Wir tragen dich jetzt zur Straße, legen dich so bequem wie möglich in den Wagen, und Fräulein Jane und ich werden an deiner Seite wachen. Bald werden wir in Dawson City sein, und dann wird Dr. Pilcox dein Beinchen so gründlich anschauen, daß es gleich von alleine heilt.«

»Ich fürchte, der Doktor wird mich ein paar Monate lang anschauen müssen. Deshalb, Summy, fahr allein nach Hause, wenn es dich so sehr nach Montreal zieht.«
»Kommt überhaupt nicht in Frage. Ich will nicht ohne dich nach Hause kommen.«
Inzwischen hatte Neluto das Pferd am Halfter herangeführt und spannte es vor den Wagen. Man legte Ben Raddle vorsichtig hinein, dann setzte sich der traurige Zug in Bewegung. Schon nach den ersten Metern begann der Verletzte zu stöhnen, weil das Pferd zu kräftig anzog und der Wagen bei dieser Gangart auf der schlechten Straße ins Schwanken kam.
Summy Skim legte gleich neue Grasbüschel unter, drehte dabei aber so ungeschickt am Bein seines Vetters herum, daß Ben Raddle aufschreiend nach den zarten Händen Janes verlangte, die dann auch während der ganzen Fahrt damit beschäftigt war immer neue und immer bessere Stellungen für das gebrochene Bein zu finden. Summy Skim mußte Neluto dauernd zurufen, er solle das Pferd langsamer gehen lassen; bei dieser Fahrweise kamen die besitzlosen Goldsucher erst am dritten Tag in Fort Cudahy an. Ben Raddle ging es zusehends schlechter, er wurde von Fieberanfällen geschüttelt, die sich verschlimmerten, sobald Neluto das Pferd kräftig anziehen ließ. Nach Fort Cudahy bat der Verletzte schließlich darum, ihn dennoch so schnell wie möglich zum Arzt zu schaffen. Zwei Tage später hielt der Wagen endlich vor dem städtischen Krankenhaus. Ehe Summy Skim hineingehen und die Krankenträger alarmieren konnte, stürzte Edith Edgerton aus dem Portal, sah die bleichen Gesichter der Goldsucher, sah aber auch, wer fehlte, riß die Wagenplane auf und wurde selber bleich.
»Willst du deine Kusine nicht küssen?« sagte Jane spitz, aber Edith hörte überhaupt nicht hin, während sie Ben Raddle behutsam in eine Decke wickelte und zwei Krankenpfleger herbeiwinkte, die den Verletzten auf einer Bahre in ein leerstehendes Zimmer schafften. Zwei Minuten später lag Ben Raddle mit seinen schlammverkrusteten Kleidern in den weißen Leintüchern mit dem Stempel der Stadt Dawson City. Während die

übermüdeten, unrasierten und ungewaschenen Goldsucher verlegen um das desinfizierte Eisenbett herumstanden, kam Dr. Pilcox im weißen Arztkittel zur Tür herein.
»Was für einen Unglücksraben habt ihr mir hier angebracht?« fragte er fröhlich und riß mit einem Ruck die Bettdecke weg. »Das ist ja Herr Raddle! Und wenn ich richtig sehe, dann hat er einen Knick im linken Bein. Wie ist das denn passiert?«
»Beim Erdbeben, Herr Doktor«, antwortete Summy.
»Ihr Herr Vetter ist demnach das 31. Opfer der Katastrophe, vermutlich das einzige, dem mit der Kunst der Chirurgie oder sonst einer Kunst noch zu helfen ist. Schwester Edith, Sie bereiten jetzt den Gips vor.«
Während Dr. Pilcox das gebrochene Schienbein unterhalb des Knies wieder einpaßte, erwachte Ben Raddle aus seiner Bewußtlosigkeit. Er blickte Edith dankbar an, die mit Gipseimern und dicken Binden 10 Minuten später ins Zimmer trat.
»Sie Glückspilz«, sagte der Doktor, während er Ben Raddles Bein bis weit übers Knie eingipste, »ein einmal gebrochenes Bein ist so stabil wie das Bein eines Hirsches oder Elchs. Wenn Sie zwei Hirschbeine haben wollen, können wir Ihnen das andere ohne weiteres unter klinischen Bedingungen brechen.«
»Nein, ich danke«, antwortete Ben Raddle schwach.
»Überlegen Sie sich doch einmal die Vorteile, die Sie von zwei gleich elastischen Beinen haben! Mir macht es wirklich nichts aus, aber wenn Sie nicht wollen, ich kann Sie nicht dazu zwingen, auch wenn Sie mir später vorwerfen, ich hätte Ihnen zwei ungleiche Beine gemacht.«
»Wann wird mein Vetter wieder gehen können?« fragte Summy Skim.
»Weiß ich's? In vier bis sechs Wochen vielleicht. Knochen kann man nicht einfach heißmachen und dann zusammenschweißen, Knochen brauchen Zeit, viel Zeit.«
»Ach du liebe Zeit!« rief Summy Skim.
»Ja die Zeit, Herr Skim, die Natur läßt sich immer Zeit, und der Tribut, den wir an sie zahlen müssen, heißt Geduld.«
Summy Skim beschloß, sich mit Geduld zu wappnen, und be-

gann, sich auf einen langen Winter in Klondike einzurichten. Pünktlich am 20. August erschien der Scout Bill Stell bei Summy Skim im Hotel um die Vettern wie verabredet zum Rückmarsch nach Skagway abzuholen; gesenkten Blickes nahm er die Nachricht von der Erdbebenkatastrophe und dem Unfall Ben Raddles entgegen, zum Trost versprach er am Schluß, die Kanadier sofort nach der Schneeschmelze zurückzuführen.
Während Summy Skim tagsüber ziellos durch die Straßen Dawson Citys schlenderte, wuchsen Ben Raddles Schienbeinhälften mustergültig zusammen. Dr. Pilcox strahlte vor Stolz über sein Meisterwerk, und Edith Edgerton lobte ihren Patienten, der ihre Anordnungen widerspruchslos befolgte. Die anderen Patienten beklagten sich jedoch bei der Krankenhausleitung, weil sich Schwester Edith zuwenig um sie bekümmere und zuviel um Herrn Raddle, in dessen Zimmer sie oft für Stunden verschwände. In der Verwaltung vermutete man sofort eine außerdienstliche Romanze, Dr. Pilcox persönlich ging den Vorwürfen und Edith nach; als er einmal durch das Schlüsselloch in Ben Raddles Zimmer schaute, prustete er beinah los vor Lachen, weil Edith mit ihrem Patienten lediglich die Tageszeitungen wie die *Sun of Yukon*, *Midnightsun* und *Nuggets of Klondike* durchging und sich von dem Ingenieur die Bodenstruktur Nordwestamerikas erläutern ließ. In dem Maß, in dem Ben Raddles Wundfieber abklang, stieg sein Goldfieber wieder an. Doch von seinen neuen Plänen wußte nur Edith Edgerton.
Bei seinen Gängen durch die Stadt kam Summy Skim auch einmal am Polizeipräsidium vorbei, stellte sich bei den Beamten als Katastrophenopfer vor und erkundigte sich nach dem Schicksal seiner texanischen Nachbarn vom Claim 131. Sichere Nachrichten besaß man dort nicht, aber da man weder Hunter noch einen seiner Spezis in den Kneipen der Umgebung gesehen hatte, nahmen die Polizisten an, daß die Texaner im Hochwasser ertrunken waren. Als Ben Raddle Anfang Oktober ohne Gips und Krücken wieder gehen konnte, war der Yukon schon zugefroren und damit der Rückweg nach Skagway abgeschnitten. Die Temperaturen sanken rasch, schwankten aber im Laufe der nächsten

Wochen zwischen −40 und −15°, je nachdem, aus welcher Richtung der Wind wehte. Gleichzeitig begann es zu schneien, und auf der Schneedecke fielen Ben Raddle die ersten Schritte am Arm Schwester Ediths überraschend leicht.
In den ersten Novembertagen spazierte Ben Raddle mit seinem Vetter und Jane, die Edith nun vertreten mußte, zum erstenmal ein Stück aus Dawson City hinaus. Von da an waren die drei Goldsucher fast jeden Tag unterwegs, mal zu Fuß, mal im Pferdeschlitten. Am 17. November waren sie schon mehr als 5 km weit von der Stadt entfernt, und Ben Raddle wollte immer noch nicht umkehren. Plötzlich machte Jane ihre beiden Begleiter auf einen unförmigen Gegenstand aufmerksam, der sich scharf vom Schnee abhob. Summy war mit ein paar Sätzen dort.
»Ein Mann! Ein erfrorener Mann!« rief er Ben Raddle und Jane zu.
Rasch legten die Männer den Unbekannten auf den Rücken. Zwischen seinen blauen Lippen kam stoßweise schwacher Atem hervor.
»Summy«, sagte Ben Raddle, »du läufst so schnell du kannst und holst einen Wagen. Ich werde mir im nächsten Haus eine Stärkung besorgen, und Sie, Fräulein Jane, reiben den Mann mit Schnee ab. Verstanden?«
Die Vettern verschwanden in verschiedenen Richtungen, Jane zog dem Unbekannten die Jacke und das Hemd aus und rieb seine Brust mit Schnee ab. Als sie einen Augenblick ausruhte, sah sie im Schnee ein Notizbuch und verschiedene Zettel liegen, die aus der Jacke gerutscht sein mußten. Darunter war eine Kartenskizze mit den Konturen einer Küste und einer Längenangabe; während Jane in den Papieren stöberte, begann der Mann auf einmal zusammenhanglose Wörter zu sprechen:
»Mein Heft... der Goldberg... oh, Mama...«
»Ganz ruhig«, sagte Jane, nahm beide Hände voll Schnee und verrieb ihn auf der spröden, kalten Haut. Ewigkeiten schienen ihr vergangen zu sein, bis Summy Skim mit einem Fahrzeug eintraf und Ben Raddle dem Unbekannten aus einer Taschenflasche Whisky einflößte.

Plötzlich machte Jane ihre Begleiter auf einen unförmigen Gegenstand aufmerksam, der sich scharf vom Schnee abhob.

»Schauen Sie sich das mal an«, sagte Jane zu Ben Raddle und streckte ihm das herausgefallene Notizbuch hin. Der Ingenieur blätterte kurz darin herum, während Summy Skim mit dem Kutscher den Unbekannten auf den Wagen hob.

»Jacques Ledun heißt er anscheinend«, sagte Ben Raddle, »wahrscheinlich ein Franzose, denn die Briefe sind in Nantes und Paris abgestempelt.«

Eine Viertelstunde später wurde Ledun ins Krankenhaus getragen und in das Bett gelegt, das seit Ben Raddles Genesung leerstand. Dr. Pilcox untersuchte den Mann sofort auf Herz und Nieren, konnte aber außer schweren Erfrierungen keinerlei äußere oder innere Verletzungen feststellen. Er versuchte mit allen Mitteln, den geschwächten Kreislauf Leduns wieder anzuregen und seinen Atem zu beleben, aber er konnte nicht voraussagen, ob der Mann seine schweren Erfrierungen überleben werde. Nach Ediths Dienstschluß trafen sich die beiden Vettern mit den beiden Kusinen in ihrem französischen Stammlokal. Ben Raddle hatte die Briefe aus Leduns Notizbuch mitgebracht, las sie flüchtig durch, während das Hors d'Œuvre gereicht wurde, gab sie Summy Skim weiter, der seine Suppe darüber kaltwerden ließ, und als die Mädchen die zehn Briefe einer besorgten französischen Mutter an ihren einzigen Sohn in der arktischen Wildnis verschlangen, entstanden in ihrem Kartoffelpüree kleine Tränenkrater. Jane kramte in ihrem Kleid nach einem Taschentuch und stieß dabei auf die Kartenskizze, die sie draußen im Schnee versehentlich eingesteckt haben mußte, ließ sie aber stecken und wischte einstweilen verschämt ihre Augen ab. Erst als sie vor dem Einschlafen allein in ihrem Hotelzimmer war, sah sie sich die Skizze genau an. Mit wenigen Bleistiftstrichen war eine Küste angedeutet, an der ein weitverzweigter Fluß mündete. Neben einem seiner Arme war ein rotes Kreuz eingezeichnet, auf dem Schnittpunkt eines mit 136° 15′ angegebenen Meridians und eines nicht bezeichneten Breitengrades. Jane konnte sich zwar nicht erklären, was das Kreuz an dieser unbekannten Flußmündung bedeutete, aber sie nahm sich vor, die Sache vorläufig für sich zu behalten.

Jacques Ledun kam in den nächsten Tagen trotz sorgfältiger Pflege und medizinischer Behandlung nur für wenige Augenblicke zu sich. Nicht einmal die einfachsten Fragen konnte er beantworten, so daß Dr. Pilcox befürchtete, Ledun habe auch noch einen unheilbaren Nervenschock erlitten. Eine Woche nach seiner Einlieferung erwachte er jedoch oft für längere Zeit aus der Bewußtlosigkeit. Seine Augen öffneten sich weit, und er schien die Menschen in seiner Umgebung deutlich wahrzunehmen. Als er auch noch undeutlich ein paar Worte sprach, ließ Edith sofort den Doktor, ihre Kusine und die Vettern aus Montreal holen. Ledun fragte kurz, wo er sei und wer die Menschen an seinem Bett seien, dann dämmerte er wieder ein. Dr. Pilcox ordnete eine ständige Wache in seinem Zimmer an, die ein genaues Protokoll zu führen und alle Worte des Kranken aufzuschreiben hatte.
Nach einigen Tagen hatte Jacques Ledun die Fragen der Krankenschwestern, des Doktors und der Vettern soweit beantwortet, daß man sich über seine Person und sein Leben ungefähr ein Bild machen konnte. Auf die Frage, was er in Klondike getrieben hatte und wieso er kurz vor den Toren Dawson Citys zusammengebrochen war, erhielt aber niemand eine Antwort. Man erfuhr nur soviel, daß Ledun aus Nantes stammte, wo seine verwitwete Mutter auch jetzt noch lebte. Sehr früh schon hatte er den Seemannsberuf erlernt, um seine Mutter, die durch Spekulationsschulden ihres Mannes vollkommen ruiniert war, unterstützen zu können; gerade als er in die Kriegsmarine einziehen wollte, wurde er für längere Zeit krank und mußte später einen schlechtbezahlten Posten bei der Handelsmarine annehmen. Dort erwarb er sich zwar sein Kapitänspatent, brachte es aber nur bis zum ersten Steuermann, weil er sich nicht wie üblich finanziell an der Reederei beteiligen konnte. Viele Jahre fuhr er als zweiter Mann zur See, verdiente dabei aber so knapp, daß er seiner Mutter kaum das Nötigste nach Nantes schicken konnte.
Eines Tages ging er in Kanada an Land und ließ sich von der Firma le Roi als Goldgräber anstellen. In den Goldminen lernte er einen Anglo-Kanadier namens Harry Brown kennen, der ihn bald dazu überredete, sich selbständig zu machen und nach Klon-

dike zu ziehen, wo damals schon die ersten großen Goldadern entdeckt worden waren. In Dawson City mußten die beiden Männer erfahren, daß ihre Ersparnisse längst nicht ausreichten, um einen Claim an der Bonanza oder den anderen Flüssen zu kaufen. So marschierten sie kurzentschlossen über den Yukon nach Norden, weit über den Polarkreis hinaus. Was danach geschah, ob sie auf eine fündige Stelle gestoßen waren oder nicht, darüber schwieg Jacques Ledun sich aus. Er sprach nur in vagen Andeutungen davon, daß sein Begleiter in der Einöde von Eingeborenen erschlagen worden war; er selbst sei den Indianern nur mit knapper Not entkommen.

Als Jane eines Tages allein in Leduns Zimmer war, zog sie die geheimnisvolle Landkarte aus der Tasche und hielt sie dem Patienten hin. Der starrte einen kurzen Augenblick auf das kleine rote Kreuz am oberen Rand der Skizze, dann schob er das Blatt weg und schloß die Augen. Jane hatte den Eindruck, als wolle der todkranke Mann ein Geheimnis nicht verraten, aus dem er selbst vielleicht noch einmal Nutzen ziehen zu können glaubte. Den Ärzten schien jedoch so gut wie sicher, daß sich Jacques Ledun nicht mehr erholen würde.

Die Temperatur sank in diesen Tagen bis auf 50° unter Null. Summy Skim und Ben Raddle wagten sich nur einmal hinaus und kehrten sogleich in der nächsten Kneipe ein. Dort hörten sie von ein paar Goldschürfern, daß Hunter und Malone nicht zu den Opfern des Erdbebens gehörten, daß man sie aber seither weder in Dawson City noch einer anderen Siedlung in Klondike gesehen habe.

Die Kältewelle mit ihren Schneestürmen hatte inzwischen zahlreiche Opfer gefordert. Tag für Tag wurden Erfrorene und Leute mit Lungenentzündungen in das städtische Krankenhaus eingeliefert, so daß die Betten bald knapp wurden.

»Es kann sich nur noch um Tage handeln«, sagte Dr. Pilcox am Morgen des 30. November zu Jane, »bis Jaques Leduns Zimmer frei wird. Er verträgt kein einziges Medikament mehr, sein Magen nimmt überhaupt nichts mehr an. Gehen Sie zu ihm und machen Sie ihm das Sterben leicht.« Als Jane an Leduns Bett trat, sah sie auf den ersten Blick, daß der Patient von seiner bisher schwersten Krisis geschüttelt wurde. Er bäumte sich im Bett auf, verdrehte die Augen und rief ununterbrochen mit krächzender Stimme nach seiner Mutter. Gegen Mittag sank er erschöpft in sich zusammen, aber gleichzeitig schien er sich zu beruhigen. Er sah Jane ins Gesicht und sagte mit fester Stimme:

»Haben Sie die Karte? Ich schenke sie Ihnen.«

»Mir?«

»Ja. Vergessen Sie meine arme Mutter nicht!«

»Selbstverständlich werden wir uns um Ihre Mutter kümmern. Was soll ich aber mit der Karte anfangen?«

»Bitte, rufen Sie Ben Raddle«, flüsterte Jacques Ledun.

Als der Ingenieur nach wenigen Augenblicken hereinkam, verließ Jane auf einen Wink des Kranken das Zimmer. Ledun nahm Ben Raddles Hand und sagte leise:

»Ich muß bald sterben, ich spüre den Tod schon.«

»Ach was! Wir werden Sie schon wieder auf die Beine bringen.«

»Nein. Setzen Sie sich zu mir, Herr Raddle. Sie haben doch auch versprochen, für meine Mutter zu sorgen, oder? Gut. Hören Sie mir zu, so lange ich noch reden kann. Bevor Sie mich im Schnee gefunden haben, habe ich weit oben im Norden die reichste Goldquelle gefunden, die es auf der ganzen Welt gibt! Einen Berg, einen Vulkan, der bis an den Kraterrand mit Nuggets angefüllt ist! Ich bin selbst in das Kraterloch hinuntergestiegen und habe das Gold gesehen und angefaßt. Es ist mein einziger Nachlaß, und ich will, daß meine Mutter ihren Teil davon bekommt!«

Ledun hatte sich so erregt, daß er die Hand Ben Raddles fahrenließ und mit geschlossenen Augen in seine Kissen sank. Doch schon Minuten später nahm er alle Kraft zusammen, richtete sich wieder auf und sah den Ingenieur an.

»Bitte, gehen Sie dort hinauf«, sagte er schwach. »Der Goldberg liegt auf 68° 37′ nördlicher Breite, die Länge ist auf der Karte eingetragen.«

»Auf was für einer Karte?«

»Einer Karte von mir. Ich habe sie Jane Edgerton gegeben. Der Goldvulkan ist durch ein rotes Kreuz gekennzeichnet, direkt neben dem Rubber, einem Mündungsarm des Mackenzie. Gehen Sie von hier immer nach Norden. Bald wird der Vulkan ausbrechen und viel Gold ausspucken. Dort, im Norden!«
Jacques Ledun krampfte sich plötzlich zusammen und versuchte, mit der Hand nach Norden zu zeigen. Sein ausgestreckter Arm fiel schlaff herunter.
»Mutter, arme Mutter«, flüsterte er und fiel zurück. Sein rasselnder Atem ging plötzlich schneller, noch einmal rief er in ohnmächtigem Schmerz nach seiner Mutter, dann krümmte sich sein Körper zusammen und blieb regungslos liegen. Jacques Ledun war nicht mehr.

14

Am folgenden Tag wurde der arme Franzose zu Grabe getragen, und Ben Raddle schrieb seiner Mutter einen rührenden Brief. Trotz der gedrückten Stimmung mußte der Ingenieur immer an die letzten Hinweise Jacques Leduns denken; am Abend des Beerdigungstages raffte er sich auf und besuchte Jane in ihrem Zimmer.
»Ich habe gehört, Sie haben eine handgezeichnete Landkarte.«
»Das stimmt. Die Karte ist allein mein Eigentum, Herr Ledun hat sie mir geschenkt.«
»Das wird Sie doch nicht daran hindern, mir diese Karte einmal zu zeigen.«
»Vielleicht doch, Herr Raddle. Der arme Ledun hat mir die Karte nur deshalb gegeben, weil ich ihm versprochen habe, seine Mutter an dem Gewinn zu beteiligen, zu dem die Karte der Schlüssel ist. Die Angaben auf der Karte sind aber leider nicht vollständig.«
»Ist das eine Erklärung, Fräulein Edgerton?«
»Eine halbe, wenn Sie wollen. Ich vermute stark, daß Ledun

Ihnen die Angaben gemacht hat, die mir fehlen, freilich ohne es mir zu sagen. Ich zeige Ihnen meine Karte auf der Stelle, wenn Sie mir versprechen, später mit mir halbe-halbe zu machen.«

Ben Raddle stutzte. Im ersten Augenblick fühlte er sich überrumpelt. Aber dann sah er ein, daß sich Ledun einfach doppelt dagegen hatte sichern wollen, daß man mit seiner Entdeckung Schindluder trieb und seiner Mutter das Nachsehen ließ. Wenn dieser Vulkan tatsächlich Gold wie Lava ausspuckte, dann war es letzten Endes gleichgültig, ob einer oder zwei am Ertrag beteiligt waren.

»Gut, ich bin einverstanden«, sagte er kurz.

»Die Karte«, sagte Jane und legte das Stück Papier auf den Tisch.

Der Ingenieur nahm einen Bleistift aus der Tasche und zog durch das rote Kreuz eine Gerade, die er mit 68° 37′ bezeichnete.

»Ein Blinder mit einem Krückstock kann diesen Goldvulkan jetzt finden.«

»Ja, von einem Goldvulkan hat Jacques immer gesprochen.«

»Ich werde ihn suchen.«

»Sie haben wohl schon vergessen: wir werden ihn suchen, Herr Raddle.«

»Verzeihung, natürlich werden wir ihn suchen, und zwar gleich bei Frühlingsanfang.«

»Glauben Sie eigentlich ganz fest an diesen Goldberg?«

»Ehrlich gesagt, zuerst war ich sehr in Zweifel. Aber an der Art, wie Ledun mich ansah und mit mir sprach, erkannte ich, daß er die Wahrheit sagte. Es gibt den Goldberg, davon bin ich überzeugt, aber leider gibt es ihn nicht nur für uns. Unser verblichener Freund war sicher nicht der einzige Goldschürfer, der von dem Goldvulkan wußte. Wenn wir einem allgemeinen Run auf den Goldkrater zuvorkommen wollen, bleibt uns nur eins: Mund halten und so bald wie möglich aufbrechen.«

»Von den acht Wintermonaten sind leider erst drei vorbei«, sagte Jane.

»Seien wir bis zum Frühlingsanfang vorsichtig und horchen wir uns um.«

Weder Ben Raddle noch Jane verrieten jemandem ein Sterbenswörtchen. Der Ingenieur saß so oft wie möglich in den Bierhäusern Dawson Citys herum und hörte den Stammtischgesprächen der Goldschürfer zu. Von einem Goldvulkan wurde nirgends gesprochen, aber eines Tages verbreitete sich die Nachricht, die Grenzkorrekturkommission habe ihre Arbeit abgeschlossen und festgestellt, daß die bisherige Grenze richtig vermessen worden war und damit alles beim alten blieb.

»Wie tröstlich«, sagte Summy Skim am selben Tag, »daß unser Claim, den es nicht mehr gibt, endgültig und amtlich zu unserem ruhmreichen Kanada gehört.«

»Es gibt ihn noch«, meinte der Werkmeister, »unter dem Forty Miles Creek.«

»Sicherlich, Herr Lorique«, sagte Summy Skim, »wenn Sie darauf warten wollen, bis man Unterwasserschürfgeräte entwickelt hat oder bis ein zweites Erdbeben die Wirkungen des ersten wieder aufhebt.«

»Was seid ihr nur für Defaitisten!« rief Ben Raddle.

»Als ob es nur in Klondike Goldvorkommen gäbe.«

»Gold kann es von mir aus geben, wo es will, lieber Vetter, mir genügt es, daß es den Claim 129 nicht mehr gibt; jetzt endlich können wir getrost nach Hause fahren.«

Von einer Rückkehr nach Montreal konnte aber noch längst nicht die Rede sein, weil die Straßen Klondikes unter einer 2 m hohen Schneedecke lagen. In der Woche vor Weihnachten fiel der Schnee so dicht, daß man viele Häuser in Dawson City nur noch durch die Fenster der oberen Stockwerke verlassen konnte. Als Summy Skim einmal versuchte, zum Krankenhaus vorzudringen, um den Kusinen Schokolade zu bringen, mußte er vom gesamten männlichen Personal aus dem Schnee gezogen werden. In der Silvesternacht trieb ein Blizzard solche Schneemassen über die Stadt, daß man von vielen Häusern nur noch die Dächer sah. Wer jetzt seinen Notstandsvorrat an Lebensmitteln nicht eingelagert hatte, war unweigerlich dem Hungertod preisgegeben, da alle Geschäfte geschlossen hatten und weder Brief noch Zeitungen ihre Adressaten erreichten.

Am 2. Januar drehte überraschend der Wind. Gleichzeitig stiegen die Temperaturen bis über Null Grad, so daß der Schnee schneller wegschmolz, als er gefallen war. Binnen weniger Stunden verwandelten sich die Straßen Dawson Citys in reißende Wildbäche, die alles mit sich rissen, was nicht niet- und nagelfest war. Im Laufe des Tages lag die Umgebung der Stadt unter Wasser; sehr langsam flossen die schmutzigen Wassermassen ab und strömten über das Eis des Klondike und Yukon hin. Die Vettern marschierten sofort nach dem Ende des Hochwassers zum Krankenhaus hinüber, um die Kusinen zu besuchen. Im Flur trafen sie mit Dr. Pilcox zusammen.

»Haben Sie einen solchen Schneefall schon einmal erlebt?« fragte er Summy Skim und schlug ihm auf die Schulter. »Und ein solches Tauwetter?«

»Ich an Ihrer Stelle wäre nicht so stolz darauf«, antwortete Summy Skim. »Ihr Krankenhaus ist überfüllt, und die Straßen sind von Leichenwagen verstopft.«

»Nun gut, das ist vielleicht ein trauriger Anblick, aber beileibe keine Seltenheit. Wir haben hier schon Temperaturen mitgemacht, bei denen das Schießpulver nicht mehr gezündet hat, Herr Skim.«

Die Kälte, die bald nach dem Tauwetter einsetzte, hinderte Summy Skim nicht daran, mit Neluto auf die Jagd zu gehen. Ben Raddle war recht froh, wenn sein Vetter außer Haus war, weil er sich dann in aller Ruhe mit dem Werkmeister über die nördlichen Gegenden Klondikes unterhalten konnte, ohne bei Summy Skim Verdacht zu erwecken. Er verriet Lorique allerdings nicht, aus welchen Gründen er sich so lebhaft für diese verlassenen Landstriche interessierte. Wenn Ben Raddle mit Jane zusammentraf, konnte er sich endlich frei über seine Pläne aussprechen. Stundenlang brüteten sie über Leduns Karte und schwärmten gemeinsam von den Millionen, die sie in wenigen Tagen aus dem Kraterschlund des Goldvulkans herausholen wollten, mehr Gold, als man in einem Jahr aus einem gewöhnlichen Claim herauskratzen konnte. Der Winter war jedoch noch lange nicht vorbei, und im März fiel das Thermometer auf 60° unter Null.

Summy Skim war wütend, weil er nicht mehr auf die Jagd gehen konnte, und lief wie ein eingesperrtes Tier in seinem Hotelzimmer auf und ab.
»Wenn kein Wind geht, kann man die Kälte ganz gut aushalten«, sagte Ben Raddle begütigend.
»Außerdem ist sie ungeheuer gesund, weil sie sämtliche Bazillen und Mikroben tötet«, antwortete Summy Skim mürrisch.
»Die Einheimischen sagen übrigens, daß es bald wieder wärmer wird. Man rechnet damit, daß man gleich Anfang Mai wieder an die Arbeit gehen kann.«
»An was für eine Arbeit? Ich will von Arbeit nichts wissen, sondern nur von dem Heimweg, den wir gleich bei Frühlingserwachen antreten werden.«
»Schon, Summy, aber ich meine, wir sollten uns vor der Abreise noch einmal den Claim 129 ansehen.«
»Kauf erst Taucheranzüge. Im Ernst, ich bin dagegen, noch einmal an den Forty Miles Creek zu fahren, nicht zuletzt weil dich der Anblick ungünstig beeinflussen könnte, mein lieber Ben.«
»Nein, nein, ich bin immun.«
»Ich weiß nicht recht. Wenn das Fieber wieder kommt?«
»Laß uns von etwas anderem reden. Ich habe mit dir noch etwas Wichtiges zu besprechen.«
»Rede mir aber bitte nicht von irgendwelchen Verzögerungen unserer Abreise!«
»Gemach, ich will dir jetzt ein Geheimnis verraten.«
»Von wem stammt es?«
»Von dem Franzosen, den wir im Schnee gefunden haben.«
»Und warum sagst du mir das erst jetzt?«
»Weil ich mir das, was mir Ledun sagte, erst zusammenreimen mußte. Zu einem Plan.«
»Was für ein Plan? Was hast du da wieder ausgeheckt?«
»Ruhig Blut, Summy. Erst verrate ich dir das Geheimnis, dann den Plan. Immer der Reihe nach. Aber an erster Stelle mußt du dich beruhigen. Kann ich anfangen? Gut. Im Norden von Klondike gibt es einen Vulkan, in dem Jacques Ledun mehr Nuggets als Lavabrocken gefunden hat. Der sagenhafte Berg ist auf dieser

Kartenskizze eingezeichnet.« Ben Raddle entfaltete die Zeichnung.
»Und du als Techniker und Pragmatiker glaubst an diesen Berg aus Gold?«
»Felsenfest.«
»Das wundert mich. Noch was?«
»Allerdings! Ich denke nämlich nicht daran, diese Schätze für andere liegenzulassen.«
Summy Skim atmete ein paarmal kräftig ein und aus, dann sagte er in einem für Ben Raddle überraschend gefaßten Ton:
»Ben, du weißt doch selber, was Jacques Ledun passiert ist. Trotz seiner Milliarden ist er wie ein Bettler im Bett gestorben.«
»Er ist überfallen worden.«
»Gut, angenommen, uns passiert nichts, dann müssen wir immerhin ein paar hundert Kilometer durch die ödeste Tundra marschieren.«
»Ja.«
»Aber unsere Abreise ist auf die ersten Maitage festgesetzt.«
»Wir setzen sie eben auf ein paar Monate später fest. Oder besser, wir richten uns gleich auf einen zweiten Winter in Dawson City ein.«
»Ohne mich!« rief Summy Skim und sprang vom Stuhl.
»Setz dich wieder hin, Summy. Das mit dem Überwintern war doch nur ein Spaß. Schau, in ein paar Wochen sind wir dort oben, lesen das Gold auf, kehren sofort zurück und reisen nach Montreal ab. Noch etwas. Wenn ich mit allen Mitteln versuchen will, diesen Goldberg auszubeuten, dann nicht nur um meinetwillen. Jacques Ledun hinterläßt eine mittellose Mutter; ich habe dem Sterbenden versprochen, seine Mutter mit dem Gewinn aus dem Goldberg zu unterstützen, und ich denke nicht daran, mein Wort zu brechen.«
»Wenn es das nur ist, dann bin ich gern bereit, dieser armen Frau aus Montreal eine monatliche Pension zu überweisen. Wenn du immer noch darauf bestehst, diesen Goldvulkan zu suchen, so will ich dich jetzt ganz sanft daran erinnern, daß du mir hoch und

heilig versprochen hast, ohne Verzögerung nach Montreal zurückzufahren.«
Summy Skim schwieg, weil er den Moment herannahen fühlte, an dem er sich nicht mehr beherrschen konnte. Die Wut, die er zuerst auf seinen Vetter hatte abladen wollen, kehrte sich bald gegen ihn selbst. Er sah schon voraus, daß Ben Raddle auch ohne ihn in den rauhen Norden marschieren würde, aber er wußte auch, daß er das vor Angst und Sorge nicht aushalten konnte und schließlich doch noch nachgeben würde. Er wußte, daß er nicht standhaft bleiben konnte, und darüber ärgerte er sich so maßlos, daß er seinem Vetter fortan die kalte Schulter zeigte. Ben Raddle verließ betrübt das Hotel, ging ins Krankenhaus hinüber und erzählte Jane von der Weigerung Summys. Das Mädchen fiel aus allen Wolken. Sie konnte sich nicht vorstellen, daß Summy Skim sich für ein Unternehmen nicht begeistern konnte, das ihr so sehr am Herzen lag. Sie empfand es fast als eine persönliche Beleidigung, daß er der Reise zum Goldberg nicht spontan zugestimmt hatte.
»Warten Sie«, sagte Jane zu Ben Raddle, »ich werde Ihrem Vetter schon noch den Kopf waschen.«
Sie stürmte auf der Stelle aus dem Krankenhaus und drang ohne Aufforderung in Summy Skims Zimmer ein.
»Was ist denn in Sie gefahren?« fuhr sie ihn an. »Ich habe gehört, Sie sind gegen unsere Fahrt zum Goldberg!«
»Was heißt hier unsere Fahrt?« fragte Summy Skim verdutzt.
»Ihr Vetter und ich haben diese Fahrt nämlich beschlossen, und ausgerechnet Sie wollen als einziger einen Strich durch unsere Rechnung machen.«
»Ich wußte doch nicht, daß auch Sie...«
»Stellen Sie sich doch nicht dümmer, als Sie sind. Sie täten wirklich besser daran, mitzumachen und später Ihren Anteil mitzunehmen, als hier nur herumzustänkern. Steinreich können wir alle werden!«
»Ich will doch auch nicht in Armut und Einsamkeit leben, Fräulein Jane«, sagte Summy Skim und wurde rot.
»Ihr Vetter hat Ihre Ansichten aber ein bißchen anders dargestellt.«

»Der weiß auch nicht immer, was er sagt. Natürlich hatte ich an einzelnen Punkten seines Planes etwas auszusetzen, aber das Vorhaben selbst habe ich niemals in Frage gestellt.«

»Das läßt sich hören.«

»Eine solche Reise würde ich mir doch nicht entgehen lassen! Um das Gold geht es mir eigentlich nicht, eher um...«

»Ja, worum denn?«

»...um das Unterwegssein, Entdeckungen, Abenteuer!«

»Jeder nach seiner Façon, Herr Skim«, sagte Jane, rannte zur Tür hinaus und berichtete Ben Raddle von der neuesten Kehrtwendung seines Vetters. Der Ingenieur lief sofort ins Hotel und stellte Summy Skim zur Rede.

»Was wird hier gespielt, kommst du nun mit oder nicht?«

»Natürlich komme ich mit, und ich will Maier heißen, wenn ich jemals das Gegenteil gesagt habe.«

15

Gerüchte über Goldvorkommen im Norden Klondikes waren auch in Dawson City längst im Umlauf. Von Zeit zu Zeit waren Indianer in die Stadt gekommen und hatten Nuggets verkauft, die sie am Ufer des Mackenzie gefunden haben wollten. Auch von einem Vulkan voller Gold war die Rede, aber keiner der überwinternden Goldsucher wußte etwas Genaues. Bevor Hunter und Malone in der vergangenen Schürfsaison zu ihrem Claim 131 zurückgekehrt waren, hatten sie weiter im Norden am Birch Creek für billiges Geld einen Claim erworben, dessen Ausbeute aber auch entsprechend mager gewesen war. Nach der Katastrophe vom 5. August war ihnen nichts anderes übriggeblieben, als den neuen Claim mit teuren Hilfskräften weiterzubearbeiten. Nach wenigen Wochen deckte die Ausbeute nicht einmal mehr die Lohnkosten, so daß Hunter und Malone gezwungen waren, auf ihre Ersparnisse zurückzugreifen. Gegen Ende der Saison wußten sie nicht mehr, womit sie sich den Winter über ernähren sollten.

Die Texaner rieten ihrer Mannschaft, sich ihren Lohn bei den anderen Goldschürfern und Siedlern zu holen, aber die Leute waren auf der Hut und alarmierten die Polizei, so daß die texanische Bande bei ihrem ersten Überfall auf der Stelle und vollzählig verhaftet und in das Gefängnis von Circle City gesteckt werden konnte. Nach einem kurzen Prozeß wurden sie zu zehn Monaten Gruppenhaft wegen Landfriedensbruch und Aufruhr verurteilt. Damit war für Hunter die Frage der Überwinterung gelöst.
Die Dauer der Haft war für die Texaner so günstig ausgefallen, daß sie genau zu Beginn der schönen Jahreszeit wieder entlassen werden sollten. Hunter hatte zwar keinen blassen Schimmer, was er mit seinen Leuten im Mai des kommenden Jahres anfangen sollte, aber er erhoffte sich von den langen Wintermonaten eine geniale Eingebung. Sie kam auch prompt, kurz vor Weihnachten, in Gestalt eines Indianers, der ebenfalls in der Gemeinschaftszelle des Gefängnisses von Circle City einsaß. Dieser Krarak war ein kräftiger, gedrungener Mann von 40 Jahren mit verwegenem Gesichtsausdruck. Hunter erkannte in ihm auf den ersten Blick den künftigen Komplizen. Beide Männer tasteten sich aber erst einmal lange und sorgfältig ab, ehe sie miteinander ins Gespräch kamen. Der Texaner spürte, daß der Indianer etwas zu sagen hatte, was er aber nicht irgend jemandem anvertrauen wollte.
Zuerst erzählte Krarak, daß er in den vergangenen Jahren als Führer für die Einkäufer der Hudsonbai-Company viel im Norden herumgekommen sei, zwischen Fort Yukon, Fort Macpherson und der Eismeerküste. Eher früher als später kam dabei die Rede auch auf Gold.
»Bis jetzt weiß noch kaum ein Mensch«, flüsterte der Indianer Hunter zu, »daß oben an der Küste des Eismeers Gold im Überfluß zu finden ist. Aber binnen Jahresfrist werden es Tausende wissen.«
»Dann muß man eben schneller sein«, antwortete der Texaner.
»Und man muß wissen, wo das Gold liegt.«
»Weißt du es?«
»Ein paar Adern kenne ich schon, aber dieses Land versteckt

seine Schätze meisterhaft. Wer sich nicht auskennt, findet in Monaten keinen einzigen Nugget. Ich weiß da aber ein riesiges Loch... verdammt, wenn ich bloß wieder draußen wäre!«
»Was wäre dann?«
»Ich würde sofort auf dem Weg wieder zurückgehen, auf dem ich geschnappt worden bin.«
»Und wohin führt dieser Weg?«
»Zu einem Loch, wo man das Gold mit dem Schubkarren abtransportieren kann.«
Mehr wollte Krarak zum Verdruß Hunters nicht verraten. Der Texaner ließ nicht locker, aber der Indianer verlor kein Wort mehr über das Gold. Er jammerte nur immerfort darüber, daß er noch Jahre im Gefängnis abzusitzen hatte, und daß andere bis zu seiner Freilassung das Goldloch längst leergeschaufelt hätten.
Als der Entlassungstermin Hunters und seiner Leute näherrückte und Krarak immer noch keine Anstalten machte, die Lage dieses verborgenen Goldhaufens zu verraten, entschloß sich der Texaner, den Indianer gleich nach der Entlassung aus dem Gefängnis herauszuholen und sich von ihm in den Norden führen zu lassen. Krarak war nach kurzem Zögern mit diesem Plan einverstanden. Kurz vor der Entlassung am 13. Mai schärfte Hunter Krarak ein, sich am Abend aus dem Schlafsaal zu schleichen, sich unmittelbar an der Gefängnismauer zu verstecken und zu warten, bis die Texaner von außen einen Tunnel unter die Mauer gegraben hatten.
Krarak saß die ganze Nacht frierend an der Mauer, hörte aber von außen kein Geräusch und spürte an keiner Stelle die Mauer zittern. Mißmutig kroch er vor Sonnenaufgang in die Gemeinschaftsunterkunft zurück. Er war wütend, denn er glaubte, von den Amerikanern verraten worden zu sein. Hunter und seine Leute hatten in Wirklichkeit die Befreiung nur um 24 h verschoben, weil die Polizei alle ihre Bewegungen beobachtete. In der folgenden Nacht rückte ein kleiner Stoßtrupp auf die Mauer vor, und das Geräusch von Pickel und Spaten ging bald in dem Pfeifen eines anschwellenden Nordwindes unter. Hinter der Mauer lag Krarak mit dem Ohr am Boden und verfolgte erregt die Schläge

der Hauen, die von unten heraufzukommen schienen. Sobald er die Stelle, an der die Mauer unterhöhlt wurde, eindeutig erkannt hatte, wühlte er mit bloßen Händen die Erde auf. Mehrmals schreckte er bei Geräuschen hoch, die aus dem Gefängnishof kamen; es war aber nur der Wind, der Sand und Abfälle auf dem Steinboden herumwirbelte. Die Gefängniswärter blieben bei dem schneidenden Wind lieber in der geheizten Wachstube, zumal es im örtlichen Strafvollzug nicht üblich war, während der Nacht die Schlafsäle und Höfe zu überwachen. Kurz nach Mitternacht bekam Krarak plötzlich den kalten Stahl eines Pickels zu fassen. Wenige Minuten später zwängte er sich in das Loch und wurde an den Beinen hindurchgezogen.

»Das wäre geschafft«, sagte er zu Hunter und spuckte eine Ladung Sand aus.

»Und es bleibt dabei?« fragte Hunter.

»Ja.«

»Wir können aber nicht zusammen aus Circle City verschwinden. Wo treffen wir uns wieder?«

»20 km unterhalb von Fort Yukon am linken Ufer der Porcupine.«

»Und du bringst uns wirklich zu deinem Goldlager?«

»Selbstverständlich.«

»Hüte dich bloß davor, uns übers Ohr zu hauen. Wir sind dreißig Mann, du kannst uns nicht entwischen.«

»Keine Angst, Hunter, ihr werdet keinen gewöhnlichen Claim finden, sondern einen Berg, randvoll mit Gold gefüllt, mit dem ihr eure Karren beladen könnt. Jeder einzelne von euch kann von dort ein Vermögen mit nach Hause nehmen!«

Krarak ging zum Ufer des Yukon hinunter und sprang unter den bewundernden Blicken Hunters auf eine treibende Eisscholle, dann zur nächsten, bis er in der Dunkelheit verschwunden war. Die Texaner blieben noch ein paar Tage in Circle City, um jeden Verdacht von sich abzulenken, sie hätten dem Indianer bei der Flucht geholfen. Dann packten sie ihr spärliches Material zusammen und fuhren auf einer armseligen Flußschute nach Fort Yukon hinunter. Am 22. Mai zogen die Texaner mit neuen Vorräten von Fort Yukon los, am linken Ufer der Porcupine entlang, die bei Fort Yukon in den Yukon mündet. Hunter war beinahe überrascht, als er den Indianer am Abend an der verabredeten Stelle vorfand; wenn es auch nicht die reine Menschenliebe war, so hatte Krarak wenigstens aus Angst Hunter nicht hintergangen. Der Indianer lud sein dünnes Bündel auf den Hundeschlitten der Texaner, dann marschierte die gemischte Gesellschaft auf die Grenze zu.

In Dawson City hatte man von den Vorgängen auf der anderen Seite der Grenze nichts erfahren. Hunter und seine Gesellen galten nach wie vor als verschollen. Doch gleichzeitig mit ihnen bereiteten sich auch die Vettern auf ihren Marsch nach Norden vor. Sofort nach Einbruch des Frühjahrswetters Anfang Mai kam der Scout Bill Stell in Dawson City an. Er hatte zwar nichts dagegen, die Vettern statt nach Skagway an die Mündung des Mackenzie zu führen, aber an einen Vulkan voller Gold wollte er nicht glauben. Ben Raddle versprach ihm ein ausgezeichnetes Honorar für die Führung an die Eismeerküste, Bill Stell bezweifelte jedoch, ob sich dieser Aufwand überhaupt rentiere.

»Zieren Sie sich nicht, Bill Stell«, sagte der Ingenieur mit Nachdruck, »bis zur Mackenziemündung ist es auch nicht weiter als nach Skagway.«

»Das stimmt«, antwortete der Scout, »aber der Weg vom Fort Macpherson bis an die Mündung ist kein Zuckerschlecken.«

»Und wenn schon, die 600 km sind doch bequem in einem Monat zu schaffen.«

Nach Ben Raddle war Summy Skim an der Reihe, den Scout von der Bedeutung der Reise ans Eismeer zu überzeugen. Dann redete Neluto, der sich die Jagdausflüge in die Wälder des Nordens um keinen Preis entgehen lassen wollte, auf seinen Chef ein, und zum Schluß wurde Jane Edgerton zu dem Scout geschickt. Ihren Argumenten konnte er sich nicht mehr verschließen.

Schon am nächsten Tag besorgte Bill Stell mehrere leichte Wagen, Maultiere, ein tragbares Boot und Mannschaftszelte. Sechs Leute teilte er für den Marsch ein, die Vettern konnten neun Mann aus ihrer Mannschaft vom Claim 129 anwerben; dazu

kamen die beiden Vettern, Jane Edgerton, Neluto mit seinem Karren und seinem Pferd, Patrick Richardson und Bill Stell, insgesamt 21 Personen. Außer Ben Raddle, Summy Skim, Jane und dem Scout wußte keiner der Männer, zu welchem Zweck die Karawane zusammengestellt wurde. Ehe der Zug am 6. Mai aufbrach, wurden Lorique und Neluto an den Forty Miles Creek geschickt, um den Claim 129 noch einmal zu inspizieren. Das gute Erbstück von Onkel Josi lag aber immer noch metertief unter dem Wasser des Forty Miles Creek, der immer noch das ganze Tal ausfüllte. Nach menschlichem Ermessen mußten die Vettern ihren stolzen Besitz endgültig aufgeben. Am Tag vor der Abreise machten die Vettern und Jane im städtischen Krankenhaus ihren Abschiedsbesuch. Edith war wie immer einsilbig, auch Ben Raddle sagte kaum ein Wort, während Summy Skim und Jane in einem fort schwatzten und lachten.
»Werdet bloß nicht sentimental!« rief Summy Skim seinem Vetter und Edith zu. »Wenn der Winter kommt, sind wir wieder da, und wenn dann noch jemand jammert, so sicher nur wegen der Säcke voll Nuggets, die wir von dort oben herunterschleppen werden.«
»Das walte Gott«, sagte Ben Raddle matt und gab Edith Edgerton müde die Hand.
Auf dem Weg zu Dr. Pilcox drehte sich Summy Skim zu seinem Vetter um:
»Was ist plötzlich in dich gefahren? Du machst ein Gesicht, als wäre dir eine Laus über die Leber gekrochen, und Edith schaut mit einem Blick in die Landschaft, als wäre der Gottseibeiuns hinter ihr her. Eine schöne Bescherung! Du hast wohl keine richtige Lust mehr, was?«
»Ach hör auf. Du gehst mir auf die Nerven.«
In diesem Augenblick kam Dr. Pilcox aus seiner Tür und wünschte den Vettern lautstark und mit Preisliedern auf Klondike eine schöne Reise. Summy Skim wollte dem Doktor zunächst mit ein paar zynischen Bemerkungen antworten, dann ließ er sich aber von seinem Vetter, der zu Scherzen nicht aufgelegt schien, hinwegziehen. Am Abend suchte Ben Raddle noch einmal seinen

Werkmeister auf. Lorique sollte als einziger in Klondike zurückbleiben und nach dem Rechten sehen; Ben Raddle beauftragte ihn damit, sämtliche zum Verkauf angebotenen Claims auf der Stelle zu besichtigen und ein preiswertes Grundstück sofort zu kaufen. Der Ingenieur wußte, daß er sich auf Lorique verlassen konnte, der sich im Goldgeschäft auskannte und seinen Chef schon soweit präpariert hatte, daß er nicht mehr an Montreal, sondern nur noch an Gold dachte. Summy Skim erfuhr zum Glück nicht, was sein Vetter noch bis spät in der Nacht mit Lorique besprach, er hatte sich zeitig schlafen gelegt.
Am nächsten Morgen um 5 h rumpelten die Wagen der Karawane durch die höheren Stadtteile Dawson Citys und verließen die Stadt in nordöstlicher Richtung. Vorneweg fuhr der leichte Karren Nelutos, in dem die Vettern und Jane Edgerton saßen, die übrigen Männer waren auf den Fahrzeugen des Scouts verteilt. So weit das Auge reichte, dehnten sich unabsehbare Ebenen, in denen die Karawane zügig vorwärtskam. Als das erste Gehölz auftauchte, sprang Summy Skim vom Wagen, packte Neluto und sein Gewehr, und eine Viertelstunde später hörten die anderen schon die ersten Flintenschüsse krachen. Auch an den folgenden Tagen kamen die Jäger voll auf ihre Kosten, dafür legten sie die ersten paar hundert Kilometer fast ausschließlich zu Fuß zurück. Bei schönem Wetter und mäßigen Temperaturen erreichten die Goldschürfer zehn Tage nach dem Abmarsch ein Stück nördlich des 66. Breitengrades den Polarkreis. Alle hatten sich nach der Winterruhe an die Strapazen der Reise gewöhnt, die ersten Muskelkater und Schnupfenanfälle waren längst wieder abgeklungen. Nirgends wurde die Karawane aufgehalten; ein paar kleinere Flüsse konnten ohne weiteres durchfahren werden, und von den berüchtigten Indianerstämmen, gegen die sich die Hudsonbai-Company kostspielig verteidigen mußte, war keine Spur zu entdecken.
Nördlich des Polarkreises tauchten die ersten Ausläufer des Gebirges aus der Ebene auf, und gleichzeitig sahen die Reisenden ein dichtes Netz von Bächen und Wasseradern. Mehrmals wurde die Karawane aufgehalten, weil ein Wagen im Schlamm stecken-

blieb oder ein Rad entzweigebrochen war. Auf diese Weise legten die Reisenden nur noch die Hälfte der üblichen Tagesstrecke zurück.

»Ich weiß nicht recht«, sagte Bill Stell zu den Vettern, »aber mir scheint, als ich vor 20 Jahren hier durchkam, waren die Wege besser.«

»Der Boden ist vom Frost völlig zerrissen«, meinte Ben Raddle.

»Sie haben wahrscheinlich recht. Der Boden war wohl so tief gefroren wie noch nie. Da heißt es aufpassen, wenn wir unter steilen Abhängen vorbeifahren: die Felsbrocken sitzen so kurz nach dem Tauen besonders locker.«

Hinter der nächsten Biegung des Hohlweges hinderte auch schon ein Haufen heruntergestürzter Felsen die Reisenden an der Weiterfahrt. Während die Goldschürfer die Maultiere ausschirrten und vor die Felsblöcke spannten, sprang Ben Raddle fluchend vom Karren und rannte schimpfend herum.

»Was hat mein lieber Vetter nur?« fragte Summy Skim Jane. »Er schreit hier herum wie auf dem Kasernenhof.«

»Er hat es eben eilig«, antwortete das Mädchen.

»Ich verstehe ihn nicht. Er denkt immer nur an Morgen und verdirbt sich dadurch den Spaß an der Gegenwart. Ich will mein Leben genießen, deshalb nehme ich es, wie es kommt.«

»Ihr Vetter hat eben ein Ziel im Auge, den Goldberg, über dem er alles andere vergißt, und der Weg dahin bedeutet ihm nur eine lästige Notwendigkeit.«

»Ich halte mich da lieber an eine abwechslungsreiche Reise, denn mir ist es egal, ob der Goldberg, falls es ihn überhaupt gibt, acht oder vierzehn Tage weit weg ist. Ich nehme übrigens an, daß wir in Fort Macpherson erst einmal Halt machen und unsere durchgeschüttelten Knochen in einem weichen Bett ausruhen können.«

»Fort Macpherson ist kein Kurort«, sagte Bill Stell, der die Unterhaltung mitangehört hatte, »nur ein Stützpunkt für die Pelzhändler.«

»Haben die denn keine Betten?« fragte Summy Skim.

»Damals, als ich dort war, gab es nur Strohsäcke«, antwortete der Scout.
Fast eine Woche war die Karawane noch unterwegs, bis sie das Gebirge hinter sich gebracht hatte. Am 21. Mai überschritt sie den Peel River, einen bedeutenden Nebenfluß des Mackenzie, und schlug am jenseitigen Ufer die Zelte auf. Als die Männer in den nahen Wald gingen, um Feuerholz einzusammeln, hörten die Zurückgebliebenen plötzlich einen Aufschrei, und kurz darauf erschien einer der Kanadier atemlos bei den Zelten.
»Vorsicht!« rief er seinen Kameraden zu.
Summy packte sofort sein Gewehr.
»Greifen die Indianer an?« fragte er den Mann.
»Nein, dic Bären.«
Innerhalb der nächsten Minute konnten es auch schon alle im Lager brummen hören, so daß die Maultiere vor Angst an ihrem Zaumzeug zerrten, und dann brachen drei riesige Grizzlybären durchs Unterholz, an der Stelle, wo Jane Edgerton ihr Zelt aufgestellt hatte. Mit ein paar Sätzen war Summy Skim bei dem Mädchen, stellte sich breitbeinig vor ihr auf und feuerte in dem Augenblick, als die Bären, zu voller Lebensgröße aufgereckt, auf ihn losstürzten. Zwei Bären taumelten mit Herzdurchschuß ins Gras, der dritte aber stürmte unbeirrt in der alten Richtung weiter. Zum Nachladen war es zu spät. Summy Skim drehte blitzschnell das Gewehr um und holte mit dem Kolben aus, da schwenkte der Bär auf einmal nach rechts und nahm mit lautem Gebrumm einen neuen Angreifer in Augenschein.
Patrick Richardson war neben Janes Zelt aufgetaucht. Ehe der Bär reagieren konnte, trat ihm der Ire mit dem Fuß voll in die Seite. Für einen Augenblick verlor das Tier die Orientierung, dann stürmte es von neuem auf Richardson los, der den Angriff unbewaffnet, mit bloßen Fäusten erwartete. Summy Skim spürte, daß der primitive Schmied neben seiner gewaltigen Körperkraft genug praktische Intelligenz und Reaktionsvermögen besaß, es mit dem mehrfach stärkeren Tier aufzunehmen. Er als Akademiker hätte weder den Mut noch die Geschicklichkeit be-

sessen, einen Bären ohne technische Hilfsmittel in die Knie zu zwingen.
Der Schmied hatte den Grizzly ganz nahe herankommen lassen. Erst als der die Tatzen hob, setzte er dem Tier mit aller Kraft die Faust aufs Maul. Verlegend lächelnd, als ob nichts geschehen sei, stand Patrick Richardson da und rührte sich auch dann nicht, als der Bär sich von dem Schlag erholt hatte und erneut zum Angriff überging. An Deckung dachte Richardson nicht. Plötzlich wirbelten seine langen Arme durch die Luft, und beide Fäuste sausten gleichzeitig auf den Bärenkopf hinunter, eine hatte ein Auge getroffen und die andere das Maul, daß man die Zähne aus den Kiefern springen hörte. Sekunden später plumpste der Bär schwer auf seinen Rücken, während Richardson als fairer Kämpfer abwartend stehenblieb.
Als sich der Grizzly nach Minuten auf die Hinterbeine zu stellen versuchte, fiel er auf sein Hinterteil und kam nicht mehr hoch. Seine Zunge fuhr über die blutenden Lefzen, und mit der Tatze kratzte er die Reste seines linken Auges aus der Höhle. Der Schmied schien den Kampf mit der Zeit langweilig zu finden. Mit geballten Fäusten trat er auf den angeschlagenen Gegner zu, der sich sofort nach hinten abstieß. Jeden weiteren Schritt des Schmieds beantwortete der Bär mit einem allmählichen Rückzug. Auf einmal hob Richardson einen schweren Steinbrocken vom Boden, um den Bären noch einmal zum Kampf zu reizen. Das Tier erkannte aber die Absicht, ließ sich auf alle vier Pfoten fallen und trottete so schnell es konnte in den Wald. In sicherer Entfernung drehte sich der Bär noch einmal um und sah den Schmied aus seinem heilen Auge mit einem unsagbar traurigen Ausdruck an. Mit Gelächter und Klatschen wurde Richardson von seinen Kameraden empfangen, Summy Skim und Jane drückten ihm dankbar die Hand.
»Das war kein Kunststück, Herr Jean«, sagte Richardson zu Jane, die er noch immer für einen Mann hielt. »Ich kann schließlich boxen, der arme Bär aber nicht.«

16

Als die Reisenden am 30. Mai am Fort Macpherson ankamen, sahen sie zu ihrer Überraschung hinter den Palisaden Gewehrläufe blitzen, und plötzlich befahl ihnen eine rauhe Stimme, sofort stehenzubleiben. Nach einem kurzen Wortwechsel zwischen Bill Stell und dem Chef des Forts, der den Scout nicht gleich erkannt hatte, wurde das große Tor geöffnet, und die Karawane durfte in den großen Hof des Forts einfahren. Dort erfuhren die Reisenden, daß das Fort erst vor wenigen Tagen von einer Bande Indianer und Amerikaner angegriffen worden war. Seither war die 20 Mann starke Besatzung des Forts auf der Hut, wenn sich ein bewaffneter Trupp näherte.

»Wohin ist diese Bande nach dem Überfall verschwunden?« fragte Bill Stell, der den Chef des Forts von seinen Tagen in der kanadischen Armee kannte.

»Nach Nordwesten. Die Männer hatten Schürfwerkzeuge dabei, wahrscheinlich suchen sie Gold.«

»Gibt es das dort oben?«

»Sicher.«

»Gibt es dort auch Vulkane?« fragte Summy Skim.

»Davon habe ich allerdings noch nichts gehört«, antwortete der Kommandant.

Ben Raddle war nun fast ganz sicher, daß das Geheimnis des Goldberges noch unbekannt war, während sein Vetter noch mehr daran zweifelte, daß es diesen Goldvulkan überhaupt gab.

Am Morgen des 2. Juni verließen die Reisenden das Fort Macpherson und zogen am rechten Ufer des Peel River weiter nach Norden. Der Scout kannte diese Gegend auch nur vom Hörensagen und mußte sich nun ganz auf die Kartenskizze Jacques Leduns verlassen. Das Wetter hielt sich immer noch, die Karawane kam auf dem ebenen Gelände rasch voran, und Ben Raddle war auf einmal ganz aufgeregt, als Bill Stell feststellte, daß es bis zum Goldberg an der Mackenziemündung nur noch 200 km waren. Drei Tage später erreichten die Reisenden die Einmündung des Peel River in einen westlichen Arm des Mackenzie. Stundenlang suchten Bill Stell und Ben Raddle das Ufer des Mackenziearms ab, ehe sie eine Furt fanden. Bis alle Wagen und das Gerät auf das andere Ufer geschafft waren, war der Tag fast vergangen. Von dem Eis, das im Winter das Mündungsdelta des Mackenzie fast ganz bedeckt, war keine Spur mehr zu sehen. Die letzten Eisschollen trieben längst im Polarmeer.

Um 3 h früh am nächsten Tag scheuchte der Scout die Reisenden aus dem Schlaf. Ben Raddle wollte so schnell wie möglich an seinen ersehnten Goldvulkan kommen und hoffte, bei gestrecktem Marschtempo in drei Tagen am Ziel zu sein. Die Reisenden zogen erst einmal die Köpfe ein, als sie aus ihren Zelten krochen. Ein frischer Wind blies ihnen ins Gesicht und trieb graue Wolkenfetzen über den Himmel. Die Maultiere mußten kräftig anziehen, dafür war der Weg längs des Mackenziearms nirgends von Wasserläufen unterbrochen. In einer anderen Gegend des Deltas wäre die Karawane nach Meinung des Scouts nur halb so schnell vorangekommen. Als die Karawane am Abend des dritten Tages das Lager aufschlug, war der Goldberg noch immer nicht in Sicht, konnte aber nach Schätzung Ben Raddles höchstens 20 bis 30 km entfernt sein. Bevor die Mannschaft schlafen ging, rief er sie zusammen und erläuterte den Leuten das wahre Ziel der Reise. Ein Taumel von Freude und Begeisterung packte die Männer, die den Lohn ihrer Anstrengungen schon ganz nahe fühlten. Ben Raddle fand kaum Schlaf in der Nacht. Mehrmals stand er auf und blickte angestrengt nach Norden, um irgendeine Andeutung des Goldvulkans zu erhaschen; aber die Nacht war dunkel und der Horizont von Wolken verhüllt.

Auch nach Sonnenaufgang hob sich die Nebeldecke nicht. Selbst auf zwei Kilometer Entfernung hätte man den Berg nicht sehen können. Während Ben Raddle immer noch gebannt nach Norden starrte, hüpfte Summy Skim im Lager umher und murmelte:

»Schau du dir nur die Augen aus dem Kopf, alter Junge! Schon manch einer hat mit eigenen Augen etwas gesehen, was es gar nicht gibt.«

»Stänkern Sie schon wieder herum?« fragte Jane spitz. Sie war unbemerkt an ihn herangeschlichen.

»Ich meine doch nur, im Nebel kann man sich so leicht täuschen. Denken Sie nur an den Erlkönig.«
»Passen Sie nur auf, daß er Ihnen kein Leid antut, Sie Miesmacher.«
»Ich sag ja gar nichts mehr«, antwortete Summy Skim und trollte sich. Um 4 h morgens wurde das Lager abgebrochen. Die Sonne mußte längst aufgegangen sein, aber durch den Dunst war sie nur als unbestimmter Schein wahrzunehmen. Gegen 11 h waren die Reisenden nur noch 10 km von der Eismeerküste entfernt, aber noch immer zeichnete sich kein Vulkankegel vom Horizont ab. Mit Sorge beobachtete Summy Skim seinen Vetter, der vor Ungeduld und banger Erwartung zu bersten schien. Er wagte kaum, sich vorzustellen, wie Ben Raddle es aufnehmen würde, falls es den Goldberg tatsächlich nicht gab. Um die Mittagszeit war zum erstenmal die rote Sonnenscheibe zu sehen.
»Da! Rauch!« rief Neluto plötzlich. »Nein, eine Wolke, es kann auch ein Vogel gewesen sein, oder habe ich mich getäuscht?«
»Was sagst du, Rauch?« rief Ben Raddle. »Aber Ledun hat doch behauptet, der Goldvulkan sei längst erloschen!«
Die Karawane hatte mittlerweile angehalten. Alle sahen zu, wie sich die Nebelmassen allmählich hoben, und auf einmal trat der sonnenbeschienene Goldberg hervor, von dessen Gipfel schwarze Rauchwolken in den blauen Himmel stiegen. Wortlos zogen die Reisenden weiter. Um 15 h machten sie am Fuße des Vulkans halt, der im Norden steil ins Eismeer abfiel und dessen östliche Flanke in den Rubber, den Mackenziearm, tauchte. Während der Scout mit seinen Leuten die Wagen entlud und das Lager aufzustellen begann, ging Ben Raddle um den Fuß des Vulkans herum, um sich zu vergewissern, daß niemand das Gelände für sich in Besitz genommen hatte. Nirgendwo war ein Grenzpfahl aufgestellt, es schien, als hätte noch niemand das Gelände betreten. Auch das Meer und die Mündungsarme waren verlassen, nicht einmal ein Walfänger zeigte sich am Horizont. Der Ingenieur durfte mit vollem Recht den Goldberg für sich in Anspruch nehmen, ohne der kanadischen Regierung auch nur einen Cent Pachtzins zahlen zu müssen.

Die Zelte wurden in einem Wäldchen aufgestellt, das bis an die südliche und westliche Flanke des Goldberges heranreichte. Die Maultiere konnten auf den feuchten Uferwiesen weiden; Trinkwasser war in der Nähe, und Summy Skim stellte mit Befriedigung fest, daß es mehr als einmal in dem aufsprießenden Laub raschelte. Vor Einbruch der Nacht ließ der Scout mehrere Feldpostenstände anlegen und besetzen, dann krochen die Reisenden todmüde in ihre Zelte. Schon um 5 h am nächsten Morgen waren die Goldsucher wieder auf den Beinen. Summy Skim trat als erster aus dem Wäldchen und betrachtete nachdenklich den Goldberg. Ben Raddle stellte sich neben ihn hin.
»Ich frage mich und finde keine Antwort«, sagte Summy Skim, »warum Onkel Josi nicht diesen Berg entdeckt hat, statt einen miserablen Claim zu kaufen. Er hätte sich zu den wenigen Milliardären der Neuen Welt rechnen dürfen, und wir hätten nicht erst hierherzufahren brauchen.«
»Unser Onkel hat uns eben eine schöne Aufgabe hinterlassen wollen!« antwortete Ben Raddle.
»Dabei hat er aber zumindest mich falsch eingeschätzt.«
»Kann sein, aber auch du wirst es nicht bereuen, wenn du mit den Hosentaschen voller Gold nach Hause kommst.«
»Deinen technischen Optimismus möchte ich teilen, liebster Vetter. Wenn ich mir diesen Berg da ansehe, dann kann ich mir einfach nicht vorstellen, daß mehr in ihm stecken soll als in Australien, Kalifornien oder den Goldfeldern Afrikas. Ehrlich gesagt, einen natürlichen Goldtresor denke ich mir anders als diesen Hügel.«
»Dir wäre es wohl am liebsten, wenn man in den Goldberg hineingehen könnte wie in die Stadtsparkasse.«
»...und vom Portier die Tür aufgehalten bekäme, ganz recht.«
»Gedulde dich, Summy, wir werden die Tür schon noch aufstoßen.«
»Ich bin gespannt, wie du das machst.«
Seine Besonderheit war dem Goldvulkan von außen nicht anzusehen. Er war ein Bergkegel von ein paar hundert Metern Höhe, mit abgeplattetem Gipfel und steil nach allen Seiten abfallenden

Hängen. Während sich Ben Raddle überlegte, von welcher Seite der Goldberg am leichtesten zu besteigen wäre, rief der Scout seine Leute zusammen und ließ sie Seile sowie ein paar Lebensmittel einpacken. Der Rest der Mannschaft besetzte unter Leitung Nelutos die Wachtposten, denn nach dem Befehl des Ingenieurs mußte das Gelände ab sofort Tag und Nacht beobachtet werden.

Um 8 h verließen Bill Stell, Ben Raddle, Summy Skim und Jane das Lager und wandten sich der Westflanke des Goldbergs zu, die sanfter anstieg als die anderen Hänge. Auf dem Weg entlang des südlichen Abhangs suchten die Goldschürfer den Boden vergeblich nach Spuren von Eruptionen und Gold ab, auch als sie den grasbewachsenen unteren Teil des Westhangs hinaufstiegen, trafen sie nirgends auf irgendwelche Anzeichen eines Ausbruchs. Eine Humusschicht bedeckte das nur an wenigen Stellen zutagetretende Eruptivgestein. Das erste Drittel des Aufstiegs brachten die Goldsucher rasch hinter sich. Dann stieg der Hang aber in so steilem Winkel an, daß sie nur noch auf allen Vieren hinaufkriechen konnten, und dann mußte der schwindelfreie Scout vorausklettern, Gesteinshaken in die Wand schlagen und seine Kameraden an den Kletterseilen nachkommen lassen. Gegen 11 h hatten die Bergsteiger die Hälfte der Strecke bis zum Gipfel geschafft und ruhten sich aus. Ben Raddle preßte sein Ohr auf den Boden, um in den Vulkan hineinzuhorchen. Es blieb aber alles still, nicht einmal der Boden zitterte, obwohl die schwarze Rauchfahne über den Köpfen der Bergsteiger bewies, daß der Vulkan in Tätigkeit war.

Mit Hilfe Bill Stells erreichten die Goldsucher um 12 h 13 die Abdachung des Vulkankegels. Keuchend setzten sie sich auf ein paar Quarzbrocken, die verstreut auf dem Gipfel lagen, dessen Umfang etwa 100 m betrug. Fast genau in der Mitte des Plateaus gähnte das Kraterloch, aus dem unablässig Rauch hervorquoll. Nach Norden zu schlugen fast senkrecht unter den Bergsteigern die Wogen des Eismeers gegen die Flanke des Vulkans. Vom Gipfel aus zeigte sich der Gesichtskreis um soviel erweitert, daß Ben Raddle und der Scout mehrere Segler

Um 8 h verließen Bill Stell, Ben Raddle, Summy Skim und Jane das Lager und wandten sich der Westflanke des Goldbergs zu.

und Dampfschiffe erkennen konnten, die weit draußen, fast am Horizont, vorbeizogen.
»Die Walfänger sind unterwegs«, sagte Bill Stell, »sie kommen aus der Beringstraße und fahren in drei Monaten auf gleichem Kurs wieder zurück. Manche laufen dann in die Yukonmündung ein, andere löschen ihren Fang in Petropawlowsk an der Halbinsel Kamtschatka.«
»Fährt denn keiner der Dampfer nach Vancouver?« fragte Summy Skim.
»Doch, aber die Kapitäne bereuen es jedesmal, weil ihnen dort die halbe Mannschaft davonläuft und auf Nimmerwiedersehen in Klondike verschwindet.«
Im Westen sahen die Goldsucher eine sandige Küste, an die ein unübersehbarer Wald heranreichte. Nach Süden konnten sie die ganze Ebene, die sie durchquert hatten, bis zu den Hügeln bei Fort Macpherson überblicken, und im Osten blinkten die zahllosen Wasserarme des Mackenzie, der sich in einer zerklüfteten und mit kleinen Inseln übersäten Bucht ins Meer ergoß. Weiter draußen versperrte ein nach Norden vorstoßendes Vorgebirge den Blick auf den Horizont. Nach einer halben Stunde Rast gingen die Goldsucher an den nur wenige Schritt entfernten Rand der Krateröffnung. Sie hielten sich dabei vorsichtig unter dem Wind, um die schwefligen Dämpfe nicht einatmen zu müssen. Ohne den beißenden Rauch hätten sie bequem bis zum Grund des Kraters hinabsteigen können. Doch auch vom Rand aus sah man unzählige Goldkörnchen glitzern, die mit Erde und Schlacken vermischt waren. Allein um dieses Goldstaubs willen hätte sich die weite Reise ans Eismeer aber niemals gelohnt.
»Jacques Ledun hat durchaus die Wahrheit gesagt«, meinte Ben Raddle. »Er hat damals bis auf den Kraterboden hinuntersteigen und dort seine Nuggets auflesen können, weil der Vulkan noch völlig ruhig war. Warten wir ab, bis der Vulkan die Arbeit niederlegt und die Rauchsäule in sich zusammenfällt. Dann können auch wir hinunterklettern und unsere Hosentaschen vollstopfen.«
»Und wenn der Vulkan lustig weiterqualmt?« fragte Summy Skim.

»Dann halten wir es eben noch ein bißchen länger hier aus.«
»Wozu, um Gotteswillen?«
»Um dabeizusein, wenn uns der Vulkan in einem Ausbruch das Gold vor die Füße wirft, an das er uns jetzt nicht heranlassen will.«
»Bis der Vulkan aber soviel Kraft hat, daß er schweres Gold auswirft, wird es noch Jahre dauern, fürchte ich!« rief Summy Skim.
»Nicht einmal eine Handvoll Asche oder Sand bringt er jetzt in die Höhe! Und was bedeutet schon der Rauch? Wenn ich zum Beispiel qualme, kannst du Gift darauf nehmen, daß der nächste Ausbruch auf sich warten läßt.«
Ben Raddle antwortete nicht, sondern gab wortlos das Zeichen zum Abstieg. Zwei Stunden später kamen die vier Bergsteiger im Lager an. Summy Skim nahm seinen Vetter sogleich beiseite.
»Ben«, sagte er eindringlich, »ich will jetzt wissen, was du vorhast, wenn dein famoser Goldvulkan bis zum Winter nicht spuckt.«
»Du gehst mir allmählich auf die Nerven mit deiner Fragerei.«

17

Ben Raddle hatte wie die meisten anderen fest daran geglaubt, daß es genügen würde, mit den Wagen am Goldberg vorzufahren, die Nuggets in Säcke zu packen und dann aufzuladen. Unter den neuen Umständen mußte das Lager sofort für einen längeren Aufenthalt hergerichtet werden; an eine Überwinterung war freilich nicht zu denken. Spätestens Mitte August mußten sich die Goldsucher wieder hinter den Polarkreis zurückgezogen haben, weil Kälteeinbrüche und Schneestürme das Mackenziedelta schon früh in eine arktische Wüste verwandelten. Ben Raddle, der Scout und Jane Edgerton kletterten jeden Tag auf den Goldberg, um die Rauchentwicklung des Kraters genau zu beobachten, während Summy Skim mit Neluto in den benachbarten

Wäldern und im Mackenziedelta auf die Jagd ging. Eines Tages wollte Summy Skim auch einmal wieder beim Aufstieg dabei sein. Er schickte Neluto allein in den Wald und schloß sich der Dreierseilschaft Scout–Ben Raddle–Jane an. Bill Stell kletterte wie immer voraus, ihm folgte Summy Skim und Jane, den Schluß bildete der Ingenieur. Der letzte Steilhang vor dem Gipfel war fast schon überwunden, der Scout hatte gerade seinen Pickel in das Gestein gehauen, Summy Skim stemmte sich mit den Füßen gegen den Fels, da riß das Seil. Der Kanadier fiel mit Geschrei rückwärts und rutschte immer schneller den glatten Hang hinunter. Nach einer Schrecksekunde schrien auch Ben Raddle und Jane aus Leibeskräften, denn der stürzende Vetter mußte auch sie unweigerlich mit in die Tiefe reißen.

Doch Jane gewann sofort ihr kaltes Blut zurück. Sie bekam ein zähes Gestrüpp zu fassen, und als Summy Skim neben ihr zu Tal ging, erwischte sie ihn gerade noch an der Jacke und hielt ihn eisern fest. Bleich kam der Kanadier wieder auf die Beine und hielt sich krampfhaft an dem Strauch fest.

»Nichts gebrochen, Summy?« rief sein Vetter von unten.

»Nein, Fräulein Jane hat mich so weich aufgefangen.«

»Sehen Sie, Herr Skim«, sagte Jane, »Frauen können bei Gelegenheit doch etwas taugen, auch wenn Ihre Theorien dagegen sprechen.«

»Wir sprechen uns wieder, wenn wir auf sicherem Boden stehen«, antwortete Summy Skim.

Er hatte von der Besteigung des Goldbergs vorläufig genug und ließ die anderen allein hinaufklettern. Ben Raddle und seinen Begleitern bot sich jeden Tag das gleiche Bild. Rauch stieg aus dem Schacht und versperrte nach wie vor den Zugang zum Kraterboden. Eine Änderung der Lage war nicht abzusehen, so daß sich die Goldsucher, die zur Untätigkeit verurteilt waren, entsetzlich zu langweilen begannen. Nur Jane konnte sich nicht beklagen; sie hatte jeden Tag 21 hungrige Mäuler zu stopfen. Am 20. Juni stieg sie wieder einmal mit Ben Raddle und dem Scout auf den Goldberg, aber plötzlich verdeckten dichte Nebelschwaden die Sicht, so daß die Bergsteiger nicht rechtzeitig hinunterklettern konnten.

Jane begann schon, sich Vorwürfe zu machen, daß sie ihre Männer so lange auf das Essen warten ließ. Als sich der Nebel endlich lichtete, sah sie zu ihrem Erstaunen eine dicke Rauchsäule aus dem Lager aufsteigen, und als die Bergsteiger endlich im Lager ankamen, war die lange Tafel bereits gedeckt.
»Bitte Platz zu nehmen!« rief Summy Skim, der mit einer langen Schürze zwischen den Bäumen umherstolperte. Eine halbe Minute später erschien er mit einer riesigen dampfenden Schüssel und stellte sich neben Jane auf.
»Nehmen Sie sich reichlich, gnädiges Fräulein«, sagte er, »und schauen Sie nicht so entsetzt. Auch wir Männer können bei Gelegenheit zu etwas taugen, obwohl es Ihren Theorien vielleicht widerspricht.«
»Wenn ich nach dem Ragout gehen will, das Sie da rührenderweise zusammengekocht haben«, sagte Jane, nachdem sie den ersten Bissen hinuntergewürgt hatte, »dann taugen Männer, mit einer Ausnahme, tatsächlich zu nichts.«
Geschmack fand keiner an Summy Skims Essen, aber die Zähne hatten etwas zu tun. Die allgemeine gedrückte Laune besserte sich dadurch keineswegs.
»Sprengen wir den Berg doch in die Luft«, sagte einer der alten Goldsucher.
»Dazu reicht unser Pulver nicht«, antwortete der Scout.
»Habt doch Geduld, einmal wird der Vulkan schon ausbrechen.«
»Geduld predigen Sie uns die ganze Zeit«, rief der Kanadier, »wir haben diese Reden bald satt. Wie lange sollen wir hier noch herumsitzen?«
»Bis zum Winteranfang«, antwortete Ben Raddle.
»Dann gehen wir nach Dawson City, und im nächsten Frühling sehen wir nach, was der Goldvulkan macht.«
»Noch einen Winter in Klondike?« schrie Summy Skim und sprang von seinem Sitz auf.
»Bitte, du kannst von mir aus gleich nach Montreal zurückfahren, ich bleibe im Land, damit ich in der Nähe bin, wenn der Vulkan ausbricht.«

»Kann man ihn vielleicht nicht künstlich ausbrechen lassen?« fragte Jane.
»Nein«, antwortete Ben Raddle, »das heißt...«
»Was denn?«
»Ach, nichts.«
Am nächsten Tag glaubten die Goldsucher, ein Ausbruch stünde nahe bevor, weil auf einmal vereinzelt Flammen aus dem Krater schlugen, aber dann sahen sie ein, daß die gesteigerte Aktivität des Goldberges nur mit dem gefallenen Luftdruck zusammenhing. Bald ging ein anhaltender Platzregen auf das Mackenziedelta herunter, einzelne Mündungsarme traten über die Ufer, der Boden weichte auf, die Goldsucher waren gezwungen, in ihren Zelten zu bleiben. Am 23. Juni nachmittags rief Ben Raddle Jane, den Scout und seinen Vetter zu sich ins Zelt.
»Nehmt Platz, ich muß mit euch reden«, sagte er kurz. So ernst und gefaßt hatte Summy Skim seinen Vetter noch nicht erlebt. Er fühlte, daß Ben Raddle einen schwerwiegenden Entschluß bekanntzugeben hatte, vielleicht, so hoffte er insgeheim, den Entschluß zur Rückkehr.
»Freunde«, begann Ben Raddle, »wir wissen jetzt, daß der Goldberg keine Legende ist. Es gibt nicht nur den Berg, es gibt auch das Gold.«
»Fragt sich nur, wann der Berg das Gold hergibt«, meinte der Scout.
»Hoffentlich noch innerhalb der nächsten sechs Wochen«, sagte Summy Skim.
»Unterbrecht mich jetzt nicht«, fuhr Ben Raddle fort. »Vor ein paar Tagen haben Sie, Fräulein Jane, die Frage angeschnitten, ob man nicht künstlich einen Ausbruch des Vulkans hervorrufen könnte. Drei Tage lang habe ich über dieser Frage meditiert. Um die Antwort zu erläutern, muß ich euch zunächst die sogenannte hydromechanische Theorie der Eruptionen erläutern. Paßt auf: Die berühmten Vulkane wie der Vesuv, der Ätna, der Chimborasso und andere liegen fast unmittelbar an irgendeiner Meeresküste. Wir Vertreter der hydromechanischen Theorie sind überzeugt, daß die Vulkane, wie auch immer, mit dem Meer in

Verbindung stehen. Wasser fließt in die unterirdischen Feuerherde, verdampft dort, und wenn der Dampfdruck einen gewissen Grenzwert erreicht, jagt er Asche, Schlacken und Steine aus dem Krater. Ich meine nun, daß wir mit den heutigen technischen Mitteln durchaus in der Lage sind, einen Vulkanausbruch nach diesem Prinzip künstlich hervorzurufen.«
Den Zuhörern blieb der Mund offenstehen. Aus drei Augenpaaren wurde Ben Raddle angestarrt, als wäre er der Doktor Frankenstein.
»Wir alle haben gesehen, daß der Krater im nordöstlichen Teil des Goldberggipfels mündet. Man hört den Vulkan ja auch am lautesten rumoren, wenn man von hier zum Meer geht. Daraus ist zu schließen, daß der Vulkankamin mehr auf unserer Seite den Berg durchzieht. Wenn wir den Berg von hier aus anbohren, können wir jede Menge Wasser in den Kraterkamin einlaufen lassen.«
»Wasser aus dem Meer?« fragte Summy Skim.
»Nein. Vor der Haustür fließt der Rubber, den wir nur ein kleines Stück abzuleiten brauchen.«
Ben Raddles Zuhörer schwiegen. Sie mußten diesen ungeheuren Plan erst einmal verdauen, ehe sie sich dazu äußern konnten.
»Worauf warten Sie noch, meine Herren?« rief Jane plötzlich. »Los an die Arbeit! Schrecken wir den Vulkan mit ein bißchen Wasser ab, damit er wie mein gekochter Reis ein wenig lockerer wird.«
Es war schon dunkel, als die Goldsucher aus dem Zelt traten, dafür kroch Ben Raddle schon beim ersten Tagesschimmer aus seinen Schlafdecken und machte sich am Ufer des Rubber zu schaffen. Als die kanadischen Arbeiter mit ihren Geräten zu ihm stießen, hatte er bereits die Stelle bezeichnet, an der sich das Wasser des Mackenziearms auf dem kürzesten Weg in den Berg ableiten ließ. Auf Anweisung des Ingenieurs hoben die Arbeiter zunächst eine Grube am Fuß des Goldbergs aus, deren Sohle etwa 7 m unter der Wasseroberfläche des Rubber lag. Von dort aus drangen sie mit ihren Spitzhacken in den Berg vor. Um die Arbeiten so schnell wie möglich voranzubringen, teilte Ben Raddle

die Arbeiter in Tag- und Nachtschichten ein. Auch Summy Skim und Neluto wühlten sich in den Berg, und der Ingenieur legte Hand mit an, wo es nötig war. Am ersten Tag hatte die Mannschaft fast nur Erde beiseite zu räumen und drang deshalb mehrere Meter in den Berg vor. Dahinter traf sie auf eine Geröllschicht und dann auf rissige Lavamassen. Von Tag zu Tag wurde das Getöse des Vulkans im Gang lauter. Der Ingenieur rechnete schon damit, den Kamin in zwei oder drei Tagen zu erreichen, da schlugen sich die Arbeiter ihre Spitzhacken an Quarzflözen stumpf. Mit den einfachen Geräten kamen sie nicht mehr weiter.

Gegen den Protest Summy Skims sammelte Ben Raddle die Hälfte des Pulvervorrats ein und verteilte ihn auf mehrere Sprengladungen. Nach vier Explosionen war das Quarzgestein so weit weggerissen, daß die Arbeiter wieder mit den Spitzhacken weiterarbeiten konnten. Am 8. Juli, nach 14 Tagen, ließ der Ingenieur die Arbeiten abbrechen. Seiner Schätzung nach war die Wand zwischen der Höhle und dem Kamin nur noch einen halben Meter dick und konnte später mit einer einzigen Sprengladung durchbrochen werden. Der 30 m lange, 2 m hohe und 2 m breite Gang würde die Wassermassen aus dem Rubber ungehindert in den Vulkan strömen lassen. Nun mußte nur noch ein ungefähr 100 m langer Kanal vom Rubber bis an die Höhle durch den Ufersand gestochen werden, und die Verbindung war hergestellt.

»Bevor wir weiterschuften«, sagte Summy Skim, »schlage ich vor, einen Nachmittag lang Pause zu machen.«

»Damit du jagen kannst, Vetterchen?« meinte Ben Raddle.

»Nein, um den Vulkan zu besteigen und den Krater zu inspizieren.«

»Sehr gut«, antwortete Ben Raddle. »Wenn ich mich nicht täusche, hat sich der Ausbruch in den letzten Tagen verstärkt.«

Die Bergsteiger kannten ihren Weg auf den Goldberg schon so genau, daß sie knapp anderthalb Stunden später am Gipfel standen. Dem Krater konnten sie sich nur noch mit äußerster Vorsicht nähern, weil mehrmals Flammen aus den Rauchwolken

schlugen. Spuren von Asche oder gar Lava fanden die Bergsteiger aber nirgends.
»Der Vulkan bereitet offenbar einen Ausbruch vor«, sagte Ben Raddle.
»Das soll uns aber nicht daran hindern, uns für den künstlichen Ausbruch vorzubereiten.«
Vor dem Abstieg sahen sich die Bergsteiger noch einmal in der Umgebung um. Ben Raddle sah aufs Meer hinaus, Summy Skim blickte starr nach Südwesten.
»Haben Sie dort etwas verloren?« fragte ihn Jane.
»Ja, Montreal und Green Valley.«
»Können Sie denn von nichts anderem als Ihrem Green Valley reden?«
»Nein. Dort habe ich gelebt, dort bin ich geboren und habe andere auf die Welt kommen sehen. Alle, vom kleinsten Kind bis zum ältesten Rentner, kennen mich. Ich brauche viel Liebe, Fräulein Jane, mehr als mein Vetter Ben. Ich liebe Green Valley, weil Green Valley mich liebt.«
Jane sagte nichts mehr. Sie spürte, daß Summy Skim doch nicht so oberflächlich war, wie er sich oft gab, und daß er Abenteuer nicht aus Feigheit mied, sondern aus Scheu vor der Gefühllosigkeit der Abenteurer. Er war einer der wenigen ihr bekannten Menschen, die sich aus äußeren Erfolgen tatsächlich nichts machten. Sie fühlte im Grunde nicht anders, aber sie dachte mit Wehmut daran, daß Summy Skim als Trost wenigstens ein Green Valley hatte, sie aber nichts.
»Habt ihr das gesehen?« rief Neluto plötzlich.
»Was denn?« fragte Ben Raddle.
»Rauch überm Wald.«
»Ich sehe nichts.«
»Ach, jetzt sehe ich auch nichts mehr«, meinte der Indianer kleinlaut.
Trotz allem fühlten sich die Goldsucher bei der Vorstellung unbehaglich, daß sie in diesem Land vielleicht nicht mehr allein waren. Alle beobachteten nun das Waldgebiet, entdeckten aber weder eine Rauchfahne noch irgendeine auffällige Bewegung.

»Herr Skim«, sagte Jane plötzlich, »ich fühle mich so schlapp.«
Der Kanadier sah das Mädchen überrascht an. Es war das erste Mal, daß sie ihre Müdigkeit zugab, obwohl sie schon mehr als einmal der Erschöpfung nahegewesen war. Jane wurde für ihn mit einem Mal so menschlich, und als er sie genauer betrachtete, fiel ihm plötzlich etwas auf, was ihm bisher immer entgangen war. Sie war sehr hübsch und sehr weiblich, und vor dem Hintergrund des Meeres und des Himmels war ihre Figur doppelt so anziehend.
»Keine Bange, Fräulein Jane«, sagte er warm. »Stützen Sie sich ruhig auf mich, ich kenne den Weg.«
Willig ließ sich Jane den Hang hinunterführen. Summy Skim hatte sie so fest untergehakt, daß sie nicht auf den Weg achten mußte, sondern unentwegt auf das in warmen Farben aufleuchtende Eismeer hinausblicken konnte.

18

Am 9. Juli begannen die Goldsucher den Kanal auszuheben. Der Boden ließ sich so leicht bearbeiten, daß der Graben mühelos 3 m tief und 3 m breit gezogen werden konnte. Mit dem Gedanken an das Gold im Kopf und Patrick als Vorarbeiter vor den Augen, schufteten die Goldsucher, als wühlten sie nicht in der Erde, sondern bereits im Gold. Genau eine Woche später standen die Arbeiter nur noch 2 m vor dem Ufer des Rubber. Ben Raddle sah nun zu, daß die Kanalwände abgestützt und gesichert wurden, damit sie nicht beim Aufprall des Wassers zusammenstürzten. Ben Raddles Unternehmen schien immer mehr zu einem Wettlauf mit der Tätigkeit des Vulkans zu werden. Die Flammen schlugen schon so hoch über den Kraterrand hinaus, daß sie die Umgebung des Goldbergs bei Nacht weithin erleuchteten. Gleichzeitig stiegen aber auch die Chancen, daß das später einströmende Wasser bei der zunehmenden Hitze schnell verdampf-

te und das Gold mit ungeheurem Druck aus dem Krater jagte. Summy Skim sah gerade den Kanalarbeiten aus der Ferne zu, da stürzte Neluto auf ihn zu und rief:
»Elche, Herr Skim, kanadische Elche!«
»Wo?«
»Draußen in der Ebene, vier Kilometer von hier, vielleicht auch nur zwei...«
»Oder vielleicht auch nur 200 m?« fragte Summy Skim.
»Aber es sind wirklich Elche, eine ganze oder vielleicht auch nur eine halbe Herde.«
»Egal wieviel, komm mit.«
Als die beiden Männer aus dem Lagerwäldchen heraustraten, sahen sie mehrere Elche, die langsam nach Nordwesten über die Ebene zogen.
»Heute ist nichts mehr zu machen«, sagte Summy Skim, »es wird bald dunkel. Aber morgen früh werden wir die Tiere über die Steppe scheuchen.«
Der Korrektheit halber bat Summy Skim den Lagerchef Ben Raddle um Erlaubnis für einen längeren Jagdausflug.
»Meinetwegen«, sagte Ben Raddle, »entfernt euch nur nicht so weit vom Lager.«
»Das hängt ganz von den Elchen ab«, antwortete Summy Skim.
»Bitte, Summy, in dieser verlassenen Gegend kann soviel passieren.«
»Gerade weil sie so verlassen ist, sind wir hier um so sicherer.«
»Keine Sophistereien. Am Nachmittag seid ihr zurück.«
»Sagen wir am Abend.«
»Mein letztes Wort, um 18 h will ich euch hier wiedersehen, sonst muß ich mir wirklich Sorgen machen.«
»Besser 18 h c. t., mit akademischem Viertel...«
»Verschwinde endlich, alter Schnepfenschütze!«
Als Summy Skim am nächsten Morgen vor 5 h sein Gewehr umhängte und Neluto weckte, hatte er die Ermahnungen seines Vetters bereits vergessen. Er dachte nur noch an die kanadischen Elche, die in Klondike selten geworden waren und sich vor den

Goldsuchermassen in den äußersten Norden Kanadas geflüchtet hatten. Summy Skim drängte den Indianer zur Eile, denn er wollte sich um keinen Preis die Gelegenheit entgehen lassen, endlich etwas anderes als Rebhühner und ähnliches Federvieh zu schießen. Mit Stop, einem der Schlittenhunde am Halsband, zogen die beiden Jäger aus dem Lager fort. Bald entdeckten sie die Herde; sie war während der Nacht etwa 5 km weiter am Waldrand entlanggetrottet. Um nicht zu früh gesehen zu werden, verschwanden Summy Skim und Neluto nach einer halben Stunde im Wald und pirschten sich behutsam an die Elche heran, die auf einer Wiese ästen und sich nicht vom Fleck bewegten.
Der Indianer hatte zeitweise große Mühe, den kräftigen Hund zurückzuhalten, der die fette Beute gewittert hatte. Dazu mußten die Jäger aufpassen, daß sie in dem Birkengehölz nicht auf trockene Zweige traten und sich vorzeitig verrieten. Es war totenstill im Wald, und jedes Geräusch war auf große Entfernung zu hören. Gegen 9 h hielten die Männer an. Die Elche ästen nur noch 300 m von ihnen entfernt am Waldrand. Auf ein Zeichen Summy Skims gingen sie hinunter und krochen Meter für Meter langsam durch das Unterholz, das Gewehr am langen Arm und den Finger in der Nähe des Abzugs. Summy Skim trat vor Aufregung der Schweiß auf die Stirn, sein Herz schlug doppelt so schnell wie gewöhnlich, so daß er Angst hatte, nicht ruhig zielen zu können. 60 Schritt vor der Beute gingen die Jäger endgültig in Deckung. Das Schußfeld war frei, die Tiere schienen die Gefahr immer noch nicht zu wittern. Eines der kräftigen Männchen hob jedoch plötzlich das Haupt mit prächtigen Schaufeln und blähte die Nüstern in Richtung Wald.
»Wenn bloß der Hund nicht bellt«, sagte Neluto.
»Paß auf«, flüsterte Summy Skim. »Wenn ich zische, feuern wir, und zwar genau gleichzeitig.«
In diesem Augenblick heulte Stop auf und rannte kläffend aus dem Wald hinaus, und im selben Augenblick stoben die Elche in wilder Flucht davon.
»Idiot!« rief Summy Skim, »wieso hast du den Köter losgelassen?«

»Ich brauchte doch beide Hände zum Schießen, Herr Skim.«
Der Hund hetzte hinter der Herde her, die in nördlicher Richtung über die Ebene jagte. Da die Elche auf diesem Weg nicht weit kommen konnten, 6 km im Norden qualmte der Vulkan, rannten auch die Jäger hinterher. Eine Viertelstunde später hielten sie im Laufen inne; die Elche waren stehengeblieben, aber als sie den Hund dicht hinter sich hörten, setzten sie auf einmal mit ein paar Sprüngen in den Wald hinein.
»Wunderbar«, sagte Summy Skim keuchend zu Neluto. »Im Wald können wir sie doch noch erwischen, da haben wir Dekkung.«
Gleichzeitig mit den Jägern verschwand auch der Hund im Wald. Er war zwar noch zu hören, aber im Unterholz nicht mehr zu sehen. Zwei Stunden lang folgten die Jäger dem vertrauten Gekläff Stops. Der Wald lichtete sich, je tiefer sie sich darin verloren. Summy Skim blieb plötzlich stehen.
»Es ist auf einmal so still. Hörst du noch etwas von Stop?«
»Nein«, antwortete Neluto.
»Es hat keinen Zweck, aufs Geratewohl weiter in den Wald hineinzurennen. Machen wir Brotzeit.«
Am Rand einer kleinen Lichtung setzten sich die Jäger ins Gras und öffneten ihre Brotbeutel.
»Ein Stück Elchrücken wäre mir lieber als diese ewigen Rebhühnerschlegel«, sagte Summy Skim. »Hoffentlich finden wir Stop wieder. Ohne Beute und dazu noch ohne Hund heimkommen, das überlebt ein echter Jäger nicht.«
»Aber wenn wir Stop wiederfinden, haben wir auch die Elche, Herr Skim.«
In diesem Augenblick hörten sie Stop in einer Entfernung von etwa einem halben Kilometer anhaltend bellen. Sie sprangen sofort auf und rannten mit offenen Brotbeuteln dem Gekläff nach, in südwestlicher Richtung und damit immer weiter vom Goldberg weg. An den Rückweg zum Lager dachte keiner mehr, schwitzend und nach Atem ringend liefen sie über den weichen Waldboden dahin, immer dem Gebell des Hundes nach, das abwechselnd stärker und schwächer wurde. Nach einem Dauerlauf

von mehreren Stunden konnten die Jäger ihre Beine kaum mehr bewegen. Sie ließen sich am Rand einer größeren Lichtung ins Gras sinken.
»Aus. Ich kann nicht mehr«, sagte Summy Skim. »Es hat keinen Zweck, wir müssen zurück.«
»Laßt uns noch einen Moment verschnaufen«, bat Neluto.
Schwankend erhoben sich die Männer nach ein paar Minuten. Neluto trat ein paar Schritte auf die Lichtung hinaus, blieb aber unvermittelt stehen.
»Herr Skim«, rief er, »hier hat jemand Feuer gemacht.« Der Indianer deutete auf einen Aschenhaufen im Gras.
»Ob hier Jäger eine Elchkeule gebraten haben?« meinte Summy Skim.
»Es kann auch jemand anders gewesen sein.«
»Von gestern stammt die Asche nicht«, sagte Summy Skim und stocherte mit seinem Gewehrkolben zwischen verkohlten Holzstücken herum. Neluto beugte sich plötzlich und hob einen glänzenden Gegenstand aus dem Gras auf.
»Ein Dolch, Herr Skim!« rief er. »Wie die Klinge aussieht, liegt er sicher nicht länger als zehn Tage hier. Es ist eine spanische Arbeit.«
Er besah sich das kunstvoll gefertigte Messer genau und drehte es in der Hand. Auf der Klinge war der Buchstabe M eingraviert und auf dem Griff der Name Austin, die Hauptstadt von Texas.
»Neluto, wir müssen noch schneller ins Lager zurück. Hier treiben sich Fremde herum, wer weiß, wohin sie gezogen sind, am Ende vielleicht zu unserem Goldberg.«
»Also vorwärts!« rief der Indianer.
»Und der Hund?« fragte Summy Skim.
Beide riefen ein paarmal nach Stop. Aber im Wald blieb es still wie zuvor. Die Jäger hatten gerade das Gewehr umgehängt und wollten losmarschieren, da krachte nur wenige hundert Meter entfernt ein Schuß.
Zur selben Zeit wurde die Vulkanverdampfungsanlage unter der Aufsicht Ben Raddles nahezu fertiggestellt. Nur noch die Krater-

wand und der schmale Damm am Rubber mußten durchstoßen werden, dann konnte das Flußwasser mit voller Gewalt in den Kamin einströmen.

»Es wird bald Zeit, daß wir den Wasserhahn aufdrehen und den Goldvulkan kochen lassen«, sagte der Scout zu Ben Raddle. »Es geht schon auf Ende Juli, und mit unseren Wagen voller Gold werden wir einige Wochen bis nach Dawson City brauchen.«

»Wenn es nach mir allein ginge«, antwortete der Ingenieur, »können wir schon in einer Woche unterwegs nach Klondike sein.«

Um 17 h ging der Scout ein Stück auf die Ebene hinaus, um zu sehen, ob die Jäger schon im Anmarsch wären. Eine Stunde später waren Summy Skim und Neluto aber immer noch nicht zurück; bald erschien auch Ben Raddle vor dem Lager und starrte nach Süden auf die Ebene hinaus.

»Mein Vetter ist eigentlich ein pünktlicher Mensch«, sagte er zu Bill Stell, »aber wenn er eine Knarre in der Hand und ein Tier auf der Netzhaut hat, kann er die Uhr nicht mehr lesen.«

»Bis 22 h ist es ja noch hell«, meinte der Scout, »und selbst in der Nacht haben die Jäger in unserem Goldvulkan einen weithin leuchtenden Wegweiser.«

Stumm gingen die beiden Männer nebeneinander her. Ein Stück stiegen sie den unteren Hang des Goldbergs hinauf, dann blieben sie stehen und sahen auf die Ebene hinaus. Als die Sonne hinter den Wäldern verschwand, wurde auch der Scout unruhig.

»Sollten die Männer tatsächlich in Schwierigkeiten sein?« sagte Bill Stell. »Aber Elche sind doch keine Raubtiere. Oder sind ihnen Bären in die Quere gekommen?«

»Oder Banditen?«

»Horchen Sie, dort drüben hat es gebellt!« Der Scout hatte noch nicht zu Ende gesprochen, da sahen beide Männer, wie sich der Hund Stop aus dem Wald über die Wiese schleppte. Bill Stell war sofort bei ihm und nahm ihn auf.

»Er ist angeschossen, Herr Raddle. Seine Herren haben ihn wahrscheinlich aus Versehen getroffen.«

»Warum ist er dann aber nicht bei ihnen geblieben?« fragte der Ingenieur.

»Wenn Stop nicht schlimm verwundet ist, kann er uns vielleicht zu Ihrem Vetter und Neluto führen.«
»Schnell ins Lager mit ihm. Notfalls nehmen wir uns ein paar Leute mit Waffen mit und suchen noch heute nacht den Wald ab.«
Der Hund hatte nur einen Streifschuß abbekommen. Mit wenigen Handgriffen fand der Scout die Kugel und zeigte sie Ben Raddle.
»Das ist keine Kugel aus Summys Gewehr, sie stammt überhaupt nicht aus einer Jagdflinte. Ach du liebe Zeit. Sie sind mit einer Bande in ein Feuergefecht gekommen, Summy ist gefangen oder vielleicht schon tot, sonst wäre der Hund doch bei ihm geblieben! Summy, Menschenskind, ich kann es nicht glauben.«
»Kommen Sie, Herr Raddle, wir wecken das Lager auf, ich versorge den Hund, dann marschieren wir los.«
Während alle Mann aufstanden und ihre Waffen in der Dunkelheit zusammensuchten, wusch der Scout die Wunde Stops aus, verband sie und gab dem Tier zu fressen.
»Wenn er nicht laufen kann, tragen wir ihn«, sagte Jane, die dem Scout zugesehen hatte.
Mit Ben Raddle, Bill Stell und Jane an der Spitze zog die schwerbewaffnete Lagermannschaft los. Auf freiem Gelände wurde Stop vorsichtig auf die Beine gestellt. Sofort trottete er los, mit der Schnauze am Boden; nach wenigen Augenblicken schien er die Richtung gefunden zu haben. Fast eine Stunde lang marschierten die Goldsucher über die Ebene, dann folgten sie dem Hund in den Wald. Nach wenigen Schritten blieb Ben Raddle stehen.
»Los, ihr Männer, weiter!« sagte Jane.
»Nein«, antwortete Ben Raddle, »unter den Bäumen sehen wir doch nichts.«
Trotz seiner Verletzung machte Stop auf einmal einen Satz und setzte bellend in den Wald hinein. Dann krachte es im Dickicht, und die beiden Jäger traten ins Freie.
»Sofort ins Lager zurück!« rief Summy Skim seinen Kameraden zu.

»Was ist denn passiert?« fragte Ben Raddle.
»Später. Links um und im Laufschritt marsch!«
Sofort setzten sich die Goldsucher in Bewegung und stolperten recht und schlecht in der Dunkelheit über die Ebene. Als sie am Lager ankamen, dämmerte es bereits. Zuerst wurden die Wachposten doppelt besetzt. Dann nahm Ben Raddle seinen Vetter, den Indianer, den Scout und Jane mit in sein Zelt.
»Zeig meinem Vetter einmal, was wir im Wald gefunden haben«, sagte Summy Skim zu Neluto. Der Indianer zog den spanischen Dolch aus der Tasche und reichte ihn dem Ingenieur.
»Ich bitte, auf den Buchstaben M zu achten.«
»Was bedeutet M?« fragte Bill Stell.
»Das ist die Initiale von Malone, meine Herrschaften!« rief Summy Skim.
»Der Texaner war in letzter Zeit also hier?« fragte Ben Raddle.
»Er ist immer noch in der Nähe. Paßt auf: Als wir diesen Dolch gefunden hatten und uns gerade auf den Rückweg machen wollten, hörten wir plötzlich einen Schuß. Sofort zogen wir uns von der Lichtung zurück, auf der wir Halt gemacht hatten, und versteckten uns hinter einem Busch, von wo aus wir die Waldblöße ausgezeichnet beobachten konnten. Auf einmal näherten sich Stimmen aus dem Wald, und wenig später tauchten etwa 40 bis an die Zähne bewaffnete Weiße und Indianer auf der Lichtung auf. Wir hatten die Leute noch nie gesehen. Aber schon eine Viertelstunde später zeigten sich bekannte Gesichter: Hunter, Malone und der Vorarbeiter vom Claim 131. Ein Indianer mit einem Raubvogelgesicht war noch bei ihnen. Kaum zehn Schritt von unserem Busch entfernt hockten sich die vier Männer auf den Boden. Wir konnten jedes Wort verstehen.«
»Psst, ich habe etwas gehört!« flüsterte der Scout und schlüpfte aus dem Zelt. Nach ein paar Minuten war er wieder zurück.
»Es war nichts«, sagte er.
»Auf diese Weise erfuhren wir, daß Hunter unseren Stop angeschossen hatte. Die Texaner wußten nun, daß sie nicht mehr allein in den Wäldern waren. Sie hatten schon einmal vor zehn Tagen auf dieser Lichtung ihr Lager aufgeschlagen, waren von

dort nach Westen gezogen, hatten aber kehrt gemacht, weil sie ihr Ziel nicht finden konnten: den Goldberg. Krarak, der Indianer, weiß nämlich, daß es den Goldvulkan gibt, er weiß nur nicht, wo er liegt. Wenn die Texaner aber den Feuerschein sehen, können sie in ein paar Stunden vor unserem Lager stehen.«

»Wie stark ist die Bande?« fragte Ben Raddle.

»Vierzig Mann«, antwortete Summy Skim.

»Zwei zu eins«, sagte der Ingenieur mit Stirnrunzeln.

»Taktisch sind wir aber im Vorteil«, meinte Jane.

»Schon«, sagte Ben Raddle, »aber das beste wäre, wenn wir unentdeckt blieben.«

»20 Mann mit Pferden und Wagen lassen sich auf die Dauer wohl kaum verstecken«, meinte der Scout.

»Versuchen kann man es zumindest«, antwortete der Ingenieur. »Dennoch müssen wir uns auf einen Kampf gefaßt machen.«

19

Bis Ben Raddle, Summy Skim und die anderen am späten Vormittag aufstanden, hatten die Wachposten keinerlei Bewegung im Gelände bemerkt. Beim Frühstück wurde das Thema erneut besprochen. Alle dachten wohl daran, das Lager sofort zu räumen und vor dem Eintreffen der Texaner nach Klondike zu flüchten, aber keiner wagte den Vorschlag zu machen, aus Angst, als Defaitist gebrandmarkt zu werden.

»Wenn die Bande hier ankommt«, sagte der Scout, »wird sie wohl zuerst auf den Goldberg klettern. Wenn Hunter gesehen hat, daß aus dem Krater so nichts zu holen ist, so bleibt immer noch die Frage, ob er seine Leute wieder umkehren läßt oder darauf wartet, bis der Vulkan ausbricht.«

»Wie auch immer«, sagte Summy Skim, »ich fürchte, daß die Texaner uns in jedem Fall entdecken und dann auch versuchen werden, uns zum Teufel zu jagen. Wenn mir der Hunter dabei über den Weg läuft, Leute, dann gibt es doch noch ein Duell, à la française oder à la'américaine, das kann er sich aussuchen!«

»An die Arbeit, Leute«, rief Ben Raddle. »Wir verlegen unser Lager hinter den Kanal.«
Bis auf die Posten wurde die ganze Mannschaft zusammengerufen, um das Lager abzubauen und die Fahrzeuge mit dem gesamten Material über den Damm am Rubberufer auf das schmale Stück Land zwischen Fluß, Vulkan und Meer hinüberzuschaffen. Innerhalb weniger Stunden standen die Zelte wieder, verstreut zwischen Bäumen dicht an der Steilwand des Goldbergs. Von Norden, Westen und Osten war das neue Lager vollkommen unangreifbar, und nach Süden konnte es an dem künstlichen Kanal bequem verteidigt werden. Im Falle eines Angriffs konnte der Damm zwischen Flußarm und Kanal durchstoßen und der Graben mit Wasser gefüllt werden; um den Gang im Berg aber nicht gleichzeitig unter Wasser zu setzen, ließ Ben Raddle knapp vor dem Höhleneingang einen neuen Damm aufschütten.
Nach Ende der Vorbereitungen verkündete Ben Raddle den allgemeinen Spannungszustand. Jeder Mann wurde mit allen Arten von Handfeuerwaffen versorgt und auf ausgesuchte Stellungen verteilt. Die meisten Goldsucher hielten sich im toten Winkel am Fuß des fast senkrecht ansteigenden Goldberges auf, wo sie nur vom Flußufer aus gesehen werden konnten. Ben Raddle, Summy Skim und der Scout gingen mehrmals vor Sonnenuntergang über den Damm und hielten am Rand der Ebene Ausschau. Nichts rührte sich. Auch in der Nacht, die Summy Skim wie ein Murmeltier verschlief, wurde nichts Verdächtiges gemeldet. Als Ben Raddle am Morgen um 5 h aufstand und in die Runde blickte, bemerkte er, daß die Rauchwolken, die eine kühle Seebrise nach Süden trieb, schwächer geworden waren.
»Ich glaube, der Ausbruch läßt nach«, sagte er zu Bill Stell.
»Wenn der Vulkan wirklich erlöscht, kommen wir auch ohne Hydromechanik zu unserem Gold«, meinte der Scout.
»Hunter aber auch.«
Nach dem Mittagessen wurde Neluto mit Stop über den Kanal geschickt, um die Ebene zu beobachten. Gegen 15 h hörte man es plötzlich bellen, und wenige Minuten später kam Neluto außer Atem über den Damm gelaufen.

»Sie kommen«, rief er Ben Raddle und den anderen entgegen.
»Wie weit sind sie noch?« fragte der Ingenieur.
»1500 m. Sie ziehen bis jetzt in Richtung Rubber.«
»Ob sie den Hund haben bellen hören?« fragte Summy Skim.
»Dazu war der Abstand zu groß«, antwortete der Indianer.
Die Goldsucher kehrten auf der Stelle ins Lager zurück. Erst nach Einbruch der Dunkelheit wagten sich die Wachposten wieder hinaus, hörten und sahen aber nichts von den Texanern. Als sie auch am frühen Morgen noch nicht aufgetaucht waren, war Ben Raddle so gut wie sicher, daß die Texaner zunächst versuchen würden, den Goldberg zu besteigen. Vom Lager aus konnte man den Gipfel allerdings nicht beobachten. Nach einigem Suchen fand der Ingenieur aber eine Birkengruppe nahe am Flußufer und ein Stück unterhalb des Kanals, von wo aus jeder gesehen werden konnte, der um den Krater herumging, während der Beobachtende in Deckung war. Ben Raddle und Bill Stell, die von einer durchgehenden Reihe von Sträuchern gedeckt, zu dem Birkengehölz geschlichen waren, hatten schnell einen geeigneten Beobachtungsposten ausgewählt.
»Von jetzt ab wird ein Mann diesen Platz besetzen«, sagte Ben Raddle.
»Sehen Sie«, meinte der Scout, »unser Lager kann vom Gipfel des Goldbergs aus unmöglich beobachtet werden. Nur ein Feuer könnte uns verraten.«
»Gehen Sie zurück und lassen Sie die Feuer löschen, ich übernehme hier die erste Wache. Mein Vetter soll mich in zwei Stunden ablösen.«
Um 9h erschien Summy Skim mit umgehängtem Gewehr.
»Hast du keine dieser texanischen Wanzen an der Felswand herumkrabbeln sehen?« fragte er. »Den einen oder anderen von ihnen würde ich ganz gerne im Vorbeigehen ein bißchen ankratzen.«
»Auf die Entfernung triffst du sowieso nichts, Summy. Außerdem nützt es nichts, wenn wir einen von ihnen abknallen, im Gegenteil, die anderen würden dadurch gewarnt; ich hoffe immer noch, daß Hunter uns nicht entdeckt und bald wieder von

hinnen schleicht, wenn er gesehen hat, daß aus dem Vulkan nichts zu holen ist.« Ben Raddle wollte sich gerade erheben, da packte ihn Summy Skim am Ärmel.
»Schau mal da hoch, Ben.«
Am Gipfel des Goldbergs hob sich plötzlich die Gestalt eines Mannes vom Himmel ab, und im nächsten Augenblick kam eine zweite dazu.
»Hunter und Malone«, sagte Summy Skim. »Ich erkenne sie an ihren O-Beinen.«
»Da schießt man so leicht zwischendurch.«
»Ich würde sie schon treffen, wenn bloß der Vulkan nicht so hoch wäre.«
Fast eine Stunde lang gingen die beiden Texaner langsam auf dem Gipfelplateau hin und her. Später stießen noch zwei Männer zu ihnen, der Vorarbeiter und der Indianer. Minutenlang standen sie fast unbeweglich am Rand des Plateaus und sahen auf das Mackenziedelta herunter.
»Wenn jetzt einer ausrutscht«, sagte Summy Skim, »fällt er 300 m herunter und plumpst mitten in unser Lager.«
Statt selbst herunterzustürzen, hatten die Texaner mit dem Fuß einen großen Quarzbrocken angestoßen, der über den Rand des Plateaus hinunterrollte und an einem Vorsprung in der Wand in mehrere Splitter zersprang, die genau in das Lager fielen. Summy Skim hätte vor Schreck laut aufgeschrien, wenn ihm sein Vetter nicht im letzten Moment den Mund zugehalten hätte. Zum Glück schien keiner der Goldsucher getroffen worden zu sein, im Lager blieb alles ruhig. Plötzlich aber riß sich eines der Pferde los, galoppierte wiehernd über den Kanaldamm und in die Ebene hinaus. Neluto rannte wie ein Wiesel hinterher und bekam es ein Stück weiter draußen am Halfter zu fassen. Die Texaner auf dem Plateau hatten das ausreißende Pferd offensichtlich bemerkt. Immer mehr Gestalten tauchten am Gipfel auf und blickten hinunter, wo das Pferd weggeführt wurde. Die Vettern schlichen sofort ins Lager zurück. Dort hatte man den Quarzbrocken zwar fallen sehen, wußte aber nicht, daß ihn die Banditen in Bewegung gesetzt hatten.

»Wir müssen sofort den Kanal vollaufen lassen«, rief Ben Raddle.
»Zehn Mann mit Spaten, Pickel, Sprengstoff und Zündanlage mitkommen. Die Texaner sind auf dem Berg!«
Während ein paar kanadische Arbeiter mehrere Sprengsätze in den inneren Damm einbauten und mit der Zündanlage am Ende der Höhle in Verbindung setzten, stachen die anderen den Damm am Rubber durch. Zwei Stunden später war der Graben vollgelaufen und damit die Verbindung mit der Ebene unterbrochen. Nachdem der Einstieg zur Höhle mit Zweigen getarnt worden war, blieb auf dem Damm gerade noch genug Platz, um einen Wagen durchzulassen. Falls die Goldsucher zum Rückzug gezwungen waren, konnten sie auf diesem Weg noch entkommen. Während alle verfügbaren Leute auf die Feldposten verteilt wurden, setzten sich die Vettern mit Jane gemütlich zum Frühstück hin. Nachdem das Lager entdeckt war, brauchten sich die Goldsucher nicht mehr zurückzuhalten. Ben Raddle zündete ein großes Feuer an, legte ein paar frische Flußfische auf den Bratrost und reichte sie dann den anderen herum.
»Vielleicht fallen die Banditen erst in der Nacht über uns her«, sagte Summy Skim.
»Die zwei Stunden Dunkelheit kann man doch nicht Nacht nennen«, antwortete Ben Raddle.
»Ich habe es im Gefühl«, meinte der Scout, »daß die verdammten Texaner schon im Laufe des Nachmittags angreifen.«
Gegen Mittag kehrten Ben Raddle und Summy Skim zu dem Posten unter den Birken zurück. Beim ersten Blick auf den Vulkan fiel dem Ingenieur auf, daß die Rauchsäule trotz des Windes etwa 50 m senkrecht in den Himmel stieg und die Flammen höher als jemals zuvor aus dem Krater loderten.
»Wenn der Vulkan doch noch ausbricht und das Gold auf die Ebene spuckt«, sagte Ben Raddle, »werden wir uns wohl oder übel mit den Texanern darum kloppen müssen. Und im offenen Feld sind wir ihnen klar unterlegen.«
Summy Skim wollte gerade antworten, da sah er den Scout über den Damm laufen. Die Vettern gingen ihm sofort entgegen.

»Sie sind im Anmarsch«, stieß Bill Stell hervor.
»Das muß ich selbst sehen«, sagte Ben Raddle und lief über den Damm. Die anderen folgten ihm. Als sie bei den vorgeschobenen Posten am Rande der Ebene ankamen, sahen sie die Bande mit Hunter und Malone an der Spitze geschlossen anrücken. Sie hielt sich am Fuß des Goldberges, Hunter schien sie geradewegs zum Lager der Goldsucher führen zu wollen.
»In einer halben Stunde sind sie hier!« rief Ben Raddle.
»Laßt sie ruhig herankommen«, sagte Summy Skim, »den Hunter werde ich abschießen wie eine Tontaube.«
»Nein, Summy. Wir gehen ins Lager zurück. Ich will nicht, daß wir die Feindseligkeiten eröffnen.«
Auf dem Rückweg verschlossen die Wachposten den Durchgang am Damm mit bereitgelegten Quarzbrocken. Kaum waren sie hinter den ersten Bäumen in Deckung gegangen, da bogen Hunter und Malone und hinter ihnen ihre Spießgesellen um die Ecke des Goldberges. Ein paar Minuten später standen sie am Kanal, nur sechzig Schritt von Ben Raddle, Summy Skim und Bill Stell entfernt, die mit schußbereiten Gewehren hinter den ersten Bäumen lagen. Unter den Banditen erkannte Ben Raddle nun auch zahlreiche Goldarbeiter, denen er schon auf den Claims begegnet war. Als Hunter an der Barrikade stehenblieb und seinen Leuten etwas zurief, hob Summy Skim das Gewehr.
»Nicht schießen, Verrückter!« raunte Ben Raddle und schlug das Rohr herunter. »Warum denn immer gleich losknallen? Vielleicht können wir mit den Leuten verhandeln. Paßt auf, ich gehe jetzt aus der Deckung. Daß sich aber keiner von euch zeigt!«
»Da muß ich dabeisein«, sagte Summy Skim und stand zusammen mit seinem Vetter auf. Kaum hatte Hunter die beiden Männer entdeckt, befahl er seinen Leuten, zehn Schritte zurückzutreten. Hunter und Malone gingen mit dem Gewehr in der Hand bis an den Rand des Kanals vor, die Vettern standen ihnen augenblicklich gegenüber, die Gewehrkolben am Boden. Auch die Texaner ließen jetzt ihre Rohre in den Himmel zeigen.
»Da sieh mal einer an!« brüllte der Texaner. »Die Herren Hundertneunundzwanziger! Wie kommen Sie denn hierher?«

»Das frage ich mich manchmal auch«, antwortete Summy Skim.
»Reißen Sie Ihr Maul nicht soweit auf! Ich glaube, wir haben von früher her noch ein Hühnchen miteinander zu rupfen.«
»Wenn's beliebt, am besten gleich«, antwortete Summy Skim ruhig. Hunter riß sein Gewehr hoch. Im gleichen Augenblick legte auch Summy Skim an. Da wurde es in den Reihen der Texaner auf einmal unruhig; während Hunter seine Leute zurechtwies, trat Ben Raddle bis an den Rand des Kanals vor.
»Bitte sagen Sie uns, was Sie wollen.«
»Wir wollen wissen, was Sie am Goldberg verloren haben.« Während Hunter sprach, starrte er unablässig auf die Baumgruppe, hinter der er offensichtlich die feindliche Streitmacht vermutete. Aber keiner der Kanadier zeigte sich.
»Geht Sie das etwas an?« fragte Ben Raddle.
»Allerdings!« schrie Hunter und rammte seinen Gewehrkolben in den Boden. »Wir wollen hier nämlich Gold abholen.«
»Der Goldberg gehört uns, Herr Hunter, wir haben ihn als erste in Besitz genommen.«
»Es geht überhaupt nicht darum, wer ihn als erster in Besitz genommen hat, sondern wer ihn verteidigen kann!«
»Wir können ihn auch verteidigen.«
»Letzte Warnung: wollen Sie das Terrain endlich freiwillig räumen?«
»Nehmen Sie es sich doch, wenn Sie können«, antwortete Ben Raddle und lief so schnell er konnte zu der ersten Baumgruppe zurück. Er hatte rechtzeitig gesehen, daß die Banditen ihre Gewehre schußfertig gemacht hatten. Auch Summy Skim war auf der Hut gewesen, noch im Laufen drehte er sich um und feuerte, kaum daß auf der anderen Kanalseite die ersten Schüsse losgegangen waren. Sein Geschoß verfehlte Hunter um Haaresbreite, streckte dafür einen der unteren Ränge nieder. Auf beiden Seiten krachten nun die Salven. Während die Kanadier aus sicheren Stellungen schossen, rannten die Texaner auf der Suche nach einer Deckung kopflos durcheinander. Bis sie sich hinter der Erdaufschüttung am Kanal geworfen hatten, lagen mehrere ihrer

»Da sieh mal einer an!« brüllte der Texaner.
»Die Herren Hundertneunundzwanziger! Wie kommen Sie denn hierher?!«

Leute tot im Gras. Zu ihrem Schrecken bemerkten die Verteidiger, daß Malone mit zwei Leuten zum Damm geschlichen war und die Steine der Barrikaden in das Wasser fallen ließ. Das Feuer wurde nun auf den Damm konzentriert, die Banditen waren aber gut gedeckt. Während die Bresche größer und größer wurde, erwog der Scout den Gedanken, einen Ausfall zu machen, bevor die Angreifer über den Kanal setzen und das Lager einkreisen konnten. Der Ingenieur hielt ihn aber zurück. Alle Gewehrläufe richteten sich nun auf den Durchlaß in der Barrikade.
Kaum war ein Mann in der Öffnung aufgetaucht, da stürzte er auch schon tödlich getroffen zurück. Der nächste fiel Sekunden später. Als dritter kam Malone an die Reihe; Neluto hatte ihn direkt in die Brust getroffen.
Als die Banditen sahen, daß ihr Vizechef tot war, nahmen sie ihre Verwundeten auf und flüchteten so schnell sie konnten um die Ecke des Goldbergs.

20

Ben Raddle, Summy Skim, Bill Stell, Neluto und Jane überschritten kurze Zeit nach dem Rückzug der Texaner den Damm und beobachteten die Bande, die allmählich hinter dem Aufstieg zum Goldberg verschwand. Zur gleichen Zeit wurde die Barrikade wieder aufgeschichtet, zwei Goldarbeiter blieben gleich als Wachposten dort. Die Nacht über blieb alles ruhig, auch der nächste Tag verlief ohne einen weiteren Angriff. Erst gegen Ende der folgenden Nacht knallte es ein paarmal vom Kanalufer her, worauf Neluto und der Scout sofort am Damm in Stellung gingen, während die Hauptmasse der Kanadier den vorderen Rand des Wäldchens besetzte. Die Angreifer, die sich im Schutz der Dunkelheit an den Kanal geschlichen haben mußten, feuerten pausenlos, konnten selbst aber nicht beschossen werden. Auf einmal schrie jemand im Rücken der kanadischen Schützen vor Schreck auf, und gleichzeitig hörten die Banditen am Kanal mit

dem Feuer auf. Neluto und der Scout benutzten die Pause und rannten in das schützende Gehölz zurück. Der Indianer wurde als erfahrener Guerillakämpfer in dieser verwickelten Lage in aller Eile zum Oberbefehlshaber ernannt.
Als erste Amtshandlung schickte er die kanadischen Arbeiter in die Stellungen am Südrand des Gehölzes, während er selbst die Leute Bill Stells nach Norden führte, von wo der Schrei gekommen war. Dieser Trupp hatte gerade die Zelte erreicht, da sah er sechs Texaner unter der Führung Hunters in vollem Galopp von Norden heranreiten. Die Banditen mußten im Schutz der Nacht über den Rubber gesetzt und fast an seiner Mündung weit hinter dem Lager an Land gegangen sein. Neluto war bei diesem Anblick so überrascht, daß er vergaß, Feuerbefehl zu geben. Aber die Männer, die bei den Zelten Wache hielten, hatten die Reiter längst bemerkt und feuerten ihnen entgegen, während der Indianer seine Abteilung in Deckung gehen ließ. Bald wurden die Banditen von Bäumen und Sträuchern aufgehalten, und in diesen Augenblicken schossen die Leute Nelutos aus allen Rohren. Sechs Reiter kippten hintereinander getroffen aus den Sätteln, drei Pferde wälzten sich tödlich verwundet am Boden, während die anderen reiterlos davonsprengten. Nur Hunter war wie durch ein Wunder unverletzt geblieben. Statt zu versuchen, nach Norden und über den Fluß zu entkommen, ritt er in vollem Galopp auf die Kanadier zu, und zwischen ihnen hindurch. Die Männer konnten in dieser Lage nicht schießen, um sich nicht gegenseitig zu gefährden. Im Nu waren Reiter und Pferd im Gehölz verschwunden. Neluto wußte, daß Hunter spätestens nach Passieren der vorderen Verteidigungslinie beim Ritt über das freie Gelände verloren war, und ließ die Verfolgung abbrechen.
Unbehelligt erreichte der Reiter den Rand des Wäldchens. Der Weiterritt mußte für ihn unweigerlich zum Spießrutenlauf werden. Auf einmal sah er hinter einem der letzten Bäume Jane liegen, die eifrig damit beschäftigt war, ihr Gewehr zu laden, und ihre Umgebung darüber vergaß. Wie ein Cowboy beugte er sich aus dem Sattel, und ehe daß Jane begriff, was mit ihr geschah, hatte sie der Texaner gepackt und sprengte mit ihr als Geisel auf

die freie Fläche hinaus. Kaum hatten die Kanadier die Beute Hunters erkannt, stellten sie allseits das Feuer ein.
Als die texanischen Banditen ihren Chef in vollem Galopp aus dem Gehölz hervorbrechen sahen, sprangen sie hinter dem Erdwall am Kanal hervor und liefen in die Ebene hinaus. Die Kanadier waren so verdutzt, daß niemand hinter den Fliehenden herschoß. In der Zwischenzeit erreichte Hunter mit der strampelnden Jane im Arm den Kanal und setzte mit einem Riesensatz darüber hinweg. Was auf kanadischer Seite Beine hatte, machte sich nun zur Verfolgung auf. Nur Summy Skim blieb regungslos am Waldrand stehen. Plötzlich hob er das Gewehr und feuerte; mit stockendem Herzen sahen seine Kameraden zu, wie Hunters Pferd strauchelte, Jane kopfüber ins Gras fiel und schließlich auch der Texaner aus dem Sattel kippte und liegenblieb. Sekunden später ging das angeschossene Tier in die Knie und wälzte sich mit blutendem Maul am Boden.
Summy Skim war bleich geworden, als er Jane mit ausgebreitetem Kleid reglos 50 m jenseits des Kanals auf der Wiese liegen sah. Von der dunklen Ahnung gepackt, daß er sie zusammen mit Hunter und dem Pferd erschossen hatte, stürzte er aus dem Wäldchen und lief auf den Damm zu. Doch Ben Raddle hielt ihn rechtzeitig mit eisernem Griff fest und zog ihn mit sich herunter, weil plötzlich einige Texaner hinter der Bergflanke aufgetaucht waren und zwischen die Kanadier feuerten. Nach einem kurzen Schußwechsel zogen sich die führerlosen Banditen zurück. Sie wußten nun, daß sie die Ebene nur noch unter Lebensgefahr betreten konnten; aber auch die Kanadier durften sich nicht mehr über den Erdwall am Kanal hinauswagen, weil die Texaner die Ebene von der anderen Seite her beherrschten. Immer wieder streckte Summy Skim den Kopf über die Deckung und starrte zu Jane hinüber, die in Steinwurfweite dalag.
»Wir verdammten Hosenscheißer!« rief er unter Tränen. »Wir hocken hier, und dort drüben stirbt das Mädchen.«
»Sei ruhig, Summy«, sagte Ben Raddle. »Jede Hilfe für sie wäre jetzt glatter Selbstmord.«
Auf einen Ruf von rückwärts drehten sich die Vettern gleichzei-

tig um. Mit dem Rücken zu ihnen trat Patrick aus dem Wald und schleppte ein totes Pferd hinter sich her. Auch die Texaner hatten ihn aus der Entfernung entdeckt und schossen, aber der Schmied kümmerte sich nicht im geringsten darum. In wenigen Minuten erreichte er den Damm und räumte ein paar Steine der Barrikade beiseite. Dann packte er den Pferdekadaver an den Vorderbeinen und warf ihn sich mit einem gewaltigen Ruck auf den Buckel. Obwohl keiner der Kanadier wußte, was Patrick Richardson vorhatte, klatschten alle spontan Beifall. Summy Skim benützte den unbeobachteten Moment, entschlüpfte seinem Vetter und rannte hinter dem Schmied her und begab sich hinter die Pferdeleiche in Deckung. Dann setzte sich Richardson im Krebsgang in Bewegung, immer darauf achtend, daß die Pferdeleiche ihn und Summy Skim vor den Kugeln der Banditen schützte, die mit Wutgeschrei hinter der Bergflanke hervorfeuerten.
Fünf Minuten später lag Jane in Summy Skims Armen. Er achtete sorgfältig darauf, daß keine ihrer Extremitäten hinter der Pferdeleiche hervorschaute, dann kehrte der Schmied mit seiner zentnerschweren Last auf der Schulter wiederum im Krebsgang über den Damm hinter die eigenen Linien zurück. Erst hinter den Bäumen ließ er das tote Pferd fallen, in dem mindestens 20 Schüsse steckten.
Summy Skim hatte schon unterwegs festgestellt, daß Jane noch lebte. Sie war offensichtlich unverletzt, schien nur durch den Schock das Bewußtsein verloren zu haben. Als er ihr eine Handvoll Wasser ins Gesicht spritzte, schlug sie sofort die Augen auf und lächelte ihn an. Behutsam trug er sie in ihr Zelt. Bei Einbruch der Dämmerung zogen sich die Kanadier bis auf drei Wachposten ins Lager zurück. Nach einer ruhigen Nacht stand die ganze Mannschaft schon am frühen Morgen auf. Vorsichtig krochen ein paar Mann ein Stück auf die Ebene hinaus, bis sie die Stellungen der Banditen einsehen konnten. Das Lager war verschwunden. Aber auch der totgeglaubte Hunter war nicht mehr da, nur noch das tote Pferd lag da, ein paar Aasvögel flatterten beim Herannahen der Männer kreischend auf.
Den ganzen Tag über geschah nichts, auch die folgende Nacht

ging ohne Störungen vorüber. Noch im Morgengrauen überschritten Bill Stell und Ben Raddle den Kanal. Von der Texanerbande war nichts mehr zu sehen.
»Ich glaube, wir sollten uns einmal den Vulkan ansehen«, sagte der Scout zu Ben Raddle.
Nach einer Viertelstunde Fußmarsch in die Ebene hinaus konnten die Männer die Rauchsäule sehen, die der Wind aufs Meer hinaustrieb.
»Der bricht so schnell nicht aus«, meinte der Scout.
»Hoffentlich nicht«, sagte der Ingenieur. »Er soll erst spucken, wenn Hunter endgültig abgezogen ist.«
»Da sehen Sie den Rauch, der hinter dem Goldberg aufsteigt?« rief Bill Stell. »Die Burschen wollen hier wohl ihren Haushalt eröffnen.«
»Es wird Zeit, daß etwas geschieht, Stell. Heute haben wir den 23. Juli, und wenn wir noch drei Wochen hier ausharren müssen, kommt uns auf dem Rückweg der Wintereinbruch in die Quere.«
Auf dem Weg zum Lager zurück machte Ben Raddle am Damm Halt und kroch in die Höhle hinunter. Die Sprengladungen waren intakt. Wären die Texaner nicht in der Nähe gewesen, hätte er am liebsten gleich den Damm und die innere Trennwand in die Luft gesprengt. Er hatte die Höhle noch nicht verlassen, da hörte er es plötzlich krachen und poltern, und von draußen drang Geschrei zu ihm herein.
»Kommen Sie!« rief der Scout. »Die Banditen greifen uns jetzt von oben an!«
Ben Raddle hatte gerade den Kopf aus dem Spalt der Höhle gestreckt, da stürzte wenige Meter vor ihm ein gewaltiger Felsbrocken in den Kanal. Pausenlos polterten Steine und Quarzblöcke die Wand des Goldbergs herunter, zerschmetterten Fahrzeuge und knickten Bäume wie Streichhölzer. Die Kanadier rannten mit dem Notwendigsten in der Hand aus dem Lager fort und suchten am Flußufer Zuflucht vor dem Steinhagel. Mehrere Maultiere und Pferde lagen tot zwischen den Bäumen, die anderen hatten sich losgerissen und flüchteten über die Ebene.

Innerhalb einer Viertelstunde waren von dem kanadischen Lager nur noch Trümmer übrig.
»Die Banditen kippen uns den ganzen Goldberg aufs Haupt!« rief Summy Skim.
»Alles ist kaputt. Was sollen wir bloß machen?« jammerte der Scout.
»Wenigstens die letzten Wagen könnten ein paar Mann an den Fluß schaffen«, sagte Jane. »In der Zwischenzeit schleichen wir uns in das Lager der Schlitzohren, und wenn sie in einiger Zeit den Goldberg herunterklettern, knallen wir sie ab wie die Karnickel!«
»Eine geniale Idee!« rief Summy Skim und schaute das Mädchen bewundernd an. »Los, in einer halben Stunde sind wir im feindlichen Lager, bis die Texaner kommen, dauert es mindestens noch zwei Stunden.«
»Stop«, sagte Ben Raddle, der bislang nur zugehört hatte. »Ich habe einen anderen Vorschlag. Unsere beste Waffe haben wir noch gar nicht eingesetzt.«
»Hast du noch Wunderwaffen im Gepäck?«
»Nein, im Vulkan. Wir brauchen ihn jetzt nur ausbrechen zu lassen, und die Banditen werden lebend eingeschmolzen. Haut ab, geht zu den anderen, ich zünde jetzt die Ladungen.«
Während Summy Skim, Jane und der Scout zum Fluß hinunterliefen, kroch Ben Raddle in die Höhle und setzte die Zündung in Gang. Gleich darauf rannte er wie von Furien gehetzt zum Ufer.
Nach einer Viertelstunde drang ein dumpfes Krachen aus der Höhle, und gleich darauf löste sich der Kanaldamm in einer Dreckfontäne auf. Einige bange Sekunden verstrichen, denn keiner wußte, ob auch die innere Trennwand unter dem Druck der Explosion geborsten war. Doch auf einmal quollen Dampfwolken aus dem Höhleneingang, in den das Wasser des Rubber einströmte. Es zischte und gurgelte zwar ununterbrochen, aber ob sich alles Wasser in den Kraterkamin ergoß, war ungewiß, da sich die heiße Lava bei der Berührung mit dem kalten Wasser schlagartig verhärten und den weiteren Zustrom versperren konnte.

Um ganz sicher zu gehen, ließ der Ingenieur seine Leute auf die andere Seite des Rubber übersetzen. Eine Stunde war seit der Zündung vielleicht vergangen, die Kanadier hatten sich am jenseitigen Ufer gerade häuslich niedergelassen, da begann auf einmal der Boden unter ihren Füßen und Hintern zu zittern, und gleichzeitig begann sich die Oberfläche der Ebene zu wellen. Eine ungeheure Staubwolke erhob sich, verdeckte jede Sicht und verdunkelte die Sonne.

Erst als sich Minuten später der Staub gesetzt hatte, kamen die Kanadier zur Besinnung. Es war noch einmal glimpflich verlaufen. Der Rubber strömte immer noch durch sein altes Bett, und der feuerspeiende Berg stand noch an seinem angestammten Platz.

Kaum hatten sich die Goldsucher von ihrem Schrecken erholt, da dröhnte es von einer fürchterlichen Detonation in ihren Ohren. Ein riesiges massives Stück des Vulkangipfels flog durch die Luft und fiel aufschäumend ins Eismeer, und mit einem 500 m hoch aufsteigenden Flammenbündel schossen Lavabrocken, Steine und Schlacken in die Luft. Mit jeder neuen Detonation fuhren Tausende glühender Projektile aus dem tobenden Krater, manche fielen wieder in den Höllenschlund zurück, die meisten versanken zischend im Meer.

»Da, da fallen ja alle unsere Nuggets ins Wasser!« rief Summy Skim aufgeregt.

Ben Raddle stand mit abgewandtem Gesicht da. Die ganze Reise war umsonst gewesen. Beschämt erinnerte er sich daran, wie siegesgewiß er von dem künstlichen Ausbruch geschwärmt hatte. An die Richtung des Ausbruchs hatte er keinen Moment gedacht, der Vulkan hatte sich seine eigene gewählt, der Ingenieur konnte sie nicht beeinflussen. Die Geister, die er gerufen hatte, waren ohne ihn losgegangen. Entgeistert sahen die Kanadier zu, wie die glühenden Brocken in der Luft zerplatzten und heißes Goldpulver ins Meer streuten.

»Da gehen sie hin, die schönen Goldbomben. Es ist ein Jammer!« sagte Summy Skim.

»Ob da auch die Texaner ins Eismeer segeln?« fragte der Scout.

»Auf, kommt mit!« rief Ben Raddle. »Wir räumen ihr Lager aus.«
Eine halbe Stunde später stand der Trupp vor den Zelten und Wagen der Banditen. Die Lagerwache fand nicht einmal mehr die Zeit, ihre Schuhe anzuziehen, sie flüchtete barfuß in den Wald. Von ihren Kameraden auf dem Vulkan waren nur noch wenige am Leben. Einige kletterten in Windeseile den Hang herunter, andere ließen sich einfach auf dem Hosenboden herunterrutschen und schlugen sich dabei Arme und Beine blutig. Unter ihnen war auch Hunter. Er trug einen dicken Verband um den Kopf und wurde von zweien seiner Leute gestützt. Als sie die Kanadier in ihrem Lager entdeckten, kehrten sie um und versuchten, in Richtung auf das Meer den rettenden Wald zu erreichen. Sie kamen nicht mehr weit.
Ein gewaltiger Brocken stieg auf einmal aus dem Krater, fiel aber nicht ins Meer, sondern beschrieb eine exakte, seltsamerweise nach Süden abgelenkte Parabel und stürzte genau auf die drei Texaner zu. Einer konnte sich durch einen Sprung zur Seite retten, der andere wurde buchstäblich zerquetscht, und Hunter, schwer am Kopf getroffen, drehte sich einmal um sich selbst, verlor das Gleichgewicht und blieb nach einem Fall von 100 m zerschmettert am Fuß des Goldberges liegen.
Der tödliche Brocken war inzwischen wieder abgesprungen, war auf den weichen Boden vor dem Lager aufgeschlagen und Ben Raddle bis an die Schuhspitzen gerollt. Durch den Aufprall war ein Stück der dunklen Oberfläche abgesplittert. Darunter glänzte das reine Gold.

21

»Wenn das Wasser noch lange Zeit in den Vulkan fließt«, sagte Jane am nächsten Morgen zu Summy Skim, »wird der Ausbruch vielleicht noch erstickt.«
»Sagen Sie das bloß nicht in Gegenwart meines Vetters«, antwortete Summy Skim. »Der ist imstande und wartet darauf.«

Der Ingenieur schien sich aber anders entschlossen zu haben, denn er ließ die erbeuteten Wagen und Zugtiere aus der Gefahrenzone bringen und die Geräte, die das Quarzbombardement heil überstanden hatten, gleich aufladen. Seine Leute hätten auch während der Dunkelheit weiterarbeiten können, da die Flammen immer noch mit ungebrochener Gewalt aus dem Krater schlugen und das weißglühende Goldpulver wie einen ungeheuren leuchtenden Baldachin schwebend in der Luft hielten. Bis zum Horizont strahlten die Wolken den Feuerschein wider. Die Nacht verbrachten die Goldsucher Kilometer vom Vulkan entfernt am Flußufer. Bei Tagesanbruch inspizierten Ben Raddle und der Scout den Ausbruch noch einmal aus der Nähe, Summy Skim hockte sich unterdessen ins Gras und ließ seine erste Pfeife qualmen. Jane stand plötzlich neben ihm.

»Herr Skim, ich habe erst eben gehört, daß ich Ihnen mein Leben verdanke.«

»Wer hat denn da wieder den Mund nicht halten können?«

»Patrick. Er hat mir alles erzählt.«

»Der Schmied hat dieses Kunststück vollbracht, Fräulein Jane. Ich habe nur gehandelt wie jeder Sonntagsjäger. Ich sah ein Tier davonrennen und habe halt geschossen. Das ist alles. Reden wir nicht mehr davon.«

»Gut, ich sage nichts mehr. Sie können mich aber nicht davon abhalten, daß ich dann und wann daran denke.«

Gleich nach der Rückkehr ließ Ben Raddle Goldbrocken im Wert von 100000 Francs auf seinen Karren laden und gab den Befehl zum Aufbruch. Summy Skim sah seinen Vetter ungläubig an. Erst als sich die Wagen mit den Zugtieren der Banditen in Bewegung setzten, begriff Summy Skim, daß es Ben Raddle mit der Rückkehr nach Klondike ernst war.

Unterwegs fiel den Reisenden auf, daß zahlreiche Risse im Boden klafften, um die der Scout die Karawane herumlenken mußte. Je weiter sie nach Süden kamen, desto breiter wurden die Spalten; 60 km südlich des Goldbergs durchzog ein Riß von 60 m Breite und 15 m Tiefe die Ebene.

»Das hat der Goldvulkan vollbracht«, sagte Ben Raddle. »Bis der

Überdruck im Erdinnern durch den Krater entweichen konnte, hat die Erdoberfläche an ihren schwachen Stellen nachgegeben. Diese Risse sind in dem Augenblick entstanden, als wir die Staubwolke über der Ebene sahen.«

Die Karawane zog tagelang am Rande der Schlucht entlang, die genau nach Süden führte. Am 12. August erreichten sie den Polarkreis. Fort Macpherson wurde dieses Mal links liegengelassen, doch in dem weglosen Gelände kamen sie nur mühsam voran. Erst am 3. September hielten die Fahrzeuge vor dem Northern Hotel in Dawson City.

Nachdem sich die Vettern, Jane und der Scout gewaschen, frisiert und frisch eingekleidet hatten, schlug das Mädchen den Weg zum Krankenhaus ein, während die Vettern zur *Anglo-American-Transportation and Trading Company* gingen, um ihren Goldbrokken zu Bargeld zu machen. Zunächst legte Summy Skim einen Scheck vor; als der Angestellte den Namenszug erkannte, ließ er die Schalterklappe krachend herunterfahren und besprach sich dahinter lautstark, aber unverständlich mit seinen Kollegen. Auch als Ben Raddle an einen anderen Schalter trat, den Riesennugget wiegen ließ und seinen Namen sowie das Konto angab, auf dem der Gegenwert von 20632,50 Dollar gutgeschrieben werden sollte, wurde der Schalter wortlos geschlossen, und im Hinterzimmer begann das gleiche Getuschel wie nebenan. Summy Skim und Ben Raddle sahen sich erstaunt an.

Auf einmal ging die Tür zur Schalterhalle auf, und ein höherer Angestellter bat die Vettern, ihm in das Büro des Vizedirektors Broll zu folgen.

»Verzeihen Sie, meine Herren, wenn ich Sie zu mir hereinbitten lasse«, rief der Chef, »aber ich mußte Sie unbedingt sehen. Ich kann doch nicht die besten Kunden meines Hauses wie hundsgewöhnliche Sparbuchinhaber in der Schalterhalle abfertigen lassen.«

Summy Skim mußte unwillkürlich grinsen, denn wenn er und sein Vetter mit ihrem bescheidenen Guthaben zu den besten Kunden zählten, konnte es mit der Liquidität der Firma nicht mehr weit her sein.

»Lachen Sie mich nur aus, Herr Skim«, fuhr der Vizedirektor fort.
»Es war tatsächlich keine Glanzleistung von uns, daß wir uns Ihren Claim entgehen ließen. Dafür können Sie sich jetzt ins Fäustchen lachen.«
»Sie meinen tatsächlich den Claim 129?«
»Genau, Ihre herrliche, phantastische Goldgrube!«
»Ich glaube, da liegt ein Miß...« sagte Summy Skim.
»Grämen Sie sich nicht«, unterbrach ihn Ben Raddle, »Glück im Geschäftsleben geht immer auf Kosten des Unglücks anderer. Das nächste Mal sind Sie wieder dran.«
»Aber nicht mit einem solchen Objekt. Wenn ich mir vorstelle, was Sie uns im Laufe des letzten Monats geschickt haben, könnte mir schwindlig werden.«
»Ich weiß gar nicht mehr, wann wir eigentlich angefangen haben«, meinte Ben Raddle trocken.
»Einen Augenblick, ich habe hier Ihre Kontokorrentauszüge. Die erste Sendung datiert vom 5. August. Wollen Sie sich übrigens den letzten Saldo aufschreiben? Er lautet 3308431,90 Dollar, das heißt, mit Ihrer heutigen Einlieferung erhöht sich die Summe auf 3329064,40 Dollar. Mein Glückwunsch übrigens zu Ihrem neuesten Fund. Ein so schöner, ebenmäßiger und, nicht zuletzt, wertvoller Goldbrocken ist in der ganzen Welt noch nicht gefunden worden. So etwas gibt es nur auf dem Claim 129!«
Ben Raddle schien sich jetzt sicher, daß der Bankmann einen schweren psychotischen Anfall erlitten hatte, der im Bankberuf nicht selten vorkommt.
»Wenn es Ihnen nichts ausmacht«, sagte er zu Herrn Broll, »möchten wir heute gerne 100000 Dollar in bar mitnehmen.«
Ben Raddle dachte, der Direktor müsse spätestens bei dieser unverschämten Forderung zur Vernunft kommen. Aber der Bankdirektor lächelte nur untertänig.
»Selbstverständlich, meine Herren«, sagte er. »Darf ich die Herren bitten, in Ihrem Hotel auf unseren Boten zu warten? Das Abzählen der Scheine würde Ihre kostbare Zeit über Gebühr in Anspruch nehmen.«

Mit zahlreichen Verbeugungen begleitete er die Vettern zur Tür.
»Auf das Geld können wir lange warten«, sagte Summy Skim draußen.
»Der arme Broll, wenn das herauskommt, wird er gefeuert.«
Als sie die Hotelhalle betraten, sahen sie Jane weinend an der Bar sitzen.
»Edith ist weg«, sagte sie unter Tränen. »Spurlos verschwunden.«
»Das ist doch nicht möglich!« rief Ben Raddle erregt.
»Doch. Am 25. Juli hat sie das Krankenhaus verlassen, und niemand weiß, mit welchem Ziel.«
»Das hat gerade noch gefehlt«, stöhnte der Ingenieur und ließ sich in einen Sessel fallen. Kaum hatten alle Platz genommen, wurde den Vettern ein Besucher gemeldet. Summy Skim ließ ihn hereinbitten.
Ein Bankbote mit einer riesigen Aktentasche in der Hand trat ein.
»Ich bringe Ihnen die 100000 Dollar mit Grüßen von Herrn Broll. Wollen Sie die Scheine bitte durchzählen, damit ich quittieren kann?«
Während Summy Skim der Mund beim Anblick des Geldbündels offenblieb, zählte Ben Raddle mit amtlichem Gesicht die Banknoten durch. Dann unterschrieb er. Auch Janes verweinte Augen waren groß geworden. Lange Zeit saßen die Hotelgäste schweigend und grübelnd da. Summy Skim plagten fürchterliche Zweifel an der Realität der sinnlichen Erfahrungen. Als draußen die Straßenlampen schemenhaft durch den Dunst zu leuchten begannen, trat Neluto in die Halle.
»Entschuldigen Sie die Störung, Herr Raddle, aber ich habe kein Bett, weil Herrn Loriques Haus verschlossen ist.«
»Du wirst heute Nacht ohnehin nicht zum Schlafen kommen«, antwortete der Ingenieur trocken. »Da, nimm 2000 Dollar, besorge damit einen anständigen Wagen, frische Pferde und was man sonst für eine Reise durch Klondike braucht. Morgen früh stehst du vor dem Hotel, dann fahren wir zum Claim 129.«

»Aber in der Nacht sind alle Läden geschlossen!« protestierte Neluto.
»Sei mit den Dollars nicht geizig, dann stehen dir alle Türen offen.«
Beim Herausgehen gab der Indianer Dr. Pilcox die Klinke in die Hand.
»Wie geht's, wie steht's?« rief er den Goldsuchern entgegen. »Puls, Blutdruck, Atmung, alles in Ordnung? Nicht zuviel getrunken und geraucht?«
»Nur unser Goldvulkan hat immerzu gequalmt«, sagte Summy Skim.
»Wir haben ihm ein Brechmittel eingeflößt, aber leider hat er seinen Inhalt in die falsche Richtung gespuckt.«
»Warum haben Sie ihm keinen Spucknapf untergehalten?« fragte der Doktor.
»Weil wir keinen hatten.«
Ben Raddle fragte den Doktor selbst nach dem Verschwinden Ediths, er wußte aber auch nicht mehr, als er Jane schon erzählt hatte.
Früh am nächsten Morgen fuhren die Vettern, Jane und Neluto auf einem brandneuen Zweispänner aus Dawson City hinaus. Bei Fort Cudahy mußten sie eine Umleitung benützen und auf die andere Seite des Forty Miles Creek übersetzen. Wohin sie kamen, überall sprachen die Leute über geheimnisvolle Veränderungen am Fluß; die Vettern platzten fast vor Neugier, was sich denn da so sehr verändert hatte.
Bis sie am 6. September an der Grenze zwischen Kanada und Alaska ankamen, hatten sie keine auffälligen Geländeverschiebungen bemerkt. Als der Wagen aber in Höhe des Claims 127b einen Hügel hinabrollte, schauten sie sich fast die Augen aus dem Kopf. Wo sie die breite Wasserfläche des über die Ufer getretenen Forty Miles Creek erwartet hatten, lag trockenes Land; der Fluß bedeckte nur noch die Breite des Claims 129, überflutete ebenfalls den Claim 127b, stürzte dort in einem Wasserfall den Felsabsatz hinunter und kehrte wenig unterhalb in sein altes Bett zurück.

Beim Näherkommen entdeckten die Ankömmlinge mehrere hundert Arbeiter, die mit Pickeln und Schaufeln hantierten und zwei dampfgetriebene Wagen bedienten. Niemand bemerkte den heranrollenden Wagen, so daß Ben Raddle einen der Arbeiter herpfiff.

»Wir wollen den Chef sprechen.«

»Kommen Sie bitte mit«, antwortete der Arbeiter und führte die Reisenden zu einem Blockhaus am neuen Flußufer. Auf ihr Klopfen sprang sofort die Tür auf und eine junge Frau erschien.

»Fräulein Edith!« rief Ben Raddle.

»Herr Raddle!« sagte Edith und wurde rot. Sofort begann ein fürchterliches Palaver.

»Nehmen Sie erst einmal Platz«, sagte Edith und schob ihren Gästen einen Koffer und eine Seegrasmatratze hin.

»Sagen Sie uns endlich, was das alles zu bedeuten hat!« rief Ben Raddle.

»Geduld, immer der Reihe nach. Am 24. Juli erfuhren wir in Dawson City, daß es am Fort Miles Creek ein neues Debakel gegeben hatte. Am selben Abend noch traf ich mit Lorique zusammen. Unser Entschluß war sofort gefaßt. Die neue Lage mußte unverzüglich inspiziert werden, und da Sie nicht an Ort und Stelle waren, wollten wir Sie vertreten. Gleich am nächsten Morgen fuhren wir ab und kamen am 27. Juli an den Claims an, die sich weiter gesenkt hatten und nun ganz unter Wasser standen. Lorique wußte, daß sich die Konzession für einen Claim auch auf einen Teil des Flußbetts erstreckte, das jetzt, wie Sie gesehen haben trocken liegt. Weil noch niemand da war, zogen wir die neue Grenze ziemlich großzügig. Die neue Ostgrenze liegt hinter dem Claim 127, und die neue Westgrenze schließt den Claim 131 mit ein. Wir begannen gleich mit den Probebohrungen. Als wir sahen, was da unter dem Flußschlamm zum Vorschein kam, gingen uns die Augen über. Nach wenigen Tagen war uns klar, daß wir mitten im alten Flußgrund, dem Claim 129 genau gegenüber, eine Goldtasche unter unseren Füßen hatten, wie sie in ganz Klondike noch nicht entdeckt worden war: 40 m lang und 20 m breit. Wie dick sie ist, wissen wir bis heute nicht. Unsere erste

Sorge war nun, die neuen Claims rechtskräftig in Besitz zu nehmen. Einer wurde auf den Namen Ben Raddle, ein zweiter auf Summy Skim, ein dritter auf Jane, einer auf meinen und der letzte auf Loriques Namen eingetragen.«

»Und woher hatten Sie die Unterschriften?« fragte der Ingenieur.

»Nun ja, ich gebe zu, daß wir sie in Heimarbeit hergestellt haben. Aber es war ja nur in Ihrem Interesse. Natürlich gehören all die Claims allein Ihnen, Herr Raddle, und Ihrem Vetter, da wir Ihre Kapitalien investiert haben. Lorique und ich haben schriftlich festgelegt, daß wir auf jedes Recht an diesen Claims verzichten.«

»Ist das wahr?« fragte Ben Raddle und rollte mit dem Unterkiefer.

»Sicher. Sie können sich die Dokumente gern ansehen. Zunächst schlage ich jedoch einen Rundgang über Ihre Claims vor, meine Herren.«

Während Edith die Goldsucher über die Claims führte und ihnen die Lage der Goldadern erläuterte, unterbrach sie Raddle.

»Mich würde einmal interessieren, wer die Ausbeute organisiert und die Arbeiter angeleitet hat?«

»Ich. Natürlich hat mich Lorique immer freundschaftlich beraten.«

Ben Raddle hatte es die Sprache verschlagen. Zum Glück erlöste ihn der Werkmeister aus seiner Verlegenheit. Er begrüßte die Neuankömmlinge überschwenglich und zeigte ihnen voller Stolz eine Schüssel mit Nuggets im Wert von 1 000 Dollar.

»An welchem Tag genau hat sich der Fluß in sein neues Bett gelegt?« fragte Ben Raddle den Werkmeister.

»Am 23. Juli.«

»Ahnt' ich es doch!« rief der Ingenieur. »Der Tag des Vulkanausbruchs. Unser Goldberg hat dieses Kraftstück auf Hunderte von Kilometern Entfernung fertiggebracht! Freunde, wir haben dem Goldvulkan bitter Unrecht getan.«

Lorique und Edith verstanden nicht recht, von was für einem Vulkan Ben Raddle sprach. Er setzte ihnen die Vorgänge um den künstlichen Ausbruch kurz und präzis auseinander.

»Das ist ja alles recht interessant«, sagte Edith. »Aber wir sollten jetzt einmal die Bücher durchsehen.«
»Ach, lassen wir das für heute«, antwortete Ben Raddle. Mit verträumtem Blick ging er den anderen ein Stück voraus. Summy Skim holte ihn rasch ein.
»Menschenskind, Ben«, rief er und klopfte seinem Vetter auf die Schultern, »jetzt hast du alles, was du dir gewünscht hast. Meinen Anteil kriegst du dazu, ich kann doch nichts damit anfangen.«
»Sag mal, Summy, wie findest du Edith?«
»Och, nett und sympathisch.«
»Und ich, ich finde sie einfach überwältigend.«
Bevor die Vettern und die Kusinen am nächsten Morgen nach Dawson City aufbrachen, machte Ben Raddle mit dem Werkmeister ab, daß er die Claims ab sofort allein leiten, jeden Monat den Gewinn nach Montreal schicken und sich sein Gehalt davon abziehen sollte. Auf der Fahrt in die Hauptstadt Klondikes wurde es eng in der Karosse, aber gleichzeitig gelang es Ben Raddle, die frostige Edith etwas aufzutauen. Sie wollte wieder ins Krankenhaus zurückkehren, ihre Kusine wollte ihr Glück als Goldschürferin anderswo versuchen. Als alle vier im Hotel zusammensaßen, zog Edith die Rechnungsbücher aus ihrem Koffer und legte sie auf den Tisch. Summy Skim unterdrückte ein Gähnen, als er die Ordner mit Quittungen und Bankauszügen sah.
»Den Faktor Summy kannst du gleich streichen«, sagte er zu Ben Raddle.
»Quatsch nicht so einfältig daher, Summy. Wir haben jetzt keine Zeit für deine Kalauer.«
»Schade um die Zeit, die hier für sinnlose Schacherei verschwendet wird.«
»Ich eröffne diese Sitzung mit dem Hinweis«, sagte Ben Raddle, ohne sich um die Einsprüche seines Vetters zu kümmern, »daß wir die Erträge aus den Claims zumindest indirekt Jacques Leduns Entdeckung des Goldvulkans verdanken, so daß für uns auch die Verpflichtung bindend bleibt, seine Mutter zu unterstützen. Mit wieviel?«

»Ich schlage vor, wir zahlen ihr eine monatliche Rente aus«, sagte Edith.
»Ihr Vorschlag ist ausgezeichnet, wie alles, was Sie sagen«, rief Ben Raddle. Auch die anderen stimmten zu.
»Dann müssen der Scout und seine Leute für den Marsch zum Goldberg anständig belohnt werden«, fuhr Ben Raddle fort. »Ich meine, über Tarif und mit Gefahrenzulage.« Die drei anderen waren es zufrieden.
»Weiter bin ich dafür, den Gewinn nach Abzug aller Nebenkosten je zur Hälfte an Fräulein Jane und mich aufzuteilen. Natürlich bekommt Summy wiederum meine Hälfte und Fräulein Edith wahrscheinlich die Hälfte von Janes Guthaben, denn sie hat ja die Drecksarbeit gemacht.«
»Einspruch!« rief Jane. »Ich habe hier einen Vertrag, wonach Sie mit 10 % an meinem Gewinn beteiligt sind.«
»Das hätte ich beinahe vergessen«, antwortete Ben Raddle. »Wenn wir jetzt eine Rechnung aufstellen, so bekomme ich 1/10 Ihrer Hälfte, das heißt, 11/20 des Gesamtgewinns, und Sie erhalten 9/10.«
»Wenn ich die Rechnung vervollständigen darf«, sagte Summy Skim trocken, »so ergibt sich, daß Edith 7/5 von 3/4 des 99sten Teils bekommt. Die Berechnung meines Anteils ist ungleich komplizierter. Man muß dazu die Höhe des Goldvulkans durch die Länge des Polarkreises teilen und den Quotienten mit dem Alter des Scouts multiplizieren, wodurch man eine Exponentialfunktion erhält, aus der die Kubikwurzel gezogen werden muß, deren Integritätsring analytisch betrachtet...«
»Hör auf, mir wird schlecht!« rief Ben Raddle.
»Und ihr kotzt mich an«, antwortete Summy Skim und zog sich in die hinterste Ecke zurück.
»Jetzt wollen wir die Operation mit Zahlen durchführen«, fuhr Ben Raddle fort. »Unser Konto bei der Bank beträgt zur Zeit...«
»Sparen Sie sich die Mühe«, sagte Jane. »Es wird ja doch alles in einen Topf geworfen, da wir uns früher oder später verheiraten.«

»Was habe ich da gehört?« rief Summy Skim und sprang auf. »Verheiraten? Aber mit wem bloß!«

»Vielleicht mit Ihnen, Herr Skim, und Herr Raddle heiratet natürlich meine Kusine, dann geht alles in einem Abwasch.«

Summy Skim kannte kein Halten mehr. Er stürzte auf Jane zu, hob sie hoch und schleuderte sie in der Luft herum.

»Was geht hier eigentlich vor, Fräulein Edith«, sagte Ben Raddle nervös. »Wollen Sie mich auf den Arm nehmen?«

»Die Hand möchte ich Ihnen reichen«, antwortete das Mädchen mit geschlossenen Augen.

»Was hocken wir noch herum?« brüllte Summy Skim.

»Auf, an den Altar und dann...«

»Aber doch nicht mitten in der Nacht«, meinte Ben Raddle.

Schon am nächsten Tag fanden die beiden Brautpaare einen Pfarrer, der sie drei Tage später in der Krankenhauskapelle von Dawson City traute. Edith wurde von Dr. Pilcox, und Jane von Patrick Richardson zum Altar geführt. Als die Neuvermählten am Tag darauf mit Sack und Pack auf den Yukondampfer stiegen, bat der Schmied unter Tränen darum, mit nach Montreal genommen zu werden, um seinem Herrn Jean bis ans Lebensende dienen zu können; auch Neluto wollte sich von seinem Jagdfreund Summy Skim nicht trennen und wurde als Reiseandenken mitgenommen.

Kaum hatte Ben Raddle Planken unter den Füßen, begann er von künftigen Geschäften zu schwärmen und erklärte seiner unternehmungslustigen Schwägerin, in welchen Wirtschaftszweigen er sein Geld am zweckmäßigsten investieren wolle. Jane hörte mit offenem Mund zu.

»Passen Sie bloß auf meinen Vetter auf«, sagte Summy Skim zu Edith.

»Er wird es keine acht Tage zuhause aushalten und wieder auf Abenteuer ausziehen.«

»Und hüten Sie meine Kusine, sie wird ihn dann sicher begleiten wollen.«

»Und wir beide können dann ihre Kinder hüten. Das wird ein fröhlicher Haushalt!«

Summy Skims Befürchtungen erfüllten sich nicht. Jane blieb brav im Haus, an den ein neuer Flügel angebaut wurde, versorgte ihre drei Söhne und kümmerte sich um die Landwirtschaft, wenn ihr Mann in der Stadt war, um in der Volkshochschule Vorlesungen über die Psychologie der Jäger und Sammler zu halten.
Edith war weniger glücklich daran. Sie hatte zwar genug damit zu tun, die Bücher von Green Valley zu führen und dabei zu entdecken, daß Summy Skim den Pächtern und Mietern heimlich den Zins wieder zurückzahlte, aber die Beschäftigung mit ihrem Mann wäre ihr noch lieber gewesen. Ben Raddle war pausenlos unterwegs. Nur alle paar Monate kam er auf der Durchreise nach Montreal. Kaum hatte er seine Frau umarmt, und ihr einen Barscheck ausgeschrieben, war er schon wieder fort, nichts als einen Koffer schmutziger Wäsche hinterlassend.
Ben Raddle hatte keine Ruhe gegeben, bis der Claim 129 bis auf das letzte Goldkörnchen leergekratzt war. Sein Fernziel war, in den Club der Milliardäre aufgenommen zu werden, und dafür scheute er keine Mühe. Nachdem er zwei Jahre lang in Wolle, Baumwolle, Zucker und Leder spekuliert hatte, stieg er zur Abwechslung aufs Bergwerksgeschäft um, kaufte Kupferminen und Kohlengruben, gründete texanische und rumänische Ölgesellschaften, finanzierte den Eisenbahnbau in Südamerika und auf dem Balkan, entwickelte Kraftwerke, konstruierte Straßenbahnen und ließ sich die Erfindung eines lenkbaren Kinderwagens patentieren, obwohl er selber weder Zeit noch Kraft zur Vaterschaft aufbringen konnte. Edith beklagte sich eines Tages bitter darüber bei Summy Skim.
»Du mußt Verständnis für ihn haben, Edith«, antwortete der Schwager. »Ben hat eben andere Dinge im Kopf und dazu Feuer unterm Hintern, was mich bei einem Mann nicht wundert, der einmal einen Vulkan zu seinen Besitztümern zählte.«

fi 225/4b

Fantasygeschichten

Das Land hinter den Spiegeln

Herausgegeben von

V. C. Harksen

Fischer Taschenbuch Band 7585

Das Land hinter den Spiegeln – nämlich dem wirklichen, greifbaren Spiegel und dem imaginären Spiegel im Spiegel – ist ein Wunderland und wird darum auch zuerst von Alice betreten, die ja Erfahrung im Besuch von Wunderländern hat. Wer es ihr nachtun möchte, muß bereit sein, zu sehen und zu glauben – auch wenn es darum geht, Unsichtbares zu sehen und Unglaubliches zu glauben. Darum ist dieses Buch einc Sammlung von Geschichten für Leute, die entweder diese Kunst neu erlernen möchten oder sie noch nicht verlernt haben.

Das Land hinter den Spiegeln erzählt von Geschehnissen in einem Zauberland, einer fernen Zeit, in denen andere Gesetze und eine andere Wirklichkeit gelten als bei uns. Es gibt keinen Bezug mehr zu unserem Hier und Heute. Selbst wenn man auf den ersten Blick glaubt, hier werde ein wirkliches Land, eine wirkliche Zeit geschildert, so beginnt doch dieses Bild schnell unscharf zu werden, seine Ränder zerfließen, die Figuren verschwinden im Nebel – um auf einmal wieder strahlend klar hervorzutreten: im hellen Licht der Phantasie.

Fischer Taschenbuch Verlag